A FORMA DA NOITE

OBRAS DA AUTORA PUBLICADAS PELA EDITORA RECORD

Série Rizolli & Isles

O cirurgião

O dominador

O pecador

Dublê de corpo

Desaparecidas

O Clube Mefisto

Relíquias

Gélido

A garota silenciosa

A última vítima

O predador

Segredo de sangue

Vida assistida

Corrente sanguínea

A forma da noite

Gravidade

O jardim de ossos

Valsa maldita

TESS GERRITSEN

A FORMA DA NOITE

Tradução de
Marina Vargas

1ª edição

EDITORA RECORD
RIO DE JANEIRO • SÃO PAULO

2021

EDITORA-EXECUTIVA
Renata Pettengill

SUBGERENTE EDITORIAL
Mariana Ferreira

ASSISTENTE EDITORIAL
Pedro de Lima

AUXILIAR EDITORIAL
Juliana Brandt

REVISÃO
Maurício Netto

CAPA
Renata Vidal

IMAGENS DE CAPA
Dragan Todorovic / Trevillion Images
andreiuc88 / Shutterstock

DIAGRAMAÇÃO
Abreu's System

TÍTULO ORIGINAL
The Shape of Night

CIP-BRASIL. CATALOGAÇÃO NA PUBLICAÇÃO
SINDICATO NACIONAL DOS EDITORES DE LIVROS, RJ

G326f
Gerritsen, Tess, 1953-
A forma da noite / Tess Gerritsen; tradução de Marina Vargas. – 1ª ed. – Rio de Janeiro: Record, 2021.

Tradução de: The Shape of Night
ISBN 978-65-55-87222-4

1. Ficção americana. I. Vargas, Marina. II. Título.

21-68568
CDD: 813
CDU: 82-3(73)

Meri Gleice Rodrigues de Souza – Bibliotecária – CRB-7/6439

Direitos exclusivos de publicação em língua portuguesa somente para o Brasil adquiridos pela
EDITORA RECORD LTDA.
Rua Argentina, 171 – Rio de Janeiro, RJ – 20921-380 – Tel.: (21) 2585-2000,
que se reserva a propriedade literária desta tradução.

Impresso no Brasil

CÓPIA NÃO AUTORIZADA É CRIME
ABDR
RESPEITE O DIREITO AUTORAL
EDITORA AFILIADA

ISBN 978-65-55-87222-4

Para Clara

Prólogo

Ainda hoje sonho com Brodie's Watch, e o pesadelo é sempre o mesmo. Estou parada no caminho de acesso de cascalho e a casa surge diante de mim como um navio fantasma à deriva em meio ao nevoeiro. A névoa desliza e espirala em torno dos meus pés e cobre a minha pele com uma fina camada gelada. Ouço ondas avançando no mar e se chocando com os penhascos e, lá no alto, gaivotas gritam um alerta para que eu me mantenha bem, bem distante. Sei que a Morte espera atrás da porta da frente, mas não recuo porque a casa me atrai. Talvez ela sempre vá me atrair, o seu canto de sereia me compelindo a mais uma vez subir os degraus da varanda, onde o balanço range, oscilando para a frente e para trás.

Abro a porta.

Lá dentro está tudo errado, completamente errado. Aquela não é mais a casa magnífica na qual um dia vivi e que um dia amei. Trepadeiras estrangulam o grande balaústre entalhado, enroscando-se no corrimão como serpentes verdes. O chão está coberto por um carpete de folhas mortas, sopradas para dentro através das janelas estilhaçadas. Ouço o lento gotejar de água da chuva que pinga sem cessar do teto, e, quando olho para cima, vejo um pingente de cristal solitário pendurado no lustre esquelético. As paredes, outrora pintadas de bege e adornadas com belas sancas, estão manchadas por tentáculos de mofo. Muito antes de Brodie's Watch existir, antes de os homens que a construíram transportarem madeira e pedras, pregarem vigas a pilares, esta colina na qual se ergue era um lugar coberto de musgo e árvores. Agora a floresta reclama seu território. Brodie's Watch está acuada, e o cheiro de putrefação paira no ar.

Ouço moscas zumbindo em algum lugar acima de mim e, conforme subo a escada, o ruído agourento fica mais alto. Os degraus outrora firmes que eu subia toda noite vergam e rangem sob o meu peso. O balaústre, antes polido a ponto de a superfície ser lisa e aveludada, se eriça com espinhos e ramos de trepadeira. Chego ao segundo andar e uma mosca surge, zumbindo enquanto me circunda e se precipita sobre a minha cabeça. Outra mosca se aproxima, e mais outra, enquanto avanço pelo corredor para o quarto principal. Através da porta fechada, ouço o zumbido ávido das moscas dentro do cômodo, para onde foram atraídas por algo com que se banquetear.

Abro a porta e o zumbido se transforma imediatamente em um rugido. Elas me atacam em uma nuvem tão densa que começo a sufocar. Agito os braços e tento afastá-las, mas elas cobrem os meus cabelos, os meus olhos, a minha boca. Só então percebo o que atraiu as moscas para o quarto. Para a casa.

Eu. O banquete delas sou eu.

1

Eu não havia me sentido tão apreensiva naquele dia no início de agosto quando peguei a North Point Way e dirigi para Brodie's Watch pela primeira vez. A única coisa na qual pensei foi que a estrada precisava de reparos e que o asfalto estava deformado pelas raízes de árvores invasoras. A administradora da propriedade me explicou ao telefone que a casa tinha sido construída havia mais de cento e cinquenta anos e, naquele momento, ainda estava passando por uma reforma. Nas primeiras semanas, eu teria que conviver com dois carpinteiros empunhando martelos na pequena torre, mas era por isso que uma casa com uma vista tão imponente do mar podia ser alugada por uma ninharia.

— A inquilina anterior teve que deixar a cidade algumas semanas atrás, meses antes do fim do contrato. Então você me ligou na hora certa — disse ela. — O proprietário não quer que a casa fique vazia o verão todo e está ansioso para encontrar alguém que cuide bem dela. Ele gostaria de ter outra inquilina; acha que mulheres são muito mais responsáveis.

Acontece que a nova e sortuda inquilina sou eu.

No banco de trás, o meu gato, Hannibal, mia, exigindo ser libertado da caixa de transporte dentro da qual está preso desde que saímos de Boston, seis horas atrás. Olho de relance para trás e o vejo me encarando pela grade, um enorme *maine coon* de olhos verdes zangados.

— Estamos quase lá — prometo, embora esteja começando a me preocupar com a possibilidade de ter pegado o caminho errado.

As raízes e o gelo que se forma debaixo da terra racharam o asfalto, e as árvores parecem se fechar sobre nós. O meu velho Subaru, já sobrecarregado com as malas e os utensílios de cozinha, avança com dificuldade pela estrada enquanto sacolejamos por um túnel cada vez mais estreito de pinheiros e abetos. Não há espaço para dar meia-volta; a minha única opção é continuar por essa estrada, aonde quer que ela leve. Hannibal mia outra vez, agora com mais urgência, como se quisesse me alertar: *Pare agora, antes que seja tarde demais.*

Através dos galhos acima, vislumbro o céu cinzento, e as árvores repentinamente dão lugar a uma ampla encosta de granito salpicada de líquen. A placa desgastada confirma que cheguei ao caminho que dá acesso a Brodie's Watch, mas a estrada sobe envolvida em um nevoeiro tão denso que ainda não consigo ver a casa. Continuo subindo pela estradinha sem asfalto, os pneus crepitando e espalhando cascalho. A névoa me impede de ver os pequenos arbustos castigados pelo vento e os descampados de granito, mas consigo ouvir gaivotas voando em círculo no alto, gemendo como uma legião de fantasmas.

De repente, a casa surge, pairando ameaçadora diante de mim.

Desligo o carro e por um instante fico apenas sentada, encarando Brodie's Watch acima. Não é de admirar que não fosse possível ver a casa do pé da colina. As tábuas cinzentas se misturam perfeitamente ao nevoeiro e mal consigo distinguir uma pequena torre que se eleva até as nuvens mais baixas. Certamente houve um erro; fui informada de que era uma casa grande, mas não esperava uma mansão no topo de uma colina.

Saio do carro e olho espantada para as tábuas de madeira desgastadas, de um tom cinza prateado. Na varanda da frente, um balanço oscila para a frente e para trás, rangendo, como se fosse empurrado por uma mão invisível. Sem dúvida, correntes de ar passam pela casa, o sistema de aquecimento é arcaico e imagino cômodos úmidos e cheiro de mofo. Não, não era isso que tinha em mente como refúgio de verão. Esperava um lugar tranquilo onde pudesse escrever, um lugar para me esconder.

Um lugar para me curar.

Em vez disso, essa casa parece território inimigo, as janelas me encarando como olhos hostis. As gaivotas gritam ainda mais alto, me instando a fugir dali enquanto ainda posso. Dou um passo para trás e estou prestes a voltar para o carro quando ouço pneus esmagando o cascalho no caminho de acesso. Um Lexus prateado para atrás do meu Subaru e uma mulher loira sai dele, acenando enquanto caminha até mim. Ela tem mais ou menos a minha idade, é elegante e bonita, e tudo nela irradia confiança, desde o blazer da Brooks Brothers até o sorriso de *Eu sou a sua melhor amiga.*

— Você deve ser a Ava — diz ela, estendendo a mão. — Desculpe, estou um pouco atrasada. Espero que não esteja esperando há muito tempo. Sou Donna Branca, administradora da propriedade.

Enquanto trocamos um aperto de mãos, já estou procurando uma desculpa para desistir do contrato de aluguel. *Essa casa é grande demais para mim. Isolada demais. Sinistra demais.*

— Lindo lugar, não acha? — diz Donna efusivamente, gesticulando para os descampados de granito. — É uma pena que não dê para ver nada agora com esse tempo, mas, quando o nevoeiro se dissipar, a vista para o mar vai deixar você de queixo caído.

— Sinto muito, mas essa casa não é exatamente o que...

Ela já está subindo os degraus da varanda, as chaves da casa balançando na mão.

— Você teve sorte de ter ligado. Logo depois que a gente se falou, mais duas pessoas ligaram perguntando sobre a propriedade. O verão em Tucker Cove está uma loucura, com todos os turistas disputando imóveis para alugar. Parece que ninguém quer passar o verão na Europa esse ano. As pessoas preferem ficar mais perto de casa.

— Fico feliz em saber que tem outros interessados no imóvel, porque acho que talvez a casa seja grande demais para...

— *Voilà*. Lar, doce lar!

A porta da frente se abre, revelando um piso de carvalho reluzente e uma escada com um corrimão com entalhes elaborados. Quaisquer que fossem as desculpas que eu tivesse na ponta da língua, elas se evaporam subitamente e uma força inexorável parece me puxar, fazendo com que eu atravesse o umbral. No vestíbulo, vejo um lustre de cristal e um teto com um estuque intrincado. Eu havia imaginado que a casa fosse fria e úmida, que cheirasse a poeira e mofo, mas sinto cheiro de tinta fresca e cera. E do mar.

— A reforma já está quase concluída — diz Donna. — Os carpinteiros ainda têm que fazer alguns reparos na torre e no miradouro, mas vão tentar não incomodar. E eles só trabalham em dias úteis, então nos fins de semana você vai ficar sozinha. O proprietário se dispôs a baixar o aluguel durante esse período porque sabe que os carpinteiros são um inconveniente, mas eles só vão ficar aqui mais algumas semanas. E depois você vai ter essa casa fantástica só para você pelo resto do verão. — Ela me vê olhando, admirada, para as sancas. — Eles fizeram um bom trabalho de restauração, não acha? Ned, o nosso carpinteiro, é um mestre artesão. Ele conhece cada centímetro dessa casa melhor que qualquer pessoa. Venha, me deixe mostrar o resto. Como você provavelmente vai testar receitas, imagino que queira dar uma olhada na *fantástica* cozinha.

— Eu falei do meu trabalho? Não me lembro de a gente ter conversado sobre isso.

Ela dá uma risadinha tímida.

— Você disse ao telefone que escrevia sobre comida, então não resisti e pesquisei o seu nome no Google. Já encomendei um exemplar do seu livro sobre azeites. Espero que autografe para mim.

— Vai ser um prazer.

— Acho que você vai descobrir que essa é a casa *perfeita* para escrever. — Ela me leva até a cozinha, um espaço iluminado e arejado, com ladrilhos pretos e brancos dispostos no chão em um padrão geométrico. — Tem um fogão de seis bocas e um forno imenso. Receio que os utensílios de cozinha sejam muito básicos, apenas algumas panelas e frigideiras, mas você disse que estava trazendo os seus.

— Isso, tenho uma longa lista de receitas que preciso testar e nunca vou a lugar nenhum sem as minhas facas e frigideiras.

— E sobre o que vai ser o seu próximo livro?

— Culinária tradicional da Nova Inglaterra. Estou explorando a culinária das famílias de marinheiros.

Ela ri.

— Vai ser bacalhau e mais bacalhau.

— O livro também vai tratar do estilo de vida deles. Os longos invernos e as noites frias, e todos os riscos que os pescadores corriam apenas para recolher a pesca. Não era fácil viver do mar.

— Não, com certeza não era. E a prova disso está no cômodo ao lado.

— Como assim?

— Vou mostrar.

Passamos para uma saleta, onde a lareira já havia sido abastecida com lenha e gravetos, pronta para ser acesa. Acima da cornija, há uma pintura a óleo de um navio adernando em um mar revolto, a proa cortando a espuma lançada pelo vento.

— Essa pintura é apenas uma reprodução — explica Donna. — A original está em exposição na sede da sociedade histórica, lá na cidade, onde também tem um retrato de Jeremiah Brodie. Ele era um sujeito muito charmoso. Alto, cabelos pretos...

— Brodie? É por isso que essa casa se chama Brodie's Watch?

— Isso. O capitão Brodie fez fortuna como comandante de um navio, navegando pela rota entre aqui e Xangai. Ele construiu essa casa em 1861. — Ela olha para a pintura da embarcação atravessando as ondas e estremece. — Fico mareada só de olhar. Não entro num troço desses nem que me paguem. Você veleja?

— Eu velejava quando era criança, mas faz anos que não boto os pés em um barco.

— Dizem que esse trecho da costa é um dos melhores do mundo para se velejar, para quem gosta desse tipo de coisa. Eu definitivamente não gosto. — Ela vai até um conjunto de portas duplas e as abre. — E aqui está o meu lugar favorito da casa.

Passo pela porta e o meu olhar é imediatamente atraído pela vista além das janelas. Vejo o nevoeiro impelido pelo vento e, por trás da cortina de névoa, vislumbro o que há além: o mar.

— Quando o sol sair, essa vista vai deixar você sem fôlego — diz Donna. — Não dá para ver o mar agora, mas espere até amanhã. O nevoeiro já deve ter se dissipado até lá.

Quero me demorar diante da janela, mas Donna já está seguindo adiante, me apressando, entrando em uma sala de jantar formal mobiliada com uma mesa de carvalho pesada e oito cadeiras. Na parede, há outra pintura de um barco, de um artista muito menos talentoso. O nome da embarcação está afixado na moldura.

Minotaur.

— Esse era o barco dele — diz Donna.

— Do capitão Brodie?

— É o barco que naufragou. O primeiro imediato dele pintou esse quadro e o deu de presente a Brodie um ano antes de ambos morrerem no mar.

Olho para a pintura do *Minotaur* e os pelos da minha nuca se arrepiam de repente, como se um vento frio tivesse atravessado a sala. Chego a me virar para ver se há alguma janela aberta, mas todas estão bem fechadas. Donna parece ter sentido o mesmo e passa os braços em torno do próprio corpo.

— Não é uma pintura muito boa, mas o Sr. Sherbrooke diz que faz parte da casa. Como foi o primeiro imediato que a pintou, imagino que os detalhes do navio sejam fiéis.

— Mas é um pouco perturbador ter esse quadro pendurado aqui — murmuro —, sabendo que foi nesse navio que ele afundou.

— Foi exatamente o que Charlotte disse.

— Charlotte?

— A mulher que alugou a casa antes de você. Ela ficou tão curiosa a respeito da história dele que planejava conversar com o proprietário sobre isso. — Donna se vira. — Vou mostrar os quartos.

Subo atrás dela pela escada sinuosa, a minha mão roçando o corrimão polido. É feito de carvalho, primorosamente trabalhado, e parece sólido e eterno. A casa foi construída para durar séculos, para ser o lar de muitas gerações; no entanto, aqui está ela, vazia, prestes a hospedar uma mulher solitária e o seu gato.

— O capitão Brodie tinha filhos? — pergunto.

— Não, ele nunca se casou. Depois que morreu no mar, a casa passou para um dos seus sobrinhos, em seguida mudou de mãos algumas vezes. Arthur Sherbrooke é o atual proprietário.

— Por que o Sr. Sherbrooke não mora aqui?

— Ele tem uma casa em Cape Elizabeth, perto de Portland. Herdou essa da tia, anos atrás. A casa estava em péssimo estado, e ele já gastou uma fortuna em restauração. Ele torce para que algum comprador a tire das suas mãos — ela faz uma pausa e olha para mim —, caso esteja interessada.

— Eu não teria como manter uma casa como essa.

— Ah, que pena. Achei que valia a pena mencionar isso. Mas você está certa, a manutenção dessas casas históricas é um pesadelo.

Enquanto caminhamos pelo corredor do segundo andar, ela aponta para a porta de dois quartos parcamente mobiliados e continua até uma porta no fim do corredor.

— Esse — diz Donna — era o quarto do capitão Brodie.

Ao entrar, mais uma vez sinto uma forte lufada de maresia. Eu tinha notado o cheiro lá embaixo, mas dessa vez é avassalador, como se eu estivesse diante de uma onda se quebrando, a água salpicando o meu rosto. Então, de repente, o cheiro desaparece, como se alguém tivesse acabado de fechar uma janela.

— Você vai *adorar* acordar com essa vista — diz Donna, apontando para a janela, embora no momento não houvesse nada para ver através do vidro que não fosse neblina. — No verão, o sol nasce bem ali, sobre a água, de forma que você vai poder assistir ao amanhecer.

Franzo o cenho diante das janelas nuas.

— Sem cortinas?

— Bem, privacidade não é um problema, porque não tem ninguém lá fora para ver você. A propriedade se estende até a linha da maré alta. — Ela se vira e indica com a cabeça a lareira. — Você sabe acender uma lareira, não sabe? Sempre abrir a chaminé primeiro?

— Eu costumava visitar a minha avó na fazenda dela em New Hampshire, então tenho muita experiência com lareiras.

— O Sr. Sherbrooke só quer ter certeza de que você tenha cuidado. Essas casas antigas podem pegar fogo muito rápido. — Ela tira um chaveiro do bolso. — Acho que já mostrei a casa toda.

— Você disse que tem uma torre no andar de cima?

— Ah, é melhor você não ir lá em cima. Está uma bagunça por causa das ferramentas e da madeira. E definitivamente não pise no miradouro até os carpinteiros terem substituído o deque. Não é seguro.

Ainda não tinha pegado as chaves que ela estendia para mim. Penso na primeira vez que vi a casa, as janelas me encarando como olhos mortos, vidrados. Brodie's Watch não prometia conforto nem refúgio, e o meu primeiro impulso foi ir embora. Mas agora que havia entrado, respirado o ar e tocado a madeira, tudo parecia diferente.

Essa casa havia me aceitado.

Pego as chaves.

— Se tiver alguma dúvida, pode me encontrar no escritório de quarta a domingo, e estou sempre com o celular em caso de emergência — diz Donna enquanto saímos da casa. — Tem uma lista muito útil de telefones locais que Charlotte afixou na cozinha. Do encanador, do médico, do eletricista.

— E onde eu pego a minha correspondência?

— Tem uma caixa de correio na estrada, no início do caminho de acesso à casa. Ou você pode alugar uma caixa-postal na cidade. Foi o que Charlotte fez. — Ela para ao lado do meu carro, olhando a caixa de transporte no banco de trás. — Uau. Você tem um gato bem grande.

— Ele é totalmente domesticado — asseguro.

— Ele é enorme.

— Eu sei. Preciso colocá-lo numa dieta. — Eu me inclino sobre o banco de trás para pegar a caixa de transporte, e Hannibal sibila para mim através da grade. — Ter ficado preso num carro todo esse tempo não o deixou nada feliz.

Donna se abaixa para olhar Hannibal mais de perto.

— Estou vendo dedos a mais? É um *maine coon*, não é?

— Cada um dos doze quilos.

— Ele é bom caçador?

— Sempre que tem a oportunidade.

Ela sorri para Hannibal.

— Então ele vai adorar esse lugar.

2

Levo a caixa de transporte para dentro de casa e solto o monstro. Hannibal emerge lá de dentro, olha com raiva para mim e se desloca pesadamente em direção à cozinha. É claro que esse seria o primeiro lugar para onde iria; mesmo nessa casa desconhecida, Hannibal sabe exatamente onde o seu jantar será servido.

Preciso de umas dez viagens até o carro para descarregar a minha mala, as caixas de papelão cheias de livros, roupas de cama e utensílios de cozinha e as duas sacolas de mantimentos que comprei na cidadezinha de Tucker Cove, o suficiente para os primeiros dias. Do meu apartamento em Boston, trouxe tudo de que vou precisar nos próximos três meses. Os romances que vinham acumulando poeira nas minhas prateleiras, livros que sempre quis ler e enfim vou abrir. Os meus preciosos frascos de ervas e temperos que temia não encontrar em uma pequena mercearia do Maine. Coloquei na mala maiôs e vestidos de verão, além de suéteres e um casaco acolchoado, porque, mesmo no verão, é impossível prever o clima na costa do Maine. Ou foi o que me disseram.

Quando termino de levar tudo para dentro de casa, já passa das sete e estou completamente gelada por causa da névoa. Tudo que quero agora é saborear uma bebida diante da lareira crepitante, então pego as três garrafas de vinho que trouxe de Boston. Quando abro o armário da cozinha para procurar uma taça, descubro que a inquilina anterior devia desejar coisas semelhantes. Na prateleira, ao lado de um exemplar de *Joy of Cooking*, há duas garrafas de uísque escocês *single malt*, uma delas quase vazia.

Guardo o vinho e pego a garrafa quase vazia de uísque.

É a minha primeira noite nessa casa imponente e antiga, então por que não aproveitar? Não vou sair, tive um dia exaustivo e, nessa noite úmida e fria, um uísque parece perfeitamente apropriado. Dou comida a Hannibal e sirvo dois dedos da bebida em um copo de cristal que encontro no armário. Ali mesmo, de pé junto à bancada da cozinha, tomo o primeiro gole e suspiro de prazer. Enquanto bebo o restante, folheio distraída o exemplar de *Joy of Cooking*. O livro tem manchas e marcas de gordura, claramente muito usado e amado. Na folha de rosto, há uma dedicatória.

Feliz aniversário, Charlotte! Agora que vai morar sozinha, você vai precisar disso.

Com amor,
Vovó

Eu me pergunto se Charlotte se deu conta de que deixou o livro para trás. Ao virar as páginas, vejo as muitas anotações que ela fez nas margens das receitas. *Precisa de mais curry... Trabalhoso demais... Harry adorou!* Sei como eu ficaria chateada se perdesse um dos meus amados livros de culinária, especialmente um que tivesse ganhado de presente da minha avó. Charlotte com certeza vai querer o livro de volta. Preciso dizer isso a Donna.

O uísque começa a fazer efeito. Conforme o calor da bebida faz o meu rosto corar, os meus ombros relaxam e a tensão desaparece. Finalmente aqui estou eu, no Maine, eu e o meu gato, sozinhos em uma casa à beira-mar. Eu me recuso a pensar no que me trouxe a esse lugar, tampouco vou pensar em quem ou no que deixei para trás. Em vez disso, me ocupo fazendo o que invariavelmente me conforta: cozinhar. Essa noite vou preparar um risoto, porque é simples, sacia e o preparo exige apenas duas panelas e paciência. Bebo uísque enquanto refogo cogumelos, chalota e o arroz ainda cru, mexendo até os grãos começarem a estalar. Quando acrescento vinho branco à panela, também sirvo um pouco no meu copo de uísque agora vazio. Não é exatamente a sequência adequada de bebidas, mas quem vai me censurar? Adiciono caldo quente à panela com uma concha e mexo. Um gole de vinho. Mexo um pouco mais. Mais uma concha de caldo, mais um gole de vinho. Continuo mexendo. Embora outros cozinheiros talvez lamentem o tédio de cuidar de um risoto, isso é exatamente o que adoro no processo de prepará-lo. Não dá para apressar as coisas; não dá para ser impaciente.

Então fico de pé junto ao fogão, mexendo com uma colher de pau, satisfeita em me concentrar apenas no que está fervilhando na panela. Acrescento ervilhas frescas, salsinha e parmesão ralado, e o aroma me faz salivar.

Quando finalmente coloco o meu prato na mesa de jantar, já anoiteceu. Em Boston, as noites são sempre poluídas pelas luzes da cidade, mas aqui não vejo nada ao olhar pelas janelas, nenhuma embarcação passando, nenhuma luz pulsante de farol, apenas a completa escuridão do mar. Acendo velas, abro uma garrafa de *chianti* e sirvo uma taça. Uma taça de vinho adequada dessa vez. A arrumação da mesa está perfeita: velas, guardanapo de linho, talheres de prata ladeando um prato de risoto polvilhado com salsinha.

O meu celular toca.

Antes mesmo de ver o nome na tela, já sei quem está me ligando. É claro que ela está me ligando. Imagino Lucy em seu apartamento na Commonwealth Avenue, o telefone grudado ao ouvido, esperando que eu atenda. Consigo ver a mesa diante da qual está sentada: a foto do casamento em um porta-retratos, a tigela de porcelana cheia de clipes de papel, o relógio de pau-rosa que dei de presente quando ela se formou na faculdade de medicina. Enquanto o telefone toca sem cessar, fico sentada de punhos cerrados, a náusea revirando o meu estômago. Quando ele finalmente para, o silêncio é um alívio divino.

Como uma garfada do risoto. Embora já tenha preparado essa receita diversas vezes, a garfada é tão sem gosto quanto cola de papel de parede, e o primeiro gole de *chianti* é amargo. Eu deveria ter aberto a garrafa de *prosecco*, mas ela ainda não estava resfriada, e um espumante deve estar sempre completamente resfriado, a garrafa imersa em gelo, de preferência.

Foi assim que servi champanhe na última noite de Ano-Novo.

Mais uma vez ouço o tilintar dos cubos de gelo, jazz tocando no aparelho de som e o falatório de amigos, parentes e colegas de trabalho reunidos no meu apartamento em Boston. Eu não havia medido gastos para a minha festa e esbanjei comprando ostras de Damariscotta e uma perna inteira de *jamón* ibérico de *bellota*. Eu me lembro de olhar para os meus convidados enquanto eles riam, registrar com quais dos homens eu já havia dormido e me perguntar com quem ia dormir naquela noite. Afinal, era noite de Ano-Novo, e é impossível celebrar sozinha.

Pare, Ava. Não pense naquela noite.

Mas não consigo não colocar o dedo na ferida, arrancando a casca até ela sangrar de novo. Me sirvo de mais vinho e repasso as lembranças. As risadas, o estrépito das conchas de ostra, a efervescência feliz do champanhe na minha língua. Eu me lembro de Simon, o meu editor, virando uma ostra reluzente na boca. Me lembro de Lucy, de plantão naquela noite, bebericando virtuosamente apenas água com gás.

E me lembro de Nick estourando uma garrafa de champanhe com habilidade. Me lembro de pensar em como ele parecia descontraído naquela noite, de gravata torta e mangas dobradas até o cotovelo. Quando penso naquela noite, sempre, sempre me lembro de Nick.

A vela sobre a mesa de jantar crepita. Olho para a mesa e, para a minha surpresa, vejo que a garrafa de *chianti* está vazia.

Quando me levanto, a casa parece oscilar, como se eu estivesse no convés de um navio em alto-mar. Ainda não abri nenhuma janela, mas o cheiro de maresia mais uma vez invade a sala e chego a sentir o sal nos meus lábios. Ou estou tendo alucinações ou estou mais embriagada do que imaginava.

Estou cansada demais para lavar a louça, então deixo o quase intocado risoto sobre a mesa e ando em direção à escada, apagando as luzes pelo caminho. Hannibal dispara à minha frente e tropeço nele, batendo a canela no patamar do segundo andar. O maldito gato já conhece a casa melhor que eu. Quando chego ao quarto, ele já está ocupando o seu espaço sobre o edredom. Não tenho forças para afastá-lo; simplesmente apago o abajur e me deito na cama ao lado dele.

Adormeço com o cheiro do mar nas minhas narinas.

No meio da noite, sinto algo se mover sobre o colchão e estendo o braço, procurando o calor do corpo de Hannibal, mas ele não está lá. Abro os olhos e, por um instante, não lembro onde estou. Então me recordo: Tucker Cove. A casa do capitão. A garrafa vazia de *chianti*. Por que eu achei que fugir ia mudar alguma coisa? Aonde quer que se vá, leva-se junto o sofrimento como um cadáver putrefato, e eu arrastei o meu costa acima até essa casa solitária no Maine.

Uma casa onde claramente não estou sozinha.

Fico deitada, ouvindo o arranhar de garrinhas se movendo pelas paredes. Parece que dezenas, talvez centenas de ratos estão usando a parede atrás da minha cama como via expressa. Hannibal também está acordado, miando e perambulando pelo quarto, atormentado pelos seus instintos felinos assassinos.

Levanto da cama e abro a porta para deixá-lo sair, mas ele se recusa. Continua perambulando de um lado para o outro, miando. Os ratos já fazem barulho suficiente; como vou dormir com os miados de Hannibal? Estou completamente desperta de qualquer maneira, então me sento na cadeira de balanço e olho pela janela. A névoa se dissipou e o céu está deslumbrante de tão limpo. O mar se estende até o horizonte, cada ondulação prateada pela luz da lua. Penso na garrafa de uísque ainda cheia no armário da cozinha e me pergunto se mais uma dose poderia me ajudar a dormir o resto da noite, mas estou confortável demais sentada na cadeira e não quero me levantar. Além disso, a vista é tão bonita, o mar diante de mim como prata batida. Uma brisa sopra nas minhas bochechas, roçando a minha pele como um beijo gélido, e sinto de novo: o cheiro do mar.

Ao mesmo tempo a casa fica silenciosa. Até os ratos nas paredes ficam parados, como se alguma coisa, alguém, os tivesse alarmado. Hannibal sibila alto e todos os pelos do meu braço se arrepiam.

Tem mais alguém nesse quarto.

Eu me levanto apressada, o coração acelerado. A cadeira continua se balançando para a frente e para trás depois que volto para a cama e passo o olho pela escuridão. As únicas coisas que vejo são as silhuetas dos móveis e os olhos brilhantes de Hannibal, refletindo o luar enquanto olha fixamente para alguma coisa no canto. Alguma coisa que não consigo ver. Ele solta um rosnado feroz e se esgueira para as sombras.

Fico parada, vigiando e ouvindo por uma eternidade. A luz da lua inunda a janela e se projeta no chão e, sob o brilho prateado, nada se mexe. A cadeira parou de balançar. O cheiro do mar desapareceu.

Não há mais ninguém no quarto. Apenas eu e o meu gato covarde.

Volto a me deitar na cama e puxo as cobertas até o queixo, mas mesmo sob o edredom estou gelada e tremendo. Só paro de tremer quando Hannibal finalmente sai de baixo da cama e se deita ao meu lado. Há algo em um gato quente e ronronante encostado no meu corpo que coloca o mundo de volta nos eixos e, com um suspiro, enterro os dedos no pelo dele.

Os ratos estão perambulando por dentro das paredes de novo.

— Amanhã vamos ter que encontrar outra casa para alugar — murmuro.

3

Há três ratos mortos ao lado dos meus chinelos.

Ainda sonolenta e de ressaca, olho para os presentes macabros que Hannibal deixou ali durante a noite. Ele está sentado ao lado das oferendas, o peito estufado de orgulho, e me lembro do comentário que a administradora da propriedade fez ontem quando eu disse a ela que o meu gato gostava de caçar.

Ele vai adorar esse lugar.

Pelo menos um de nós dois adora esse lugar.

Visto uma calça jeans e uma camiseta e desço para pegar toalhas de papel e fazer a faxina. Mesmo envoltos em várias camadas de papel, os cadáveres dos ratos parecem repugnantemente moles quando os recolho. Hannibal me olha furioso enquanto os embrulho, como se dissesse "o que diabos você vai fazer com o meu presente?", e me segue quando desço com eles e saio de casa.

É uma linda manhã. O sol brilha, o ar está fresco e uma roseira próxima está repleta de flores. Penso em jogar os ratos mortos no meio de alguns arbustos, mas Hannibal está por perto, sem dúvida esperando para pegar de volta o seu prêmio, então dou a volta até os fundos da casa para jogá-los no mar.

O primeiro vislumbre do mar me deixa deslumbrada. Piscando à luz do sol, fico parada na beirada do penhasco e olho para as ondas quebrando, tentáculos reluzentes de algas marinhas agarrados às rochas lá embaixo. Gaivotas me sobrevoam e ao longe um barco de pesca de lagosta desliza sobre a água. Fico tão admirada com a vista que quase esqueço o que me levou até lá. Desembrulho os ratos mortos e os atiro da beirada do penhasco. Eles caem sobre as rochas e são arrastados por uma onda que recua.

Hannibal se afasta, sem dúvida para caçar novas presas.

Curiosa para saber aonde ele vai em seguida, deixo as toalhas de papel amassadas embaixo de uma pedra e o sigo. Ele parece ter uma missão enquanto se desloca pela beirada do penhasco, descendo por uma trilha que é pouco mais que um risco em meio ao musgo e ao mato revolto. O solo é pobre aqui, em grande parte granito coberto de líquen. Ele desce aos poucos até uma pequena praia em forma de crescente flanqueada por rochedos. Hannibal continua à frente, o rabo apontando para o céu como um estandarte peludo, parando apenas uma vez para olhar para trás e confirmar que o estou seguindo. Sinto cheiro de flores e vejo alguns arbustos resistentes de rosa-rugosa, que de alguma forma florescem apesar do vento e da maresia, os botões de um rosa vívido que contrasta com o granito. Passo por eles com dificuldade e pulo das pedras para a praia. Não há areia, apenas pequenos seixos que rolam com estrépito, para a frente e para trás, com o vaivém das ondas. Em ambos os lados da pequena enseada, rochedos altos avançam água adentro, escondendo a praia.

Poderia ser o meu refúgio particular.

Já estou planejando um piquenique. Vou levar uma toalha, comida e, é claro, uma garrafa de vinho. Se o dia esquentar, talvez eu até arrisque um mergulho na água gélida. Com os raios do sol aquecendo o meu rosto e o aroma das rosas no ar, eu me sinto mais calma, mais feliz do que me senti em meses. Talvez este seja o lugar *certo* para mim. Talvez seja exatamente onde eu deveria estar, onde vou conseguir trabalhar, onde finalmente vou fazer as pazes comigo outra vez.

De repente, fico faminta. Não me lembro da última vez que senti tanta fome, e nos últimos meses perdi tanto peso que a calça jeans que costumava chamar de *skinny* agora fica frouxa nos quadris. Subo novamente pela trilha, pensando em ovos mexidos, torradas e litros de café com creme e açúcar. O meu estômago ronca e já sinto o gosto da geleia caseira de amora que trouxe de Boston. Hannibal trota à minha frente, mostrando o caminho. Ou ele me perdoou por ter descartado os seus ratos ou também está pensando no café da manhã.

Escalo a encosta e sigo a trilha em direção à ponta. Lá, onde a terra se projeta sobre o mar como a proa de um navio, está a casa, sozinha. Imagino o malfadado capitão Brodie contemplando o mar do miradouro no telhado, mantendo a vigilância durante o bom e o mau tempo. Sim, aquele era exatamente o tipo de lugar onde o capitão de um barco ia escolher construir a sua casa, naquele afloramento de rocha castigado pelo vento...

Fico paralisada, encarando o miradouro. Foi imaginação minha ou acabei de ver de relance alguém parado lá em cima? Não vejo ninguém agora. Talvez tenha sido um dos carpinteiros, mas Donna me disse que eles só trabalhavam nos dias de semana, e hoje é domingo.

Corro pela trilha e contorno a casa até a varanda da frente, mas não há nenhum veículo estacionado na entrada além do meu Subaru. Se *era* um dos carpinteiros, como ele chegou até a casa?

Subo os degraus apressada e grito:

— Oi? Eu sou a nova inquilina!

Ninguém responde. Enquanto subo as escadas e sigo para o corredor do segundo andar, tento ouvir o barulho dos trabalhadores na torre, mas não ouço martelos nem serras, nem mesmo o ruído de passos. A porta que dá para a escada da torre se abre com um rangido alto, revelando uma passagem estreita e escura.

— Oi? — grito escada acima. Mais uma vez, ninguém responde.

Ainda não subi até a torre. Passando os olhos pelas sombras, vejo pequenas frestas de luz pela porta fechada no topo da escada. Se tem alguém trabalhando lá em cima, está sendo estranhamente silencioso, e por um instante considero a possibilidade perturbadora de que o intruso *não* seja um dos carpinteiros, de que outra pessoa tenha entrado sorrateiramente pela porta da frente destrancada e agora esteja escondida lá em cima, esperando por mim. Mas não estou em Boston; estou em uma cidadezinha no Maine onde as pessoas deixam as portas destrancadas e a chave na ignição do carro. Ou foi o que me disseram.

O primeiro degrau emite um rangido agourento quando apoio o meu peso nele. Paro e ouço. Ainda nenhum som vindo lá de cima.

O miado alto de Hannibal me assusta. Olho para trás de relance e o vejo junto ao meu calcanhar, não parecendo nem um pouco alarmado. Ele resvala em mim ao passar, sobe até a porta fechada no topo da escada e fica à minha espera na escuridão. O meu gato é mais corajoso que eu.

Subo a escada na ponta dos pés, o pulso se acelerando a cada passo. Quando chego ao topo, as minhas mãos estão suando e a maçaneta parece escorregadia. Eu a giro lentamente e abro a porta com cuidado.

Os meus olhos são inundados pela luz do sol.

Sem conseguir enxergar, semicerro os olhos para me proteger da luz intensa, e a sala da torre entra em foco. Vejo janelas manchadas de sal. Teias de aranha sedosas pendem do teto, oscilando no ar recém-perturbado. Hannibal está sentado ao lado de uma pilha de tábuas de madeira, lambendo calmamente a pata. Há ferramentas de carpintaria por toda parte — serrote, lixadeiras de piso, cavaletes. Mas não há ninguém.

Uma porta leva ao lado de fora, ao miradouro, o deque no telhado com vista para o mar. Abro a porta e dou um passo, sentindo uma rajada de vento revigorante. Ao olhar para baixo, vejo a trilha no penhasco pela qual passei pouco antes. O som das ondas parece tão próximo que eu poderia estar de pé na proa de um navio, um navio muito antigo. O parapeito parece instável, a tinta há muito desgastada pela exposição às intempéries. Dou mais um passo e a madeira subitamente verga sob os meus pés. Recuo no mesmo instante e olho para as tábuas apodrecidas. Donna havia me alertado para ficar longe do miradouro, e, se eu tivesse avançado mais, o deque poderia ter cedido com o meu peso. No entanto, pouco antes, pensei ter visto alguém parado bem ali naquele lugar, onde a madeira parece tão frágil quanto papelão.

Volto para dentro da torre e fecho a porta para barrar o vento. Com as janelas voltadas para o leste, o ambiente já está aquecido pelo sol da manhã. Fico parada, banhada pela luz dourada, tentando compreender o que vi do penhasco, mas não consigo encontrar nenhuma explicação. Um reflexo, talvez. Alguma distorção estranha provocada pelo vidro antigo das janelas. Sim, deve ter sido isso que vi. Quando olho pela janela, a vista é distorcida por ondulações, como se eu estivesse tentando enxergar através da água.

Na minha visão periférica, alguma coisa brilha.

Eu me viro para olhar, mas vejo apenas uma espiral de poeira em suspensão, cintilando como um milhão de galáxias à luz do sol.

4

Quando entro no escritório da Branca Venda e Administração de Imóveis, Donna está ao telefone. Ela acena, me dando as boas-vindas, e faz um gesto indicando a sala de espera. Eu me sento perto de uma janela ensolarada e, enquanto ela dá continuidade à conversa, folheio um catálogo de imóveis para alugar. Não encontro nenhum anúncio de Brodie's Watch, mas há outras opções atraentes que vão de casinhas de madeira à beira-mar e apartamentos na cidade a mansões imponentes na Elm Street anunciadas a um preço igualmente imponente. Enquanto folheio páginas de belas fotos de casas, penso na vista do meu quarto em Brodie's Watch e na minha caminhada matinal pelo penhasco com perfume de rosas. Quantas casas naquele catálogo vinham com a sua própria praia particular?

— Oi, Ava. Como está a adaptação à casa?

Olho para Donna, que finalmente encerrou a ligação.

— Tem... hum... alguns probleminhas sobre os quais preciso falar com você.

— Ai, céus. Que problemas?

— Bem, para começar, ratos.

— Ah! — Ela suspira. — Sim, é um problema de algumas das casas mais antigas daqui. Como você tem um gato, não recomendo colocar veneno, mas posso dar algumas ratoeiras.

— Acho que algumas ratoeiras não vão resolver o problema. Parece ter um exército de ratos vivendo nas paredes.

— Posso pedir ao Ned e ao Billy, os carpinteiros, que fechem os pontos de entrada mais evidentes para que não entrem mais ratos. Mas é uma casa antiga, e, por aqui, a maioria de nós simplesmente aprende a conviver com eles.

Mostro o catálogo de imóveis.

— Então, mesmo que eu me mudasse para outro lugar, enfrentaria o mesmo problema?

— No momento, não tem nada disponível para alugar nessa área. A gente está no auge do verão, e todos os imóveis estão reservados, a não ser por uma semana aqui e ali. E você quer um contrato mais longo, não é?

— Sim, até outubro. Para eu ter tempo de terminar o livro.

Ela balança a cabeça.

— Sinto informar que não vai encontrar nada com a vista e a privacidade de Brodie's Watch. A única razão para o seu aluguel ser tão acessível é o fato de a casa estar passando por reformas.

— Esse é o meu segundo problema. A reforma.

— Sim?

— Você disse que os carpinteiros só iam trabalhar nos dias de semana.

— Isso mesmo.

— Hoje de manhã, quando estava na trilha do penhasco, acho que vi alguém no miradouro.

— Num domingo? Mas eles não têm a chave da casa. Como entraram?

— Eu deixei a porta destrancada quando saí para caminhar.

— Foi o Billy ou o Ned? Ned tem quase 60 anos e Billy, vinte e poucos.

— Eu não cheguei a *falar* com ninguém. Quando voltei, não tinha ninguém na casa. — Faço uma pausa. — Acho que pode ter sido apenas um efeito da luz. Talvez eu não tenha visto ninguém, no fim das contas.

Ela fica em silêncio por um instante, e me pergunto o que estará pensando. *A minha inquilina é pirada?* Donna se esforça para sorrir.

— Vou ligar para o Ned e lembrar a ele para não perturbar você nos fins de semana. Ou pode dizer isso a ele quando o encontrar. Eles devem estar na sua casa amanhã de manhã. Agora, sobre o problema dos ratos, posso levar algumas ratoeiras amanhã, se quiser.

— Não, vou comprar algumas agora. Onde posso encontrar aqui na cidade?

— Na Sullivan's Hardware, aqui na rua. Vire à esquerda e não tem como errar.

Estou quase na porta quando de repente me lembro de mais uma coisa que preciso perguntar. Dou meia-volta.

— Charlotte deixou um livro de receitas na casa. Posso mandar de volta para ela, se me disser para onde ela quer que seja enviado.

— Um livro de receitas? — Donna dá de ombros. — Talvez ela não quisesse mais.

— Foi um presente da avó dela e tem anotações com a letra de Charlotte em quase todas as páginas. Tenho certeza de que ela quer de volta.

A atenção de Donna já está se desviando de mim de volta para a sua mesa.

— Vou mandar um e-mail para ela avisando.

* * *

O sol atraiu todos os turistas para a rua, e, enquanto caminho pela Elm Street, tenho que desviar de carrinhos de bebê e de crianças que seguram casquinhas de sorvete pingando. Como Donna disse, de fato estamos no auge do verão, e por toda a cidade as caixas registradoras ressoam alegremente, os restaurantes estão lotados e uma grande quantidade de lagostas desafortunadas cumpre o seu destino fumegante. Passo pela Sociedade Histórica de Tucker Cove, por umas lojas, todas vendendo as mesmas camisetas e balas de caramelo, até finalmente ver o letreiro da Sullivan's Hardware.

Quando entro, uma sineta soa na porta, e o som traz de volta uma lembrança da minha infância, quando o meu avô levava a minha irmã mais velha, Lucy, e a mim a uma loja de ferragens exatamente como essa. Paro e inspiro o cheiro familiar de poeira e madeira recém-cortada e me lembro de como vovô examinava com cuidado martelos e parafusos, mangueiras e arruelas. Um lugar onde homens da geração dele conheciam o seu propósito e o encaravam com alegria.

Não vejo ninguém, mas ouço dois homens nos fundos da loja, discutindo os méritos de torneiras de cobre *versus* torneiras de aço inoxidável.

Ando por um dos corredores à procura de ratoeiras, mas encontro apenas ferramentas de jardinagem. Sachos e pás, luvas e enxadas. Viro no corredor seguinte, repleto de pregos, parafusos e rolos de tela de arame com elos de todos os tamanhos possíveis. Tudo de que uma pessoa precisaria para construir uma câmara de tortura. Estou prestes a entrar em um terceiro corredor quando uma cabeça surge de repente de trás de um painel de ferramentas cheio de chaves de fenda. Os cabelos brancos do homem são eriçados como a penugem de um dente-de-leão e ele me examina através dos óculos que pendem do nariz.

— Precisa de ajuda para achar alguma coisa, senhorita?

— Sim. Ratoeiras.

— Problemas com roedores? — Ele ri enquanto dá a volta no fim do corredor e se aproxima de mim. Embora esteja usando botas de trabalho e um cinto de ferramentas, parece velho demais para ainda empunhar um martelo. — As ratoeiras ficam aqui, junto com os utensílios de cozinha.

Ratoeiras e utensílios de cozinha. Não é um pensamento muito apetitoso. Eu o sigo até um canto nos fundos da loja, onde encontro uma variedade de espátulas, panelas e frigideiras de alumínio baratas, todas cobertas de poeira. Ele pega um pacote e me entrega. Consternada, olho para as ratoeiras Victor com mecanismo de mola, seis por pacote. A mesma marca que os meus avós usavam na fazenda em New Hampshire.

— Você tem alguma coisa um pouco mais... hum... humana? — pergunto.

— Humana?

— Armadilhas que não matem, como uma gaiolinha Havahart.

— E o que a senhorita planeja fazer com os ratos depois?

— Soltar. Em algum lugar do lado de fora.

— Eles vão simplesmente entrar de novo. A menos que esteja planejando levar os ratos para dar um longo passeio. — Ele solta uma gargalhada alta diante dessa ideia.

Olho para as ratoeiras.

— Elas parecem muito cruéis.

— Coloque um pouco de manteiga de amendoim. Eles sentem o cheiro, pisam na mola e *chlep*! — Ele sorri quando me sobressalto ao ouvir o ruído. — Não sentem nada, eu juro.

— Realmente acho que não quero...

— Tenho um especialista aqui na loja que pode tranquilizar a senhorita. — Ele grita para o outro lado da loja. — Ei, doutor! Venha dizer a essa moça que ela não precisa ficar tão melindrada!

Ouço passos se aproximando e, ao me virar, vejo um homem mais ou menos da minha idade. Ele está de calça jeans e camisa xadrez, e com sua boa aparência poderia ter saído direto das páginas de um catálogo da L.L.Bean. Quase espero ver um *golden retriever* surgir trotando atrás dele. O homem carrega um conjunto de torneira de cobre, o aparente vencedor do debate aço inoxidável *versus* cobre que entreouvi antes.

— Como posso ajudar, Emmett? — diz ele.

— Diga a essa moça simpática aqui que os ratos não vão sofrer.

— Que ratos?

— Os ratos na minha casa — explico. — Eu vim comprar ratoeiras, mas elas...

Olho para o pacote de ratoeiras e estremeço.

— Eu disse a ela que vão resolver o problema, mas ela acha que são cruéis — diz Emmett.

— Ah, bem... — O Sr. L.L.Bean dá de ombros como quem não pode ajudar muito. — Nenhum dispositivo feito para matar vai ser cem por cento humano, mas essas velhas ratoeiras Victor têm a vantagem de matar quase instantaneamente. A barra fratura a espinha dorsal, rompendo a medula. Isso significa que os sinais de dor não são transmitidos, o que minimiza o sofrimento do animal. E existem estudos que mostram...

— Desculpe, mas por que você seria especialista no assunto?

Ele abre um sorriso tímido. Reparo que os seus olhos são de um azul impressionante e que ele tem cílios invejavelmente longos.

— É anatomia básica. Se os impulsos não podem ser transmitidos pela medula espinhal até o cérebro, o animal não sente nada.

— O Dr. Ben sabe do que está falando — diz Emmett. — Ele é o médico da cidade.

— Na verdade, é Dr. Gordon. Mas todo mundo me chama de Dr. Ben. — Ele coloca o conjunto de torneira de cobre debaixo do braço esquerdo e estende a mão para mim. — E você é...?

— Ava.

— Ava que tem um problema com ratos — diz ele, e nós dois rimos.

— Se não quer usar ratoeiras talvez devesse arrumar um gato — sugere Emmett.

— Eu tenho um gato.

— E ele não resolveu o problema?

— A gente se mudou para a casa ontem. Ele já pegou três ratos, mas acho que nem ele consegue dar conta de todos. — Olho para as ratoeiras e suspiro. — Acho que vou ter que levar essas coisas aqui. Provavelmente são mais humanas do que ser devorado pelo meu gato.

— Vou acrescentar mais um pacote, o que acha? Por conta da casa — oferece Emmett. Ele vai até o caixa, na parte da frente da loja, onde registra as minhas compras. — Boa sorte, moça — diz, me entregando uma sacola plástica com as minhas ratoeiras. — Tome cuidado quando for armá-las, não é muito divertido quando se fecham nos nossos dedos.

— Use manteiga de amendoim — acrescentou o Dr. Gordon.

— É, acabei de ouvir esse conselho. É o próximo item da minha lista de compras. Acho que isso faz parte de alugar uma casa antiga.

— E que casa seria essa? — pergunta Emmett.

— A que fica na ponta. Chama-se Brodie's Watch.

O repentino silêncio fala mais alto que qualquer coisa que os dois homens pudessem dizer. Vejo o olhar trocado entre eles e reparo que Emmett franze a testa, formando rugas de expressão profundas no seu rosto.

— Então você é a moça que está alugando Brodie's Watch — diz ele. — Vai ficar muito tempo?

— Até o fim de outubro.

— Está... hum... gostando de lá?

Olho para os dois homens, me perguntando o que não estão me dizendo. Sei que algo está sendo omitido da conversa, algo importante.

— À exceção dos ratos, sim.

Emmett disfarça a consternação com um sorriso forçado.

— Bem, volte aqui se precisar de mais alguma coisa.

— Obrigada.

Começo a me dirigir à saída.

— Ava? — chama o Dr. Gordon.

— Sim?

— Tem mais alguém lá com você?

A pergunta dele me pega de surpresa. Em outras circunstâncias, um estranho me perguntando se moro sozinha me deixaria alerta, eu teria cautela em revelar a minha vulnerabilidade, mas não sinto nenhuma ameaça na pergunta, apenas preocupação. Os dois homens me observam, e há uma estranha tensão no ar, como se ambos estivessem prendendo a respiração, esperando a minha resposta.

— Tenho a casa toda só para mim. E para o meu gato. — Abro a porta e faço uma pausa. Olhando para trás, acrescento: — O meu gato enorme e *muito* feroz.

À noite, coloco manteiga de amendoim como isca em seis ratoeiras, deixo três na cozinha, duas na sala de jantar e a sexta no corredor do andar de cima. Não quero que Hannibal prenda a pata em nenhuma delas, então o levo para o meu quarto. Hannibal, esperto como só ele, é especialista na arte da fuga e aprendeu a girar a maçaneta com as patas, então passo o trinco na porta, prendendo-o lá dentro comigo. Ele não fica nada feliz com isso e anda de um lado para o outro, miando por uma chance de sair para caçar ratos outra vez.

— Desculpe, garoto — digo a ele. — Essa noite você é meu prisioneiro.

Apago o abajur e, à luz do luar, vejo que ele continua perambulando pelo quarto. A noite está novamente clara e silenciosa, a superfície do mar tranquila e lisa como prata fundida. Na escuridão, me sento junto à janela para beber uma dose de uísque e admirar a vista antes de me deitar. O que poderia ser mais romântico que uma noite de luar em uma casa à beira-mar? Penso em outras noites nas quais a luz da lua e alguns goles de bebida me fizeram acreditar que *aquele* poderia ser o homem que ia me fazer feliz, o que ia durar. Mas alguns dias, algumas semanas mais tarde, as fissuras inevitavelmente começavam a aparecer e eu me dava conta: Não, ele não é o homem certo para mim. Hora de seguir em frente e continuar procurando.

Tem sempre mais alguém por aí, alguém melhor, não tem? Nunca se contente com o Sr. Bom o Bastante.

Agora estou sentada sozinha, a pele corada por causa do sol e do uísque que corre pelas minhas veias. Pego a garrafa mais uma vez, e, quando o meu braço roça no meu seio, o meu mamilo formiga.

Faz meses que um homem não toca nessa parte do meu corpo. Meses que não sinto nem mesmo o mais tênue vestígio de luxúria. Não desde a noite de Ano-Novo. O meu corpo tem andado adormecido, todo o desejo congelado em um estado de hibernação. Mas essa manhã, quando estava na praia, por um instante senti alguma coisa dentro de mim voltar à vida.

Fecho os olhos e a lembrança daquela noite retorna. A bancada da cozinha coberta de taças de vinho e pratos sujos e travessas com conchas de ostra vazias. Os azulejos frios sob as minhas costas nuas. O corpo dele sobre o meu, me penetrando sem parar. Mas não quero pensar *nele*. Não suporto pensar nele. Em vez disso, evoco um *alguém* sem rosto, inocente, um homem que não existe. Um homem que desperta em mim apenas desejo, não amor. Não vergonha.

Sirvo mais uma dose no meu copo de uísque, mesmo sabendo que já bebi demais essa noite. A minha canela ainda está dolorida depois de ter batido no patamar da escada na noite passada, e essa tarde notei um hematoma novo no braço, mas não me lembro de quando nem de onde o consegui. Essa dose vai ser a última da noite. Eu a bebo de um gole só e desabo na cama, onde a luz da lua, pálida como creme, banha o meu corpo. Abro a camisola e deixo o ar fresco do mar soprar a minha pele. Imagino as mãos de um homem me tocando aqui, aqui e aqui. Um homem sem rosto e sem nome que conhece todos os meus desejos, um amante perfeito que existe apenas nas minhas fantasias. A minha respiração se acelera. Fecho os olhos e me ouço gemer. Pela primeira vez em meses, o meu corpo está ávido outra vez para sentir um homem dentro de mim. Eu o imagino segurando os meus pulsos e prendendo-os acima da minha cabeça. Sinto as mãos calejadas, o rosto com a barba por fazer na minha pele. As minhas costas se arqueiam e os meus quadris se erguem para encontrar os dele. Uma brisa sopra pela janela aberta, inundando o quarto com o cheiro do mar. Sinto a mão dele envolvendo o meu seio, acariciando o mamilo.

— Era você que eu estava esperando.

A voz soa tão próxima, é tão *real*, que arquejo e os meus olhos se abrem. Aterrorizada, encaro a silhueta escura pairando acima de mim. Não é sólida, mas apenas um feixe de sombras que lentamente se afasta e se dissipa como névoa ao luar.

Eu me sento na cama repentinamente e acendo o abajur. De coração acelerado, procuro freneticamente pelo intruso dentro do quarto. Mas a única coisa que vejo é Hannibal sentado no canto, me observando.

Fico de pé de súbito e me apresso para verificar a porta. Ainda está trancada. Vou até o guarda-roupa, abro as portas e afasto as minhas roupas penduradas. Não encontro nenhum intruso escondido lá dentro, mas vejo um volume de seda desconhecido no canto mais fundo do armário. Desenrolo um lenço de seda cor-de-rosa... Não é meu. De onde veio isso?

Há apenas mais um lugar no quarto para verificar. Enfrentando todos os pesadelos da infância com monstros escondidos debaixo da cama, fico de joelhos e espio sob o estrado. Claro, não há ninguém lá. Tudo que encontro é um chinelo perdido que, assim como o lenço de seda, provavelmente foi esquecido pela mulher que morou aqui antes de mim.

Confusa, me afundo na cama e tento entender o que acabei de vivenciar. Não passou de um sonho, com certeza, mas um sonho tão vívido que ainda estou tremendo.

Por cima da camisola, toco o seio e penso na mão sobre a minha pele. O mamilo ainda formiga com a lembrança da sensação, do que ouvi, do cheiro que senti. Olho para o lenço que encontrei no guarda-roupa. Só então vejo a etiqueta de tecido francês e percebo que é um Hermès. Como Charlotte pode ter deixado isso para trás? Se fosse meu, eu me certificaria de que fosse uma das primeiras coisas a ser colocada na mala. Ela deve ter arrumado as coisas às pressas para deixar para trás o amado livro de receitas e esse lenço caro. Penso novamente no que acabei de vivenciar. A mão acariciando o meu seio, a figura se movendo nas sombras. E a voz. A voz de um homem.

Você também o ouviu, Charlotte?

5

Dois homens invadiram a minha casa. Não homens imaginários, mas homens reais, chamados Ned Haskell e Billy Conway. Eu os ouço martelando e serrando no telhado, onde estão agora, substituindo o deque apodrecido do miradouro. Enquanto eles martelam lá em cima, aqui embaixo, na cozinha, bato manteiga e açúcar, pico nozes e misturo tudo até formar uma massa. Deixei a minha batedeira da Cuisinart em Boston, então agora tenho que cozinhar à moda antiga, usando os meus músculos e as minhas próprias mãos. O trabalho físico é reconfortante, embora eu saiba que amanhã os meus braços vão estar doloridos. Hoje estou testando uma receita de bolo de caramelo que encontrei em um diário da década de 1880 escrito pela esposa do capitão de um barco, e é uma alegria trabalhar nessa cozinha espaçosa e bem iluminada, projetada para comportar uma grande equipe de empregados domésticos. A julgar pelo tamanho dos quartos, o capitão Brodie era um homem rico e provavelmente tinha uma cozinheira, uma governanta e várias criadas encarregadas da cozinha. Naquela época, devia haver um fogão a lenha e, em vez da geladeira, um armário frio com revestimento interno de zinco e resfriado por gelo, que era reabastecido regularmente pelo fornecedor local. Enquanto o meu bolo de caramelo assa, impregnando a cozinha com cheiro de canela, imagino os funcionários da casa trabalhando naquele ambiente, cortando legumes, depenando galinhas. E, na sala de jantar, a mesa posta com porcelana fina e velas. Capitães de navios levavam para casa lembranças do mundo inteiro, e me pergunto onde estarão todos os tesouros do capitão Brodie agora. Será que passaram a seus herdeiros ou foram parar em lojas de antiguidades e aterros sanitários? Essa semana, vou até a sede da sociedade histórica local para ver se há pertences do capitão em sua coleção. O meu editor, Simon, ficou intrigado com a descrição da casa e, no e-mail que enviou para mim essa manhã, pediu que procurasse mais informações sobre o capitão Jeremiah Brodie. *Queremos saber que tipo de homem ele era. Alto ou baixo? Bonito ou feio?*

Como ele morreu?

O timer do forno apita.

Tiro o bolo, inspirando o delicioso aroma de melaço e especiarias, os mesmos aromas que um dia podem ter impregnado essa cozinha e se espalhado por toda a casa. Será que o capitão gostava de bolos como esse, cobertos de creme doce batido e servidos em um prato de porcelana refinada? Ou será que seu gosto pendia mais para carne assada com batatas? Prefiro pensar nele como um homem de paladar aventureiro. Afinal, era ousado o bastante para enfrentar os perigos do mar.

Corto uma fatia de bolo e saboreio a primeira garfada. Sim, essa com certeza é uma receita que vale a pena incluir no meu livro, junto com a história de como a descobri, escrita à mão nas margens de um diário caindo aos pedaços que comprei na venda de um espólio. Entretanto, por mais delicioso que seja, definitivamente não posso comer tudo sozinha. Corto o bolo em quadrados e levo o meu presente escada acima para os dois homens que agora devem estar com um apetite voraz.

A torre está atulhada de madeira empilhada, cavaletes, caixas de ferramentas e uma serra de fita. Escolho o caminho por aquela pista de obstáculos e abro a porta para o miradouro, onde os carpinteiros estão pregando uma tábua no lugar. Ontem, eles removeram o parapeito apodrecido e, daquele espaço agora desguarnecido, é uma queda vertiginosa até o chão.

Não me atrevo a colocar nem um pé sequer para fora da porta, mas digo aos dois:

— Se quiserem bolo, acabei de tirar um do forno.

— Agora, *sim*, é um bom momento para uma pausa — diz Billy, o mais jovem, e os dois largam as ferramentas.

Não há cadeiras na torre, então os dois homens pegam pedaços de bolo e nós formamos um círculo enquanto eles comem em silêncio. Embora Ned seja três décadas mais velho que Billy, os dois se parecem tanto que poderiam ser pai e filho. São muito bronzeados e musculosos, a camiseta coberta de serragem, a calça jeans caindo com o peso do cinto de ferramentas.

Billy sorri para mim com a boca cheia de bolo.

— Obrigado, senhora! É a primeira vez que um cliente prepara uma coisa gostosa para a gente!

— Na verdade, esse é o meu trabalho — explico a ele. — Tenho uma longa lista de receitas que preciso testar, e certamente não consigo comer tudo que cozinho.

— Cozinhar é a sua profissão? — pergunta Ned. Com cabelos grisalhos e sério, ele parece um homem que pesa cada palavra antes de falar. Para onde quer que eu olhe nessa casa, vejo evidências do seu trabalho meticuloso.

— Eu escrevo sobre comida. Estou escrevendo sobre a culinária tradicional da Nova Inglaterra e preciso testar todas as receitas antes que sejam incluídas no livro.

Billy levanta o braço.

— Soldado Billy Conway se apresentando para o serviço. Eu me ofereço para ser a sua cobaia. Você cozinha, e eu como — diz ele, e todos nós rimos.

— Quanto falta para terminarem o deque? — pergunto, apontando para o miradouro.

— Deve levar uma semana, mais ou menos, para substituir as tábuas e colocar o novo parapeito — responde Ned. — Depois a gente precisa voltar a trabalhar aqui dentro. Isso deve levar mais uma semana.

— Pensei que já tivessem terminado o trabalho na torre.

— A gente também. Até que o Billy foi virar uma tábua e sem querer fez um buraco no gesso. — Ele aponta para um sulco na parede. — É tudo oco ali. Tem um espaço atrás da parede.

— De que tamanho você acha que é?

— Eu olhei lá dentro com uma lanterna e não consegui ver a parede oposta. Arthur mandou a gente abrir a parede e descobrir o que tem lá atrás.

— Arthur?

— O proprietário, Arthur Sherbrooke. Eu o mantenho informado sobre o nosso progresso, e isso despertou a curiosidade dele. Ele não tinha ideia de que havia alguma coisa por trás daquela parede.

— Talvez seja um depósito secreto de ouro — comenta Billy.

— O importante é que não tenha um cadáver lá dentro — grunhe Ned, limpando as migalhas das mãos. — Bem, é melhor a gente voltar ao trabalho. Obrigado pelo bolo, senhora.

— Por favor, me chamem de Ava.

Ned inclina educadamente a cabeça.

— Ava.

Os dois já estão voltando para o miradouro quando pergunto:

— Por acaso algum de vocês veio até a casa no domingo de manhã?

Ned balança a cabeça.

— A gente não trabalha aqui nos fins de semana.

— Eu estava andando pela trilha do penhasco e, quando olhei para cima, vi alguém no miradouro.

— É, Donna mencionou que você viu alguém, mas a gente não tem como entrar na casa se você não estiver aqui. A menos que queira nos dar uma cópia da chave, como a última inquilina.

Encaro o miradouro.

— É tão estranho. Posso jurar que ele estava parado bem *ali*. — Aponto para a borda do deque.

— Isso seria muito imprudente da parte dele — diz Ned. — O deque está praticamente todo podre. Não aguentaria o peso de ninguém. — Ele pega um pé de cabra, avança pelas novas tábuas que acabaram de pregar e enfia o pé de cabra em uma das tábuas antigas. O metal afunda, perfurando com facilidade a madeira podre. — Se alguém pisasse aqui, as tábuas teriam desabado com o peso. A verdade é que isso aqui é um processo pronto para acontecer. O proprietário deveria ter mandado consertar esse deque anos atrás. Ele tem sorte de não ter acontecido nenhum outro acidente.

Eu estava olhando fixamente para a madeira em desintegração e levo um minuto para assimilar as palavras. Então olho para ele.

— Outro acidente?

— Eu não sabia de nenhum acidente — diz Billy.

— Porque você ainda devia usar fraldas. Aconteceu há mais de vinte anos.

— O que aconteceu?

— A casa já estava em péssimo estado quando a Sra. Sherbrooke morreu. Eu costumava fazer uns serviços para ela, mas nos últimos anos de vida ela não gostava que ninguém viesse até a casa para consertar coisas, então tudo foi se deteriorando. Depois que ela morreu, a casa ficou anos vazia e passou a atrair jovens locais, principalmente no Halloween. Era uma espécie de rito de passagem passar a noite na casa mal-assombrada, bebendo e dando uns amassos.

As minhas mãos de repente ficaram geladas.

— Mal-assombrada? — pergunto.

Ned desdenha.

— Casas velhas e vazias como essa as pessoas sempre pensam que são mal-assombradas. Todo Halloween, os jovens invadiam a casa e se embebedavam. Naquele ano, uma garota desmiolada passou por cima do parapeito e subiu no telhado. As telhas são de ardósia, então ficam muito escorregadias quando estão molhadas, e estava garoando. — Ele aponta para o chão lá embaixo. — O corpo dela foi parar lá embaixo, no granito. Como pode ver, ninguém sobreviveria a uma queda dessas.

— Meu deus, Ned. Eu nunca ouvi essa história — diz Billy.

— Ninguém gosta de falar desse assunto. Jessie era uma menina bonita e tinha só 15 anos. Uma pena ela andar com as pessoas erradas. A polícia chegou à conclusão de que foi um acidente, e esse foi o fim da história.

Fico olhando para o miradouro e imagino uma noite de Halloween enevoada e uma adolescente embriagada chamada Jessie subindo no parapeito e se equilibrando do outro lado, inebriada pela emoção. Será que ela se assustou com algo que viu, algo que fez com que perdesse o equilíbrio? Será que foi isso que aconteceu? Penso no que vivenciei ontem à noite no meu quarto. E penso em Charlotte, fazendo as malas às pressas, fugindo dessa casa.

— Eles têm certeza de que a morte da garota foi apenas um acidente? — pergunto a Ned.

— Foi o que todo mundo disse, mas eu fiquei na dúvida na época. Ainda tenho dúvidas. — Ele pega o martelo do cinto de ferramentas e volta a se concentrar no trabalho. — Mas ninguém dá a mínima para o que eu acho.

6

Hannibal sumiu.

Só quando termino de jantar é que me dou conta de que não vejo o meu gato desde que Ned e Billy recolheram as ferramentas e foram embora. Agora já está escuro lá fora, e, se há algo confiável a respeito de Hannibal, é o fato de que ele vai estar sentado ao lado do pote de comida na hora do jantar.

Visto um suéter e vou lá para fora, onde sou recebida pelo frio noturno trazido pelo mar. Chamando o nome dele, dou a volta na casa e sigo para a beirada do penhasco. Na saliência de granito, paro, pensando na garota cujo corpo teria caído ali. À luz que vem da janela, quase consigo ver o sangue ainda salpicando a rocha, mas é claro que são apenas manchas escuras de líquen na pedra. Olho para o miradouro, onde a garota se pendurou no parapeito, e a imagino mergulhando na escuridão e se chocando com o granito implacável. Não quero pensar no que uma queda como essa faz ao corpo humano, mas não consigo evitar a imagem de uma coluna partida e um crânio aberto como uma casca de ovo. De repente, o barulho do mar fica tão alto que parece que uma onda está rugindo na minha direção, e recuo da beira do penhasco, o coração acelerado. Está escuro demais para continuar procurando; Hannibal vai ter que se virar sozinho. Não é isso que gatos machos não castrados fazem, andam por aí a noite toda à caça? Com quase doze quilos, ele pode pular uma refeição ou duas.

Eu realmente preciso castrá-lo.

Volto para dentro de casa e estou prestes a trancar a porta quando ouço um miado fraco. Está vindo do andar de cima.

Então ele estava dentro de casa o tempo todo. Será que se trancou em um dos quartos? Subo para o segundo andar e abro a porta dos quartos desocupados. Nada de Hannibal.

Ouço outro miado, ainda vindo de cima. Ele está na torre.

Abro a porta da escada que leva à torre e aperto o interruptor na parede. Estou na metade da escada quando a lâmpada solitária de repente estala e se apaga, me deixando na escuridão. Eu não deveria ter bebido aquela quarta taça de vinho; agora tenho que me segurar no corrimão enquanto subo. Sinto como se a escuridão fosse líquida e eu estivesse arrastando o peso do meu corpo pela água, lutando para chegar à superfície. Quando finalmente alcanço a torre, tateio a parede em busca do interruptor e acendo a luz.

— Aí está você, seu levado.

Um Hannibal presunçoso está sentado em meio às ferramentas de carpintaria com um rato recém-morto na frente.

— Bem, vamos, se quiser jantar.

Ele não parece nem um pouco interessado em me seguir escada abaixo; na verdade, não está nem sequer olhando para mim, mas escarando fixamente a janela que dá para o miradouro. Por que ele não está com fome? Será que está *comendo* os ratos que pega? Estremeço ao pensar nele deitado comigo na minha cama, a barriga cheia de roedores.

— *Vamos* — imploro. — Tem atum para você.

Ele apenas olha de relance para mim, então volta a encarar a janela.

— Já chega. Está na hora de ir.

Eu me abaixo para pegá-lo e fico chocada quando ele solta um sibilo feroz e me ataca com as garras. Recuo, o braço ardendo. Estou com Hannibal desde que ele era um gatinho, e ele nunca me atacou antes. Será que acha que estou tentando roubar o rato? Mas ele nem sequer está olhando para mim; seu olhar ainda está fixado na janela, olhando para algo que não consigo ver.

Olho para as marcas de garras que ele deixou na minha pele, de onde rastros paralelos de sangue começam a escorrer.

— Chega. Nada de jantar para *você*.

Apago a luz e estou prestes a tatear o caminho de volta pela escada escura quando ouço seu rosnado feroz. O som faz todos os pelos da minha nuca se arrepiarem de repente.

Na escuridão, vejo o brilho sobrenatural dos olhos de Hannibal.

Mas também vejo outra coisa: uma sombra que se adensa e se materializa perto da janela. Não consigo me mexer, não consigo emitir nenhum som; o medo me paralisa enquanto a sombra lentamente assume uma forma tão sólida que não consigo mais ver a janela por trás dela. A maresia inunda as minhas narinas, um cheiro tão forte que é como se uma onda tivesse acabado de passar por mim.

Um homem surge diante da janela, os ombros emoldurados pelo luar. Ele olha para o mar, de costas para mim, como se não tivesse notado a minha presença. Está em pé e é alto, os cabelos um emaranhado de ondas pretas, o longo casaco escuro ajustado aos ombros largos e à cintura estreita. Certamente é uma ilusão do luar; homens não se materializam de repente. Ele não pode estar aqui. Mas os olhos de Hannibal brilham enquanto ele também encara esse produto da minha imaginação. Se não há nada lá, para o que o meu gato está olhando?

Tateio freneticamente a parede em busca do interruptor, mas encontro apenas a parede nua. Cadê? Cadê?

A figura se vira para mim.

Fico paralisada, a mão pressionando a parede, o coração disparado. Por um instante ele fica com o rosto de perfil, e vejo um nariz afilado, um queixo proeminente. Em seguida, ele me encara e, embora os olhos tenham apenas um brilho tênue, sei que está olhando diretamente para mim. A voz que ouço parece vir de lugar nenhum e de todo lugar ao mesmo tempo.

— Não tenha medo — diz ele.

Lentamente, abaixo a mão. Não estou mais ansiosa para encontrar o interruptor; estou concentrada apenas nele, em um homem que não pode estar diante de mim. Ele se aproxima de forma tão silenciosa que a única coisa que ouço é o sangue latejando nos ouvidos. Mesmo quando ele chega mais perto, não consigo me mexer. Os meus membros estão dormentes; é como se eu estivesse flutuando, o meu corpo se dissolvendo nas sombras, como se fosse eu o fantasma, à deriva em um mundo ao qual não pertenço.

— Sob o meu teto, nenhum mal vai acontecer a você.

O toque da mão dele no meu rosto é tão quente quanto a minha própria pele, e igualmente vivo. Estremeço ao respirar e inspiro o cheiro salgado do mar. *É o cheiro dele.*

Enquanto desfruto do toque, no entanto, sinto a mão dele se dissolver. A tênue luz da lua brilha através dele, que me lança um último olhar demorado, se vira e vai embora. Imediatamente se torna apenas um vestígio de sombra, tão insubstancial quanto poeira. Diante da porta fechada do miradouro, ele não para, mas passa direto através da madeira e do vidro para a sacada externa, para a beirada do deque onde não há tábuas, onde agora há apenas um buraco aberto. Ele não tropeça, não cai, apenas caminha pelo espaço vazio. Pelo tempo.

Pisco, e ele se foi.

O cheiro do mar também.

Ofegando, estendo a mão para a parede e dessa vez encontro o interruptor. No clarão repentino, vejo a serra elétrica, as ferramentas de carpintaria e a pilha de tábuas. Hannibal está sentado exatamente onde estava antes e lambe as patas tranquilamente. O rato morto desapareceu.

Vou até a janela e olho para a sacada.

Não há ninguém lá.

7

Donna está sentada diante do computador, os dedos rápidos pressionando as teclas com eficiência. Ela não nota a minha presença até eu estar bem diante da sua mesa, e mesmo assim me olha apenas de relance e abre um sorriso automático enquanto continua a digitar.

— Falo com você em um segundo. Tenho que terminar esse e-mail — avisa ela. — Acabou de acontecer uma catástrofe no encanamento de uma das nossas propriedades e preciso encontrar outro imóvel para locatários muito insatisfeitos...

Enquanto ela continua a digitar, vou dar uma olhada nos anúncios de propriedades *À venda* afixados na parede. Se me mudasse para o Maine, poderia comprar um imóvel muito maior do que o que tenho em Boston. Pelo preço do meu apartamento de dois quartos, eu poderia comprar uma casa no campo com mais de dois hectares de terra, uma casa de quatro quartos precisando de reformas nessa cidadezinha ou uma fazenda no condado de Aroostook. Eu escrevo sobre culinária, então posso morar em qualquer lugar do mundo; preciso apenas do meu laptop, de conexão com a internet e de uma cozinha operacional para testar receitas. Como tantos outros turistas que visitam o Maine no verão, não posso deixar de alimentar a fantasia de abandonar as raízes e começar uma nova vida aqui. Eu me imagino plantando ervilhas na primavera, colhendo tomates no verão e maçãs no outono. E, durante os longos e escuros invernos, enquanto a neve rodopia do lado de fora, eu assaria pão enquanto uma panela de ensopado estaria fervendo no fogão. Eu seria uma Ava completamente nova, alerta, feliz e produtiva, sem beber até o estupor toda noite, desesperada para dormir.

— Desculpe deixar você esperando, Ava, mas essa manhã foi uma loucura.

Eu me viro para Donna.

— Tenho outra pergunta. Sobre a casa.

— É sobre os ratos de novo? Porque, se eles realmente estiverem incomodando, posso conseguir um apartamento para você em outra cidade. É em um prédio novo e não tem vista, mas...

— Não, eu posso conviver com os ratos. Na verdade, já peguei meia dúzia deles na semana passada. A minha pergunta é sobre a torre.

— Ah. — Ela suspira, já supondo qual é a minha reclamação. — Billy e Ned me disseram que os reparos vão demorar mais do que eles esperavam. Vão precisar abrir aquele espaço escondido atrás da parede. Se isso não for aceitável para você, posso conversar sobre deixarem esse trabalho para outubro, depois que você tiver ido embora.

— Não, estou totalmente tranquila com eles trabalhando na casa. É bom ter os dois por perto.

— Fico feliz por você pensar assim. Ned passou por maus bocados nos últimos anos. Ele ficou muito feliz quando o Sr. Sherbrooke o chamou para fazer esse trabalho.

— Achei que um bom carpinteiro teria trabalho de sobra por aqui.

— É, bem... — Ela olha para a mesa. — *Eu* sempre o considerei confiável. E tenho certeza de que a torre vai ficar linda quando ele terminar.

— Falando na torre...

— Sim?

— A inquilina anterior mencionou alguma coisa... hum... estranha a respeito dela?

— O que você quer dizer com "estranha"?

— Rangidos esquisitos. Barulhos. Cheiros. — *Como o cheiro do mar.*

— Charlotte nunca mencionou nada do tipo para mim.

— E os inquilinos antes dela?

— Charlotte foi a única outra pessoa para quem aluguei aquela casa. Antes dela, Brodie's Watch ficou vazia por anos. Essa é a primeira temporada em que a casa está disponível para alugar. — Ela examina o meu rosto, tentando inferir o que realmente estou querendo saber. — Desculpe, Ava, mas acho que não estou entendendo exatamente que problemas você está enfrentando. Toda casa antiga tem rangidos e barulhos. Tem alguma coisa em particular que eu possa resolver?

Considero lhe dizer a verdade: que acho que Brodie's Watch é mal-assombrada. Mas tenho medo do que essa mulher de negócios pragmática vai pensar de mim. No lugar dela, sei o que *eu* pensaria de mim.

— Não é um problema, na verdade — digo por fim. — Você está certa, é só uma casa velha, então acho que um barulho estranho de vez em quando faz parte.

— Então não quer que eu procure um apartamento para você? Em algum lugar em outra cidade?

— Não, vou ficar até outubro como planejei. Isso deve me dar tempo para terminar uma boa parte do meu livro.

— Você vai ficar feliz por ter ficado. E outubro é a época *mais* agradável do ano.

Já estou à porta quando me lembro de mais uma pergunta.

— O nome do proprietário é Arthur Sherbrooke?

— Sim. Ele herdou a casa da tia.

— Acha que ele se importaria se eu entrasse em contato para saber mais sobre a história de Brodie's Watch? Seria um pano de fundo interessante para o meu livro.

— Ele vem a Tucker Cove de tempos em tempos para verificar o progresso de Ned. Vou descobrir quando vai estar na cidade de novo, mas não tenho certeza se vai estar disposto a falar sobre a casa.

— Por quê?

— Ele já está tendo muita dificuldade para vender o imóvel. A última coisa que precisa é de alguém escrevendo sobre o problema dos ratos.

Saio do escritório de Donna e sou recebida pelo calor de um dia de verão. A cidadezinha está movimentada, todas as mesas estão ocupadas no restaurante Lobster Trap e há uma longa fila de turistas serpenteando para fora da sorveteria Village Cone. Mas ninguém parece interessado no prédio de madeira branca que abriga a Sociedade Histórica de Tucker Cove. Ao entrar, não vejo uma única alma e, exceto pelo tique-taque de um carrilhão, reina o silêncio. Os turistas vêm ao Maine para navegar nas suas águas e fazer caminhadas pelas suas florestas, não para bisbilhotar velhas casas sombrias cheias de artefatos empoeirados. Examino uma vitrine que contém pratos antigos, taças de vinho e talheres. É a reprodução da arrumação de uma mesa de jantar formal por volta de 1880. Ao lado há um antigo livro de receitas, aberto na página de uma receita de cavala salgada, assada em leite e manteiga frescos. É exatamente o tipo de prato que seria servido em uma cidadezinha litorânea como Tucker Cove. Comida simples, feita com ingredientes tirados do mar.

Pendurada acima da vitrine de vidro há uma pintura a óleo de um conhecido navio de três mastros cortando ondas verdes turbulentas. É idêntica à pintura pendurada na parede em Brodie's Watch. Eu me inclino para perto e fico tão absorta nas pinceladas do artista que só percebo que alguém se aproxima por trás de mim quando a tábua do assoalho range. Com um sobressalto, me viro e vejo uma mulher me observando, os olhos enormes por causa das lentes grossas dos óculos. A idade curvou sua coluna e ela não passa do meu ombro, mas o olhar é firme e alerta, e ela está de pé sem a ajuda de uma bengala, os pés bem plantados em sapatos feios, mas confortáveis. No crachá de guia está escrito SRA. DICKENS, o que parece combinar bem demais com ela para ser verdade.

— É uma pintura muito bonita, não acha? — pergunta.

Ainda surpresa com a chegada inesperada, apenas aceno com a cabeça.

— Esse navio é o *Mercy Annabelle*. Ele costumava partir de Wiscasset. — Ela sorri, as rugas vincando o rosto como couro surrado. — Bem-vinda ao nosso pequeno museu. É a primeira vez que vem a Tucker Cove?

— É, sim.

— Vai ficar um tempo?

— O verão todo.

— Ah, que bom. Muitos turistas simplesmente passam correndo pela costa, indo apressados de cidade em cidade, e tudo fica meio misturado. É preciso tempo para sentir a pulsação de um lugar e conhecer a sua personalidade. — Os óculos pesados escorregam pelo nariz. Empurrando-os de volta, ela me olha mais de perto. — Há algo em particular que possa ajudá-la a encontrar? Algum aspecto da nossa história sobre o qual gostaria de saber?

— Estou morando em Brodie's Watch. E estou curiosa a respeito da história do lugar.

— Ah. A senhorita é a escritora de livros de culinária.

— Como a senhora sabe?

— Encontrei Billy Conway no correio. Ele disse que nunca ficou tão feliz em ir toda manhã para o trabalho. Os seus muffins de mirtilo estão conquistando uma fama considerável na cidade. Ned e Billy estão torcendo para que a senhorita resolva se fixar aqui e abra uma confeitaria.

Dou risada.

— Vou pensar no assunto.

— Está gostando de morar na colina?

— É lindo lá em cima. O tipo de lugar em que se esperaria que o capitão de um navio construísse a sua casa.

— Acho que vai se interessar por isso. — Ela aponta para outra vitrine. — Esses itens pertenciam ao capitão Brodie. Ele os trouxe de volta das suas viagens.

Eu me inclino para examinar as mais de vinte conchas que brilham sob o vidro como joias coloridas.

— Ele colecionava conchas? Jamais teria imaginado.

— Pedimos a uma bióloga de Boston que examinasse esses espécimes. Ela nos disse que vêm de toda parte do mundo. Caribe, oceano Índico, mar da China Meridional. Um hobby bastante delicado para um capitão grande e viril, não acha?

Reparo no diário aberto na vitrine, as páginas amareladas cobertas por uma caligrafia cuidadosa.

— Esse é o diário de bordo do navio do qual ele foi capitão antes, o *Raven*. Ele parecia ser um homem de poucas palavras. A maioria dos registros é estritamente sobre o clima e as condições de navegação, então é difícil saber mais sobre o sujeito em si. Claramente, o mar foi o seu primeiro amor.

E acabou sendo a sua ruína, penso, enquanto examino a caligrafia de um homem morto há muito tempo. *Bons ventos, mar favorável*, ele havia escrito naquele dia da viagem. Mas o tempo está sempre mudando e o mar é traiçoeiro. Eu me pergunto quais terão sido as suas últimas palavras no diário de bordo do *Minotaur*, pouco antes de o navio naufragar. Será que ele sentiu o cheiro da morte no vento, ouviu o seu grito no cordame? Será que se deu conta de que nunca mais poria os pés na casa onde eu agora durmo?

— Vocês têm mais alguma coisa na coleção que tenha pertencido ao capitão Brodie? — pergunto.

— Tem mais alguns itens lá em cima. — A campainha da porta tilinta e ela se vira quando uma família com crianças entra. — Por que não anda por aí e dá uma olhada? Todos os cômodos estão abertos à visitação.

Enquanto ela cumprimenta os recém-chegados, atravesso a porta da sala de estar, onde há cadeiras forradas com veludo vermelho dispostas em torno de uma mesa de chá, como se estivessem arrumadas para uma reunião de mulheres. Na parede há dois retratos do homem e da mulher de cabelos grisalhos que já foram os proprietários do imóvel. O homem parece rígido e desconfortável em sua camisa de colarinho alto, e a esposa me encara do retrato com olhos duros, como se quisesse saber o que estou fazendo na sua casa.

Na outra sala, ouço uma criança correndo, e a mãe implora:

— Não, não, querido! Largue esse vaso!

Fujo da família barulhenta e vou para a cozinha, onde um bolo de cera, frutas artificiais e um peru gigante de plástico representam o que seria servido em uma refeição festiva. Penso no trabalho que devia dar cozinhar uma refeição como aquela em um fogão de ferro fundido, o trabalho extenuante de buscar água, alimentar as chamas com lenha, depenar a ave. Não, obrigada; prefiro uma cozinha moderna.

— Ma-*nhêêê*! Me solta! — Os gritos da criança se aproximam.

Eu me apresso até a escada dos fundos e subo os degraus estreitos que os criados devem ter usado um dia. Expostos no corredor do segundo andar estão retratos de residentes ilustres de Tucker Cove de um século atrás, e reconheço sobrenomes que agora são exibidos nas vitrines da cidadezinha. Laite. Gordon. Tucker.

Não vejo o sobrenome Brodie.

No primeiro quarto, há uma cama com dossel e, no quarto seguinte, um berço antigo e um cavalinho de balanço. O último quarto, no fim do corredor, é dominado por uma enorme cama com armação pesada de madeira e um armário, a porta aberta deixando à mostra um vestido de noiva de renda pendurado lá dentro. Mas não presto atenção à mobília; em vez disso, a minha atenção se volta para o que está pendurado na parede acima da lareira.

É a pintura de um homem imponente, com cabelos pretos ondulados e testa proeminente. Ele está parado diante de uma janela e, sobre o seu ombro esquerdo, é possível ver um navio no porto, as velas içadas. O seu casaco escuro é simples e sem adornos, mas perfeitamente ajustado aos ombros largos, e na mão direita ele segura um reluzente sextante de bronze. Não preciso olhar a pequena placa afixada à pintura; já sei quem é esse homem porque o vi ao luar. Senti a sua mão acariciar a minha bochecha e ouvi a sua voz sussurrar para mim na escuridão.

"Sob o meu teto, nenhum mal vai acontecer a você."

— Ah. Vejo que o encontrou — diz a guia.

Enquanto ela se junta a mim diante da lareira, o meu olhar permanece fixo no retrato.

— É Jeremiah Brodie.

— Ele era um sujeito bonito, não acha?

— Era — sussurro.

— Imagino que as moças da cidade ficassem em êxtase toda vez que ele descia a prancha do navio. É uma pena que não tenha deixado herdeiros.

Por um instante ficamos lado a lado, ambas fascinadas pela imagem de um homem que morreu há quase um século e meio. Um homem cujos olhos parecem olhar diretamente para mim. Só para mim.

— Foi uma tragédia terrível para essa cidadezinha quando o navio dele naufragou — diz a Sra. Dickens. — Ele era tão jovem, tinha apenas 39 anos, mas conhecia o mar como ninguém. Ele cresceu na água. Passou mais tempo de vida no mar que em terra.

— Ainda assim construiu aquela bela casa. Agora que já estou morando em Brodie's Watch há um tempo, estou começando a reconhecer como ela é de fato especial.

— Então a senhorita gosta de lá.

Hesito.

— Gosto, sim — digo por fim, e é verdade; eu *gosto* de lá. Com ratos, fantasmas e tudo mais.

— Algumas pessoas têm uma reação totalmente oposta àquela casa.

— Como assim?

— Toda casa antiga vem com um passado. Às vezes, as pessoas conseguem sentir se é um passado sombrio.

O olhar dela me deixa desconfortável; eu me viro e volto a olhar fixamente para a pintura.

— Admito que, quando vi a casa pela primeira vez, não tive certeza se queria ficar.

— O que a senhorita sentiu?

— Era como se... como se a casa não me quisesse lá.

— Mas se mudou para lá mesmo assim.

— Porque essa sensação mudou assim que coloquei os pés lá dentro. De repente, eu não me senti mais indesejável. Foi como se ela tivesse me aceitado.

Percebo que falei demais, e o olhar da Sra. Dickens me deixa desconfortável mais uma vez. Para o meu alívio, a criança desobediente surge com passos pesados no corredor e a guia se vira assim que o menino de 3 anos entra no quarto. Ele vai direto para os instrumentos da lareira, é claro, e em um piscar de olhos pega o atiçador.

— Travis? Travis, cadê você? — grita a mãe de um dos outros quartos.

A guia tira o atiçador das mãos do menino e o coloca fora de alcance, sobre a cornija da lareira. De dentes cerrados, ela diz:

— Rapazinho, tenho certeza de que a sua mãe pode encontrar um lugar *muito* melhor para você brincar. — Ela segura a mão do menino e meio que o conduz, meio que o arrasta para fora do quarto. — Vamos ver onde ela está, o que acha?

Aproveito a oportunidade para sair silenciosamente do quarto e descer as escadas até a saída. Não quero falar com ela nem com ninguém sobre o que aconteceu comigo em Brodie's Watch. Ainda não. Não quando eu mesma não tenho certeza do que realmente *vi*.

Ou não vi.

Ando em direção ao meu carro, juntando-me à multidão de turistas na rua. O mundo das pessoas que estão vivas e respirando, que não atravessam paredes, que não aparecem e desaparecem como um feixe de sombras. Será que existe um mundo paralelo que não consigo ver, um mundo habitado por aqueles que vieram antes de nós, que nesse exato momento estão trilhando o mesmo caminho que eu? Semicerrando os olhos para proteger a vista do brilho intenso da luz do sol, quase consigo ver Tucker Cove como era naquela época, cavalos trotando sobre os paralelepípedos, senhoras farfalhando ao passar com as longas saias. Mas então pisco e aquele mundo se foi. Estou de volta ao meu tempo.

E Jeremiah Brodie está morto há cento e cinquenta anos.

Sou subitamente dominada pelo pesar, uma sensação de perda tão profunda que os meus passos vacilam. Paro bem ali na calçada lotada, enquanto as pessoas passam por mim. Não entendo por que estou chorando. Não compreendo por que a morte do capitão Brodie me enche de tristeza. Eu me sento em um banco e me inclino para a frente, o corpo tremendo com o choro. Sei que na verdade não estou chorando por Jeremiah Brodie. Choro por mim mesma, pelo erro que cometi e pelo que perdi por causa disso. Assim como não posso trazer o capitão Brodie de volta, não posso trazer Nick de volta. Eles se foram, os dois são fantasmas, e a minha única saída para a dor é a bendita garrafa que me espera no armário da cozinha. Com que facilidade uma dose se torna duas, depois três, depois quatro.

Foi assim que tudo deu errado para começo de conversa. Algumas taças de champanhe demais em uma noite de Ano-Novo com neve. Ainda consigo ouvir o tilintar feliz das taças, sentir as bolhas efervescentes na minha língua. Como eu queria poder voltar para aquela noite e dizer à Ava da véspera de Ano-Novo: *Pare. Pare agora enquanto ainda há tempo.*

Uma mão toca no meu ombro. Eu me endireito rapidamente no banco, olho para cima e vejo um rosto familiar franzindo a testa para mim. É o médico que conheci na loja de ferragens. Não lembro o nome dele. Definitivamente não quero falar com ele, mas ele se senta ao meu lado e pergunta baixinho:

— Você está bem, Ava?

Enxugo as lágrimas.

— Estou bem. Só fiquei um pouco tonta. Deve ser o calor.

— É só isso mesmo?

— Estou *muito* bem, obrigada.

— Eu não quero ser intrometido. Estava indo comprar um café e achei que você precisava de ajuda.

— Por acaso você é o psiquiatra da cidade?

Sem se abalar com a minha resposta malcriada, ele pergunta gentilmente:

— Você acha que precisa de um?

Tenho medo de admitir a verdade, até para mim mesma: talvez eu precise. Talvez o que vivenciei em Brodie's Watch sejam os primeiros sinais da minha sanidade se esgarçando, os fios se desconectando.

— Se me permite perguntar, você comeu alguma coisa hoje?

— Não. Hum... sim.

— Não tem certeza?

— Tomei uma xícara de café.

— Bem, então talvez seja esse o problema. Eu prescrevo comida.

— Não estou com fome.

— Que tal só um cookie? Tem um café logo depois da esquina. Não vou forçar você nem nada. Só não quero ter que te dar pontos se desmaiar e bater com a cabeça. — Ele estende a mão, um ato gentil que me pega de surpresa, e parece rude recusar o convite.

Pego a mão dele.

Ele me leva até a esquina e viramos em uma rua estreita até o No Frills Café, cujo nome é uma descrição decepcionantemente precisa do estabelecimento. Sob luzes fluorescentes, vejo um piso de linóleo e uma vitrine com uma variedade de produtos de confeitaria pouco apetitosos. Não é um café no qual eu escolheria entrar, mas é claramente um ponto de encontro dos moradores locais. Vejo o açougueiro do supermercado comendo um folhado de queijo e um dos carteiros na fila para pagar pelo seu café para viagem.

— Sente-se — diz o médico.

Ainda não consigo lembrar o nome dele e estou com vergonha de admitir. Eu me sento a uma mesa próxima, torcendo para que alguém o chame pelo nome, mas a garota atrás do balcão o cumprimenta apenas com um alegre: "Oi, doutor, o que vai querer?"

A porta se abre e mais uma pessoa que reconheço entra. Donna Branca está sem o blazer, e a umidade avolumou os cabelos loiros em geral meticulosamente arrumados. Isso a faz parecer mais jovem, e consigo ver a garota que ela deve ter sido um dia, bronzeada e bonita, antes de a idade adulta a obrigar a vestir um uniforme de mulher de negócios. Ao avistar o médico, ela abre um sorriso e diz:

— Ben, eu queria mesmo falar com você. O filho de Jen Oswald está querendo entrar para a faculdade de medicina e você seria o homem perfeito para aconselhar o rapaz.

Ben. Agora eu lembro. O nome dele é Ben Gordon.

— Vai ser um prazer falar com ele — diz Ben. — Obrigado por me avisar.

Enquanto ele se dirige para a minha mesa, Donna o observa. Em seguida, me encara, como se houvesse algo de errado nessa cena, como se eu não devesse estar dividindo a mesa com o Dr. Gordon.

— Aqui está. Isso deve aumentar o nível de açúcar no seu sangue — diz ele, e coloca um cookie na minha frente. É do tamanho de um pires, densamente cravejado de gotas de chocolate.

Não tenho o menor interesse em comê-lo, mas, para ser educada, dou uma mordida. É irreparavelmente doce, tão sem graça quanto algodão-doce. Mesmo quando ainda era criança, eu já sabia que em toda boa receita o doce deve ser equilibrado pelo azedo, o sal pelo amargo. Penso na primeira fornada de biscoitos de aveia e passas que preparei sozinha, e em como Lucy e eu estávamos ansiosas para experimentar o resultado depois que eles saíram do forno. Lucy, sempre generosa nos elogios, anunciou que eram os *melhores* que já tinha comido, mas eu sabia que não era verdade. Assim como na vida, o segredo de cozinhar é encontrar o equilíbrio, e eu sabia que da próxima vez deveria adicionar mais sal à massa.

Se ao menos todos os erros que cometemos na vida pudessem ser corrigidos com a mesma facilidade.

— O que achou? — pergunta ele.

— Está ótimo. Eu só não estou com fome.

— Não está à altura dos seus padrões? Fiquei sabendo que você prepara muffins de mirtilo deliciosos. — Diante da minha sobrancelha erguida, ele ri. — Quem me disse foi a moça do correio, que ficou sabendo pelo Billy.

— Não existem segredos mesmo nessa cidade.

— E como está o seu problema com os ratos? Emmett, da loja de ferragens, previu que você voltaria em uma semana para comprar mais ratoeiras.

Suspiro.

— Eu estava planejando comprar mais algumas hoje. Mas me distraí no prédio da sociedade histórica e... — Paro de falar ao perceber que Donna, sentada sozinha algumas mesas adiante, está olhando para nós. Os olhos dela encontram os meus e o olhar me perturba, como se ela tivesse me flagrado cometendo uma transgressão.

A porta se abre de repente e todos nos viramos quando um homem de macacão de pescador entra esbaforido no café.

— Doutor? — chama ele. — Estão precisando de você no porto.

— Agora?

— Agora. Pete Crouse acabou de atracar no cais. Você precisa ver o que ele encontrou na baía.

— O que foi?

— Um corpo.

Quase todos no café seguem Ben e o pescador porta afora. A curiosidade é contagiosa. Ela nos força a olhar para algo que na verdade não queremos ver e, como os outros, sou atraída pelo cortejo sombrio que percorre a rua de paralelepípedos em direção ao porto. É evidente que a notícia sobre um cadáver já se espalhou e há uma pequena multidão reunida em torno do cais, onde um barco de pesca de lagosta está atracado. Um policial de Tucker Cove avista Ben e acena.

— Ei, doutor. Está no convés, embaixo da lona.

— Eu o encontrei perto dos rochedos de Scully, envolto em algas — diz o pescador de lagosta. — No início, não quis acreditar no que estava vendo, mas, assim que o prendi no croque do barco, tive certeza de que era real. Receio que tenha causado algum... hum... dano quando o puxei a bordo. Mas não podia deixá-lo simplesmente boiando no mar e tive medo de que afundasse. E aí nunca mais íamos encontrá-lo de novo.

Ben sobe a bordo do barco de pesca de lagosta e se aproxima da lona de plástico azul, que cobre uma forma vagamente humana. Embora não consiga ver o que ele está vendo, registro a expressão de horror quando levanta uma das extremidades da lona e vê o que está embaixo. Por um longo tempo, fica simplesmente agachado lá, encarando os horrores do que o mar pode fazer a um corpo humano. No cais, a multidão fica em silêncio, em respeito ao momento solene. Abruptamente, Ben solta a lona e olha para o policial.

— Chamaram o médico-legista?

— Sim senhor. Ele está a caminho. — O policial olha para a lona e balança a cabeça. — Calculo que já esteja na água há um tempo.

— Algumas semanas, pelo menos. E, com base no tamanho e no que sobrou das roupas, provavelmente é uma mulher. — Com uma careta, Ben se levanta e desce do barco. — Existe algum registro recente de pessoa desaparecida?

— Nenhum registro nos últimos meses.

— Nessa época do ano, há muitos barcos na baía. Ela pode ter caído no mar e se afogado.

— Mas, se ela está na água há semanas, era de se esperar que alguém já tivesse acionado a polícia.

Ben dá de ombros.

— Talvez ela estivesse velejando sozinha e ninguém percebeu ainda que está desaparecida.

O policial se vira e olha para a água.

— Ou alguém não queria que ela fosse encontrada.

Enquanto dirijo de volta para Brodie's Watch, ainda estou abalada com o que testemunhei no cais. Embora não tenha visto o corpo em si, vi a forma inconfundivelmente humana sob a lona azul, e a minha imaginação se encarrega de todos os detalhes macabros que Ben foi forçado a encarar. Penso no capitão Brodie, cujo corpo foi entregue às mesmas forças inexoráveis do mar. Penso em como deve ser se afogar, os membros se agitando enquanto a água salgada inunda os pulmões. Penso em peixes e caranguejos devorando a carne, em pele e músculos sendo arrastados pelas correntes sobre corais afiados como lâminas. Depois de um século e meio debaixo da água, o que restará do homem alto e forte que me encarou do retrato?

Viro na estrada de acesso e solto um gemido de insatisfação ao ver a caminhonete de Ned estacionada diante da casa. Comecei a deixar uma chave para os carpinteiros, e é claro que eles estão trabalhando, mas não estou com cabeça para passar mais uma tarde ouvindo marteladas. Fico dentro de casa apenas tempo suficiente para preparar uma cesta de piquenique com pão, queijo e azeitonas. Uma garrafa de vinho tinto, já aberta, me chama da bancada e a coloco na cesta.

Carregando o almoço e uma toalha, me desloco pelas rochas salpicadas de líquen como uma cabra-montês, seguindo a trilha que leva até a praia. Ao olhar para trás, vejo Billy e Ned trabalhando no miradouro. Eles estão ocupados instalando o novo parapeito e não reparam em mim. Desço a trilha, passo pelas roseiras em flor e pulo para a praia de seixos que descobri naquela primeira manhã. Uma praia onde ninguém pode me ver. Estendo a toalha e tiro o meu almoço da cesta. Posso estar enlouquecendo, mas ainda sei como preparar uma refeição decente. Embora seja um simples piquenique ao ar livre, não economizo na cerimônia. Disponho sobre a toalha um guardanapo de pano, um garfo e uma faca, uma taça de vidro. O primeiro gole de vinho inunda o meu corpo de calor. Suspirando, me inclino sobre uma pedra e olho para o mar. A água está misteriosamente serena, a superfície lisa como um espelho. É exatamente isso que preciso fazer hoje: absolutamente nada. Vou ficar tomando sol como uma tartaruga e deixar o vinho fazer a sua mágica. Esquecer a mulher morta encontrada no mar. Esquecer o capitão Brodie, cujos ossos estão espalhados sob as ondas. Hoje vou me concentrar em cuidar de mim.

E em esquecer. Acima de tudo, em esquecer.

A maresia me dá fome, então pego um pedaço de pão, passo queijo brie e como em duas mordidas. Devoro umas azeitonas e bebo outra taça de vinho. Quando termino a refeição, a garrafa de *rioja* está vazia e estou tão sonolenta que mal consigo manter os olhos abertos.

Eu me deito sobre a toalha, cubro o rosto com um chapéu de sol e mergulho em um sono profundo e sem sonhos.

A água fria batendo nos meus pés me desperta.

Afastando o chapéu, olho para cima e vejo que o céu está violeta e o sol está se pondo atrás do rochedo. Quanto tempo eu dormi? A maré alta já trouxe a água até a metade da minha pequena praia, e a parte de baixo da minha toalha está encharcada. De ressaca e grogue, recolho desajeitadamente os restos do piquenique, coloco tudo na cesta e me afasto da água cambaleando. A minha pele está quente e vermelha, e anseio desesperadamente por um copo de água com gás. E quem sabe um pouco de *rosé*.

Subo com dificuldade o caminho até o alto do penhasco. Lá em cima, paro para recuperar o fôlego e olho para o miradouro. O que vejo me deixa paralisada. Embora não consiga enxergar o rosto do homem, sei quem está lá.

Começo a correr para a casa, a garrafa de vinho vazia retinindo e rolando dentro da cesta de piquenique. Em algum lugar ao longo do caminho, perco o meu chapéu, mas não volto para recuperá-lo; simplesmente continuo correndo. Subo os degraus da varanda aos saltos e irrompo pela porta da frente. Os carpinteiros já foram embora, então não deveria haver ninguém na casa além de mim. No vestíbulo, largo a cesta de piquenique, que cai com um baque, mas não ouço nenhum outro som além das batidas do meu coração. As batidas se aceleram enquanto subo até o segundo andar e atravesso o corredor até a escada da torre. Diante dos degraus, paro para ouvir.

Silêncio lá em cima.

Penso no homem da pintura, nos olhos que olhavam diretamente para mim, apenas para mim, e anseio por ver seu rosto novamente. Eu quero — eu *preciso* — saber se ele é real. Subo os degraus, desencadeando uma série de rangidos familiares, a tênue luz do crepúsculo iluminando o meu caminho. Entro na sala da torre, e o cheiro do mar me envolve. Eu o reconheço pelo que é: o cheiro *dele*. Ele amava o mar e foi o mar que o levou. No seu abraço, encontrou o lugar de descanso eterno, mas nessa casa, um vestígio dele ainda perdura.

Atravesso a sala repleta de ferramentas e vou até o miradouro. Todas as tábuas podres foram substituídas e, pela primeira vez, posso pisar no deque. Não há ninguém aqui. Nem carpinteiros, nem capitão Brodie. Ainda sinto o cheiro do mar, mas dessa vez é o vento que traz a maresia, soprando-a da água.

— Capitão Brodie? — chamo. Não espero de fato uma resposta, mesmo assim desejo ouvir uma. — Não tenho medo. Quero ver você. *Por favor*, me deixe ver você.

O vento agita os meus cabelos. Não um vento frio, mas o sopro suave do verão, carregando o cheiro de rosas e solo quente. Cheiro de terra. Passo um bom tempo contemplando o mar, como ele deve ter feito um dia, e espero para ouvir a sua voz, mas ninguém fala comigo. Ninguém aparece.

Ele se foi.

8

Fico deitada na escuridão do meu quarto, ouvindo mais uma vez os ratos correrem por dentro das paredes. Durante meses, o álcool foi o meu anestésico, e só conseguia dormir bebendo até atingir um estado de torpor, mas essa noite, mesmo depois de dois copos de uísque, não estou nem remotamente sonolenta. Eu sei, de alguma forma eu sei, que essa é a noite em que ele vai aparecer para mim.

Hannibal, que estava cochilando ao meu lado, de repente se agita e se senta. Nas paredes, os ratos param de fazer barulho. O mundo silencia e até o mar cessa o murmúrio rítmico.

Um cheiro familiar invade o quarto. O cheiro do mar.

Ele está aqui.

Eu me sento na cama, a pulsação latejando no meu pescoço, as mãos geladas. Passo os olhos pelo quarto, mas a única coisa que vejo é o brilho esverdeado dos olhos de Hannibal me observando. Nenhum movimento, nenhum som. O cheiro do mar fica mais forte, como se a maré tivesse acabado de invadir o quarto.

Então, perto da janela, surge uma espiral de escuridão. Ainda não é uma figura, apenas o mais leve indício de uma silhueta tomando forma na noite.

— Não tenho medo de você — aviso.

A sombra se dissipa como fumaça e quase a perco de vista.

— Por favor, volte, capitão Brodie! — peço. — Você *é* o capitão Brodie, não é? Eu quero ver você. Quero saber se você é real!

— A questão é: *você* é real?

A voz é surpreendentemente clara, as palavras ditas *bem ao meu lado.* Com um suspiro, eu me viro e olho nos olhos de Jeremiah Brodie. Não se trata apenas de uma sombra; não, o que está diante de mim é um homem de carne e osso, com cabelos pretos e volumosos prateados pelo luar. Os olhos fundos se fixam em mim com tanta intensidade que quase consigo sentir o calor daquele olhar. Foi esse o rosto que vi na pintura, o mesmo maxilar de traços duros, o mesmo nariz aquilino. Ele está morto há um século e meio, no entanto estou olhando para ele agora, e ele é sólido o suficiente, real o suficiente para fazer o colchão afundar quando se senta ao meu lado na cama.

— Você está na minha casa — diz ele.

— Eu moro aqui agora. Sei que essa casa é sua, mas...

— Muitas pessoas esquecem isso.

— Eu não vou esquecer, nunca. Essa é a *sua* casa.

Ele me olha de cima a baixo, e o olhar se demora por um momento torturante no corpete da minha camisola. Em seguida, ele se concentra mais uma vez no meu rosto. Quando toca a minha bochecha, os seus dedos parecem surpreendentemente quentes na minha pele.

— Ava.

— Você sabe o meu nome.

— Eu sei muito mais sobre você do que apenas o nome. Sinto a sua dor. Eu a ouço chorar durante o seu sono.

— Você fica me observando?

— Alguém precisa cuidar de você. Não tem mais ninguém?

A pergunta faz lágrimas surgirem nos meus olhos. Ele acaricia o meu rosto e não é a mão fria de um cadáver que sinto. Jeremiah Brodie está vivo e o seu toque me faz estremecer.

— Aqui na minha casa, o que você busca é o que vai encontrar — diz ele.

Fecho os olhos e estremeço quando ele afasta gentilmente a minha camisola e beija o meu ombro. O rosto com barba por fazer é áspero na minha pele, e suspiro enquanto a minha cabeça pende para trás. A camisola desliza pelo meu outro ombro e o luar se derrama sobre os meus seios. Estou tremendo e totalmente exposta ao seu olhar, mas não sinto medo. A sua boca encontra a minha e o beijo tem gosto de sal e rum. Arquejo e sinto cheiro de lã úmida e água do mar. O cheiro de um homem que viveu tempo demais em um navio, um homem que anseia por uma mulher.

Tanto quanto eu anseio por um homem.

— Eu sei o que você deseja — diz ele.

O que eu desejo é *ele*. Preciso que ele me faça esquecer tudo, exceto a sensação de ser abraçada por um homem. Eu me deito de costas e logo ele está em cima de mim, o seu peso me prendendo ao colchão. Ele agarra os meus pulsos e os prende sobre a minha cabeça. Não consigo resistir a ele. Não quero resistir a ele.

— Eu sei do que você precisa.

Inspiro, assustada, quando a mão dele se fecha em torno do meu seio. Esse não é um abraço gentil, mas o abraço de quem reivindica a posse de algo, e estremeço como se ele tivesse acabado de deixar a sua marca na minha pele a ferro quente.

— E eu sei o que você merece.

Os meus olhos se abrem. Olho para cima e não vejo ninguém, não vejo nada. Procuro freneticamente pelo quarto, vejo as formas dos móveis, o brilho do luar no chão. E os olhos de Hannibal, verdes e sempre vigilantes, me encarando.

— Jeremiah? — sussurro. Ninguém responde.

* * *

O barulho de uma serra elétrica me acorda e, ao abrir os olhos, deparo com a luz ofuscante do sol. As cobertas estão enroladas nas minhas pernas e, sob as minhas coxas, o lençol está úmido. Mesmo agora, ainda estou molhada e cheia de desejo por ele.

Será que ele realmente esteve aqui?

Ouço passos pesados na torre e o bater de um martelo. Billy e Ned estão de volta ao trabalho, e aqui estou eu no quarto logo abaixo deles, de pernas abertas, a pele corada de desejo. De repente, me sinto exposta e constrangida. Saio da cama e visto as mesmas roupas de ontem. A camisola está no chão; nem ao menos me lembro de tê-la tirado. Hannibal já está arranhando a porta fechada e solta um miado impaciente, exigindo ser solto. Assim que abro a porta, ele sai em disparada e desce as escadas para a cozinha. Para o café da manhã, é claro.

Não vou atrás dele; em vez disso, subo até a sala da torre, onde fico surpresa ao ver um grande buraco na parede. Billy e Ned quebraram o gesso e estão parados, olhando para a cavidade recém-exposta.

— O que tem aí afinal? — pergunto.

Ned se vira e franze a testa ao ver os meus cabelos despenteados.

— Ai, caramba. Espero que a gente não tenha acordado você.

— Hum... sim. Vocês acordaram. — Esfrego os olhos. — Que horas são?

— Nove e meia. A gente bateu na porta da frente, mas acho que você não ouviu. Achamos que tinha saído para dar uma caminhada ou algo assim.

— O que aconteceu com você? — pergunta Billy, apontando para o meu braço.

Olho para as marcas de garras.

— Ah, não foi nada. Hannibal me arranhou outro dia.

— Estou falando do outro braço.

— O quê?

Olho para um hematoma no meu antebraço, como um bracelete azul de mau gosto. Não lembro como consegui esse hematoma, assim como não lembro como machuquei o meu joelho na outra noite. Penso no capitão e em como ele prendeu os meus braços à cama. Me lembro do peso do seu corpo, do gosto da sua boca. Mas aquilo foi só um sonho, e sonhos não deixam hematomas. Será que tropecei no escuro a caminho do banheiro? Ou será que foi ontem à tarde na praia? Entorpecida de vinho, se eu tivesse batido o braço em uma pedra, talvez não tivesse sentido dor nenhuma.

A minha garganta está tão seca que mal consigo responder à pergunta de Billy.

— Talvez tenha sido na cozinha. Às vezes fico tão concentrada cozinhando que não percebo quando me machuco. — Ansiosa para escapar, me viro para sair. — Eu realmente preciso de um café. Vou preparar um bule, se quiserem um pouco.

— Primeiro venha dar uma olhada no que a gente encontrou por trás dessa parede — pede Ned. Ele arranca outro pedaço de gesso acartonado, permitindo uma visão mais ampla da cavidade por trás dele.

Espio pela abertura e vejo o leve brilho de uma arandela de latão e paredes pintadas de verde-menta.

— É uma pequena alcova. Que estranho.

— O piso lá atrás ainda está em bom estado. E dê uma olhada naquela sanca. É original da casa. Esse espaço é como uma cápsula do tempo, preservado todos esses anos.

— Por que alguém iria esconder uma alcova?

— Arthur e eu conversamos sobre isso, e nenhum de nós dois faz a menor ideia. A gente acha que isso foi feito antes da época da tia dele.

— Talvez fosse um espaço usado por um contrabandista, para esconder bebidas alcoólicas — sugere Billy. — Ou um tesouro.

— Não tem nenhuma porta do lado de dentro nem do lado de fora, então como alguém entraria ali? — Ned balança a cabeça. — Não, esse espaço estava lacrado, como uma sepultura. Como se alguém tivesse tentado apagar o fato de que um dia isso existiu.

Não consigo conter o calafrio ao espiar dentro de um cômodo que ficou congelado no tempo por pelo menos uma geração. Que passado escandaloso poderia ter levado alguém a fechar esse espaço e cobrir com gesso qualquer vestígio da sua existência? Que segredo estariam tentando esconder?

— Arthur quer que a gente abra esse espaço e pinte as paredes da mesma cor que o restante da torre — comenta Ned. — E vamos precisar lixar e envernizar o chão, o que vai levar mais uma ou duas semanas. Já tem meses que a gente está trabalhando nessa casa e estou começando a achar que nunca vai terminar.

— Casa velha maluca — diz Billy, e pega uma marreta. — Eu me pergunto o que mais ela esconde.

Billy e Ned estão sentados à mesa da cozinha, ambos sorrindo enquanto sirvo duas tigelas fumegantes, perfumadas com o aroma de carne e louro.

— Senti o cheiro dessa comida a manhã toda — diz Billy, cujo apetite infindável nunca deixa de me impressionar. Ansioso, ele pega uma colher. — A gente ficou se perguntando o que você estava preparando aqui.

— *Lobscouse* — respondo.

— Para mim, parece ensopado de carne. — Ele enfia uma colher cheia na boca e suspira, os olhos fechados em contentamento absoluto. — Seja o que for, acho que morri e fui para o céu.

— É conhecido como o ensopado de carne dos marinheiros — explico enquanto os dois homens almoçam. — A receita teve origem com os vikings, mas eles usavam peixe. Conforme a receita viajava com os marinheiros pelo mundo, o peixe foi aos poucos substituído por carne bovina.

— Viva a carne bovina — murmura Billy.

— E cerveja — acrescento. — Esse prato leva muita cerveja.

Billy ergue o punho.

— Viva a cerveja!

— Por favor, Billy, você não pode simplesmente engolir a comida. Tem que me dizer o que *achou*.

— Eu comeria de novo. —Claro que comeria. Quando se trata de comida, Billy é a pessoa menos exigente que já conheci. Ele comeria couro de sapato assado se eu o colocasse diante dele.

Mas Ned não tem pressa ao enfiar pedaços de batata e carne na boca e pensa enquanto mastiga.

— Imagino que isso seja muito mais saboroso do que o que aqueles marinheiros comiam — conclui. — Essa receita definitivamente precisa entrar no livro, Ava.

— Também acho. Fico feliz por ter o selo de aprovação Ned Haskell.

— O que vai cozinhar para a gente na semana que vem? — pergunta Billy.

Ned dá um soco de leve no ombro dele.

— Ava não está cozinhando para *a gente*. Isso é pesquisa para o livro dela.

Um livro para o qual já compilei dezenas de receitas interessantes, de uma receita franco-canadense de *tourtière* de porco que remonta a várias gerações, saborosa e pingando uma gordura sedosa, a um lombo de veado com bagas de zimbro e uma infinidade de pratos envolvendo bacalhau. Agora posso testar todas elas com verdadeiros moradores do Maine, homens cheios de apetite.

Billy engole o ensopado primeiro e volta lá para cima para trabalhar, mas Ned permanece à mesa, saboreando as últimas colheradas.

— Vou ficar muito triste quando terminar o trabalho na sua torre — diz ele.

— E eu vou ficar triste por perder os meus degustadores.

— Tenho certeza de que vai ter uma infinidade de ávidos voluntários, Ava.

O meu celular toca e vejo o nome do meu editor surgir na tela. Tenho ignorado as ligações dele, mas não posso evitá-lo para sempre. Se eu não atender agora, ele simplesmente vai continuar ligando.

— Oi, Simon — atendo.

— Então você não foi devorada por um urso, no fim das contas.

— Me desculpe por não ter retornado a ligação. Vou enviar mais alguns capítulos para você amanhã.

— O Scott acha que a gente devia ir até aí e arrastar você de volta para casa.

— Eu não quero ser arrastada de volta para casa. Quero continuar escrevendo. Só precisava me afastar.

— Se afastar do quê?

Faço uma pausa, sem saber o que responder. Olho de relance para Ned, que se levanta discretamente da mesa e leva a tigela vazia para a pia.

— A minha cabeça tem andado muito cheia, só isso — respondo.

— Ah? Qual é o nome dele?

— Agora você *definitivamente* está procurando coisa onde não tem. A gente se fala na semana que vem.

Desligo e olho para Ned, que está lavando a louça meticulosamente. Aos 58 anos, ele ainda tem o corpo esguio e atlético de um homem que trabalha usando os músculos, no entanto há mais nele que simplesmente força muscular; há profundidade no seu silêncio. Ned é um homem que observa e escuta, que compreende muito mais do que os outros podem imaginar. Eu me pergunto o que ele pensa de mim, se acha estranho eu ter me isolado nessa casa solitária com um gato malcomportado como única companhia.

— Não precisa lavar a louça — digo.

— Tudo bem. Não gosto de deixar bagunça. — Ele enxágua a tigela e pega um pano de prato. — Sou exigente quanto a isso.

— Você disse que está trabalhando nessa casa há meses?

— Já faz seis meses.

— E você conheceu a inquilina que morou aqui antes de mim? Acho que o nome dela é Charlotte.

— Boa moça. É professora do ensino fundamental em Boston. Pareceu gostar bastante daqui, por isso fiquei surpreso quando ela fez as malas e deixou a cidade.

— Ela não disse a você por quê?

— Nem uma palavra. Um dia a gente chegou para trabalhar e ela tinha ido embora. — Ele termina de secar a tigela e a coloca no armário, exatamente onde costuma ficar. — O Billy tinha uma quedinha por ela, então ficou muito chateado por ela não ter se despedido.

— Ela alguma vez mencionou algo... hum... estranho sobre a casa?

— Estranho?

— Como sons ou cheiros que não sabia explicar. Ou outras coisas.

— Que outras coisas?

— Uma sensação de que estava sendo... observada.

Ele se vira para olhar para mim. Fico feliz por ao menos se dar ao trabalho de refletir sobre a minha pergunta.

— Bem, ela perguntou sobre cortinas — diz ele por fim.

— Que cortinas?

— Ela queria que a gente pendurasse cortinas no quarto, para evitar que alguém espiasse pela janela. Eu lembrei que o quarto dela dava para o mar e não havia ninguém lá fora que pudesse vê-la, mas ela insistiu que eu falasse com o proprietário a respeito. Uma semana depois, deixou a cidade. A gente nunca pendurou as cortinas.

Sinto um arrepio percorrer a minha pele. Então Charlotte experimenta o mesmo, a sensação de que não estava sozinha nessa casa, de que estava sendo observada. Mas cortinas não podem impedir a visão de alguém que já está morto.

Depois que Ned sobe as escadas em direção à torre, desabo em uma das cadeiras da mesa da cozinha e fico sentada massageando a cabeça, tentando me livrar da lembrança da noite passada. Analisada à luz do dia, só pode ter sido um sonho. Claro que foi um sonho, porque a alternativa é impossível: que um homem morto há tempos tentou fazer amor comigo.

Não, não posso chamar disso. Ontem à noite ele não tentou fazer amor, mas me capturar, me reivindicar. Mesmo que tenha me assustado, anseio por mais. "Eu sei o que você merece", disse ele. De alguma forma ele conhece o meu segredo, a fonte da minha vergonha. Ele sabe porque me observa.

Será que está me observando agora?

Eu me ajeito na cadeira e, nervosa, examino a cozinha. Claro que não há mais ninguém aqui. Assim como não havia ninguém no meu quarto ontem à noite, a não ser o fantasma que invoquei na minha solidão. Afinal, um fantasma é o amante perfeito de toda mulher. Não preciso seduzi-lo nem diverti-lo, nem me preocupar se estou muito velha, muito gorda ou muito sem graça. Ele não vai ocupar toda a minha cama à noite nem deixar sapatos e meias espalhados pelo quarto. Se materializa quando preciso ser amada, do jeito que *desejo* ser amada, e pela manhã convenientemente desaparece. Nunca preciso preparar o café da manhã para ele.

A minha risada tem uma nota estridente de insanidade. Ou estou ficando louca ou a minha casa é de fato mal-assombrada.

Não sei com quem falar ou em quem confiar. Desesperada, abro o laptop. O último documento que digitei ainda está na tela, uma lista de ingredientes para a próxima receita: creme de leite fresco, manteiga e ostras já fora da concha combinadas em um delicioso ensopado que era preparado em fogões de ferro fundido por toda a costa da Nova Inglaterra. Fecho o arquivo, abro um mecanismo de busca. O que diabos devo pesquisar? Psiquiatras da região?

Em vez disso, digito: *Minha casa é mal-assombrada?*

Para a minha surpresa, a tela é preenchida por uma lista de sites. Clico no primeiro link.

> Muitas pessoas acreditam que sua casa é mal-assombrada, mas, na maioria dos casos, há explicações lógicas para o que estão vivenciando. Alguns dos fenômenos descritos pelas pessoas incluem:

Animais de estimação com comportamento estranho.

Barulhos estranhos (passos, rangidos) quando não há mais ninguém na casa.

Objetos desaparecendo e reaparecendo em um lugar diferente.

A sensação de estar sendo observado...

Paro de ler e examino a cozinha novamente, pensando no que ele disse na noite passada. "Alguém precisa cuidar de você." Quanto a animais de estimação com comportamento estranho, Hannibal está tão concentrado em devorar o almoço que não desvia os olhos do pote nem uma vez sequer. Um comportamento perfeitamente normal para o Sr. Gorducho.

Passo para a página seguinte do site.

O aparecimento de formas vagamente humanas ou sombras em movimento.

Sensação de ser tocado.

Vozes abafadas.

Cheiros inexplicáveis que surgem e desaparecem.

Fico encarando os quatro últimos sinais de assombração. Deus do céu, já experimentei todos eles. Não apenas toques ou vozes abafadas. Senti o peso dele em cima de mim. Ainda sinto a sua boca na minha. Respiro fundo para me acalmar. Há vários sites dedicados ao assunto, então não sou a única com esse problema. Quantas pessoas fizeram pesquisas frenéticas na internet em busca de respostas? Quantas dessas pessoas se perguntaram se estavam ficando loucas?

Volto a me concentrar na tela do meu laptop.

O que fazer se achar que sua casa é mal-assombrada.

Observe e registre toda ocorrência incomum. Anote a hora e a localização do fenômeno.

Grave vídeos de qualquer ocorrência física ou auditiva. Mantenha um celular por perto o tempo todo.

Entre em contato com um especialista para receber orientações.

Um especialista. Onde diabos vou encontrar alguém assim?

— Para quem você vai ligar? Pros *Caça-Fantasmas*! — digo em voz alta, e a minha risada soa desequilibrada.

Volto ao site de busca e digito: *investigação de fantasmas no Maine.*

Uma nova página com links para sites é exibida. A maioria deles é dedicada a relatos sobre casas mal-assombradas, e parece que o Maine gerou dezenas dessas histórias, algumas das quais exibidas em programas de televisão. Fantasmas em pousadas, fantasmas em rodovias, fantasmas em cinemas. Percorro a lista, o meu ceticismo aumentando. Em vez de assombrações de verdade, esses casos parecem apenas lendas, daquelas que são contadas em torno de fogueiras de acampamento. A mulher de branco que pede carona. O homem de cartola. Continuo rolando a página para baixo e estou prestes a fechá-la quando um link na parte inferior chama a minha atenção.

Ajuda para os assombrados. Investigações profissionais sobre fantasmas, Maine.

Clico no link. Não há muita coisa no site, apenas uma breve explicação sobre o propósito:

Investigamos e documentamos atividades paranormais no estado do Maine. Também funcionamos como central de informações e oferecemos apoio emocional e logístico para aqueles que estão lidando com fenômenos paranormais.

Há um formulário para contato, mas nenhum número de telefone.

Digito o meu nome e o telefone. No espaço destinado a "'Motivo para nos contatar", digito "Acho que minha casa é mal-assombrada. Não sei o que fazer a respeito", e clico em enviar.

A minha mensagem é transmitida para o éter e quase no mesmo instante me sinto ridícula. Eu realmente acabei de contatar um caçador de fantasmas? Penso no que Lucy, a minha irmã sempre tão lógica, diria sobre isso. Lucy, cuja carreira médica está enraizada na ciência. Preciso dos conselhos dela agora mais que nunca, mas não me atrevo a ligar para ela. Tenho medo do que vai me dizer e ainda mais medo do que vou dizer a *ela*. Também não vou ligar para Simon, o meu editor e amigo de longa data, porque ele certamente vai rir de mim e dizer que perdi o juízo. E em seguida vai me lembrar de como o meu manuscrito está atrasado.

Desesperada para me distrair, coloco o restante do ensopado em uma tigela e a levo para a geladeira. Abro a porta e o meu olhar é atraído pela garrafa de *sauvignon blanc* reluzindo lá dentro. É tão tentadora que já sinto o gosto frio e ácido do álcool. A garrafa me chama de forma tão sedutora que quase não ouço a notificação do e-mail que chega à minha caixa de entrada.

Eu me viro para o laptop. O e-mail é de uma conta desconhecida, mas abro assim mesmo.

DE: MAEVE CERRIDWYN

RE: SUA APARIÇÃO

QUANDO PODEMOS NOS ENCONTRAR?

9

O trajeto de Tucker Cove até a cidade de Tranquility, onde vive a caçadora de fantasmas, leva duas horas. De acordo com o mapa, são apenas oitenta e oito quilômetros em linha reta, mas o velho ditado do Maine "Você não vai conseguir chegar lá saindo daqui" parece mais verdadeiro que nunca enquanto passo de uma via secundária a outra, avançando lentamente para o interior partindo da costa. Passo por casas de fazenda abandonadas com celeiros caindo aos pedaços, cortando campos há muito em pousio e invadidos por mudas e bosques cujas árvores bloqueiam toda a luz do sol. O meu GPS me direciona por estradas que parecem não levar a lugar nenhum, mas obedeço à voz irritante que sai do alto-falante porque não tenho ideia de onde estou. Já se passaram quilômetros desde a última vez que vi um carro e começo a me perguntar se estou dirigindo em círculos; para onde quer que olhe, vejo apenas árvores, e todas as curvas da estrada parecem idênticas.

Então avisto a caixa de correio à beira da estrada com uma borboleta azul-claro pintada na lateral: nº 41. Cheguei ao lugar certo.

Avanço aos solavancos pela estradinha de terra, e o bosque se abre, revelando a casa de Maeve Cerridwyn. Eu tinha imaginado que a casa de uma caçadora de fantasmas fosse escura e agourenta, mas o chalé no meio das árvores parece uma casa onde seriam encontrados sete anões encantadores. Quando saio do carro, ouço sinos de vento tilintando. Atrás da casa há algumas bétulas, os troncos brancos como sentinelas fantasmagóricas da floresta. Na área ensolarada do jardim da frente, há uma horta repleta de sálvia e gatária.

Sigo o caminho de pedra através do jardim, onde reconheço os meus amigos habituais da culinária: tomilho e alecrim, salsinha e estragão, sálvia e orégano. Mas há outras ervas que não reconheço e, nesse lugar mágico no meio do bosque, não posso deixar de me perguntar que usos misteriosos podem ter. Poções do amor, talvez, ou poções para afastar demônios? Eu me abaixo para examinar uma videira com frutinhos pretos e florezinhas roxas.

Quando me levanto, fico surpresa ao ver uma mulher me observando da varanda. Há quanto tempo estará lá?

— Estou feliz que tenha chegado, Ava — diz ela. — É fácil se perder no caminho.

Maeve Cerridwyn não é o que eu esperava de uma caçadora de fantasmas. Nem misteriosa nem assustadora, ela é uma mulher pequena, de rosto simples e gentil. O sol a deixou com sardas e escavou profundas linhas de expressão ao redor dos olhos castanhos, e metade do seu cabelo preto já está branco. Não consigo imaginar essa mulher enfrentando fantasmas ou lutando contra demônios; a julgar pela sua aparência, acho que assaria biscoitos para eles.

— Lamento ter feito você vir até aqui para me ver. Normalmente eu vou até a casa do cliente, mas o meu carro ainda está no conserto.

— Não tem problema. Eu estava precisando mesmo passar o dia fora. — Olho para o jardim. — Isso é lindo. Escrevo sobre comida e estou sempre em busca de novas ervas culinárias que ainda não experimentei.

— Bem, você não ia querer cozinhar com aquela ali — diz ela, apontando para a videira que eu estava admirando. — Aquilo é beladona. Uma solanácea mortal. Umas poucas frutinhas podem matar.

— E por que diabos você a cultiva?

— Cada planta tem a sua utilidade, mesmo as venenosas. Tintura de beladona pode ser usada como anestésico e para ajudar na cicatrização de feridas. — Ela sorri. — Entre. Prometo que não vou colocar nada no seu chá além de mel.

Entro na casa, onde paro por um instante, dando uma olhada ao redor e admirando os espelhos pendurados em quase toda parede. Alguns não passam de pedaços de vidro, outros se estendem do chão ao teto. Outros ainda tem molduras extravagantes. Para onde quer que olhe, vislumbro movimento — o meu próprio, conforme passo de um reflexo a outro.

— Como pode ver, tenho certa obsessão por espelhos — admite ela. — Algumas pessoas colecionam sapos de porcelana. Eu coleciono espelhos do mundo inteiro. — Ela aponta para cada um conforme avançamos pelo corredor. — Esse é da Guatemala. Esse é da Índia. Malásia. Eslovênia. Não importa aonde você vá no mundo, a maioria das pessoas quer olhar para si mesma. Até galinhas-d'angola param para olhar o próprio reflexo.

Paro diante de um exemplar particularmente impressionante. Em torno do vidro espelhado há uma moldura de estanho decorada com rostos grotescos e assustadores. *Demônios.*

— É um hobby interessante esse que você tem — murmuro.

— É mais que um hobby. É também uma forma de proteção.

Franzo a testa.

— Proteção contra o quê?

— Em algumas culturas, acredita-se que espelhos sejam perigosos, que funcionem como portais para outro mundo, uma forma de os espíritos passarem de um mundo ao outro e fazerem o mal. Os chineses, no entanto, acreditam que os espelhos são uma defesa e os penduram do lado de fora das casas para espantar os maus espíritos. Quando um demônio vê o próprio reflexo, ele é afugentado e não incomoda mais. — Ela aponta para o espelho pendurado acima da porta da cozinha, a moldura pintada de verde vivo e dourado. — Esse é um baguá. Notou como é côncavo? É para absorver as energias negativas, impedindo que entrem na minha cozinha. — Ela vê a minha expressão incrédula. — Você acha que tudo isso é bobagem, não é?

— Sempre fui cética em relação ao sobrenatural.

Ela sorri.

— E aqui está você.

Sentamos à sua cozinha, onde cristais balançam diante da janela, projetando pequenos arco-íris nas paredes. Nesse cômodo não há espelhos; talvez ela considere que a cozinha está a salvo de invasões, protegida pela pista de obstáculos de espelhos repelentes de demônios no corredor. Fico aliviada por não ter vislumbres de mim mesma. Como os demônios, tenho medo do meu reflexo, medo de me olhar nos olhos.

Maeve coloca duas xícaras fumegantes de chá de camomila na mesa e se senta diante de mim.

— Agora me fale sobre o seu problema com fantasmas.

Não consigo evitar uma risada tímida.

— Desculpe, mas é que isso parece ridículo.

— Claro que parece, já que você não acredita em espíritos.

— Eu não acredito mesmo. Nunca acreditei. Sempre achei que as pessoas que viam fantasmas estavam delirando ou eram propensas a fantasias, mas não sei de que outra forma explicar o que está acontecendo na minha casa.

— Você acredita que esses acontecimentos são paranormais?

— Não sei. A única coisa que sei é que *não são* fruto da minha imaginação.

— Tenho certeza que não. Mas casas antigas vêm com pisos que rangem. A madeira se expande e se contrai. Torneiras pingam.

— Nenhuma dessas coisas explica o que vi. Ou o que senti quando ele me tocou.

Ela ergue as sobrancelhas.

— Alguma coisa *tocou* em você?

— Sim.

— Onde?

— No meu rosto. Ele tocou no meu rosto. — Não vou dizer a ela onde mais ele me tocou. Ou como prendeu o meu corpo à cama com o dele.

— Você disse ao telefone que também sente cheiros. Odores incomuns.

— Quase sempre é a primeira coisa que noto, pouco antes de ele aparecer.

— Odores são com frequência descritos como sentinelas de uma aparição sobrenatural. É um odor desagradável?

— Não. É como... como um vento marítimo. O cheiro do mar.

— O que mais notou? Você disse que o seu gato às vezes se comporta de um jeito estranho.

— Acho que ele percebe. Acho que ele o vê.

Maeve acena com a cabeça e bebe um gole de chá. Nada do que eu disse parece tê-la surpreendido, e a placidez dela diante do que parece ser uma história bizarra de alguma forma me acalma, me faz achar que a minha história não é tão ridícula, afinal.

— O que *você* vê, Ava? Descreva.

— Eu vejo um homem. Ele tem a minha idade, é alto, com cabelos pretos e volumosos.

— Uma aparição de corpo inteiro.

— Sim, da cabeça aos pés. — *E mais.* — Ele usa um casaco escuro. É simples, sem adornos. Como o casaco que o capitão Brodie usa no retrato.

— Capitão Brodie é o homem que construiu a sua casa?

Aceno com a cabeça.

— Tem um retrato dele pendurado na Sociedade Histórica de Tucker Cove. Dizem que ele morreu no mar, o que explica por que sinto o cheiro de maresia sempre que ele aparece. E, quando falou comigo, ele disse: "Você está na minha casa." Ele acredita que a casa *ainda* é dele. Não sei se sabe que morreu... — Estou tão ansiosa para que ela acredite em mim que, ao olhar para baixo, vejo que as minhas mãos estão apertadas uma na outra sobre a mesa. — É o capitão Brodie. Tenho certeza que é.

— Você se sente bem-vinda naquela casa?

— Agora, sim.

— Não se sentia antes?

— A primeira vez que vi a casa de fora, ela me pareceu hostil, como se não me quisesse lá. Então entrei e senti o cheiro do mar. E de repente me senti bem-vinda. Senti que a casa havia me aceitado.

— Você não sente nem um pouco de medo, então?

— Senti no começo, mas agora não sinto. Não mais. Deveria?

— Depende do que é essa coisa com a qual você está lidando. Se é *apenas* um fantasma.

— O que seria, se não um fantasma?

Ela hesita e, pela primeira vez, sinto que está inquieta, como se não quisesse me dizer o que está pensando.

— Fantasmas são espíritos de pessoas mortas que não conseguiram se libertar totalmente do nosso mundo — explica. — Eles permanecem entre nós por causa de assuntos não resolvidos. Ou ficam presos porque não perceberam que estão mortos.

— Como o capitão Brodie.

— Possivelmente. Vamos torcer para que seja só isso. Um fantasma benigno.

— Existem fantasmas que não são benignos?

— Depende do tipo de pessoa que o fantasma foi quando vivo. Pessoas amigáveis se tornam fantasmas amigáveis. Como a sua entidade não parece assustar você, talvez seja só isso: um fantasma que aceitou você na própria casa, que pode até tentar te proteger de algum mal.

— Então não tenho nada com que me preocupar.

Ela pega a xícara de chá e toma um gole.

— Provavelmente não.

Não gosto do som dessa palavra: "provavelmente". Não gosto das possibilidades que evoca.

— Tem algo com que eu *deveria* me preocupar?

— Existem outras entidades que podem se ligar a uma casa. Às vezes, elas são atraídas por energias negativas. *Poltergeists*, por exemplo, costumam aparecer em casas de famílias com filhos adolescentes. Ou em casas cujas famílias estão enfrentando crises emocionais.

— Eu moro sozinha.

— Você está lidando com alguma crise pessoal no momento?

Por onde começo? Eu poderia contar a ela que passei os últimos oito meses paralisada pela culpa. Poderia contar a ela que fugi de Boston porque não tenho força para enfrentar o passado. Mas não conto nada disso e digo apenas:

— Estou tentando terminar de escrever um livro. Já está quase um ano atrasado e o meu editor não para de me cobrar. Então, sim, estou um pouco estressada no momento. — Ela me estuda com tanta intensidade que sou compelida a desviar o olhar quando pergunto: — Se *for* um *poltergeist*, como vou saber?

— A manifestação deles pode ser bastante física. Objetos se movem ou levitam. Pratos voam, portas se fecham. Pode até haver violência.

Levanto a cabeça.

— Violência?

— Mas você não vivenciou esse tipo de coisa, vivenciou?

Hesito.

— Não.

Será que ela acredita em mim? O seu silêncio sugere dúvida, mas depois de um tempo ela simplesmente continua falando.

— Vou fazer uma pesquisa sobre a sua casa, ver se existe alguma história relevante que explique uma assombração. Então a gente pode decidir se é necessária uma remediação.

— Remediação? Você quer dizer... me livrar dele?

— Existem várias maneiras de fazer o fenômeno cessar. Esses eventos acontecem todos os dias?

— Não.

— Quando foi a última vez?

Olho para a minha xícara de chá.

— Três noites atrás. — Três noites em claro, esperando o capitão reaparecer, me perguntando se apenas o imaginei.

Temendo nunca mais vê-lo.

— Eu não quero afastá-lo — digo. — Só queria ter certeza de que o que vivenciei é *real*.

— Então você está disposta a tolerar a presença dele?

— O que mais eu posso fazer?

— Você pode pedir a ele que vá embora.

— É simples assim?

— Às vezes, não é preciso mais nada. Tive clientes que exigiram que o fantasma deixasse a casa e seguisse em frente. E pronto, problema resolvido. Se é isso que quer fazer, posso ajudar.

Não digo nada por um momento, pensando em como seria nunca mais entrever o capitão Brodie nas sombras. Nunca mais sentir a sua presença zelando por mim. Me protegendo. "Sob o meu teto, nenhum mal vai acontecer a você."

— Você está disposta a viver com essa entidade? — pergunta ela.

Aceno com a cabeça.

— Por mais estranho que pareça, me sinto mais segura sabendo que ele está lá.

— Então não fazer nada é uma decisão razoável. Enquanto isso, vou procurar informações sobre Brodie's Watch. A Biblioteca Estadual do Maine, em Augusta, tem arquivos de jornais de centenas de anos, e eu tenho uma amiga que trabalha lá.

— O que vai procurar?

— Qualquer episódio trágico que tenha acontecido na casa. Mortes, suicídios, assassinatos. Relatos de qualquer atividade paranormal.

— Eu sei de uma tragédia que aconteceu na casa. O meu carpinteiro me contou. Ele disse que foi há mais ou menos vinte anos, na noite de Halloween. Um grupo de adolescentes invadiu a casa, ficou bêbado e começou a fazer bagunça. Uma das meninas caiu do miradouro e morreu.

— Então *houve* uma morte.

— Mas foi um acidente. É a única tragédia da qual tenho conhecimento.

Ela volta o olhar para a janela da cozinha, onde cristais multicoloridos balançam.

— Se houve outras mortes, eu teria minhas dúvidas.

— Sobre o quê?

Ela olha para mim.

— Se o seu problema é realmente um fantasma.

Já é fim de tarde quando inicio o trajeto de volta para Tucker Cove. No caminho, paro em um restaurante para comer alguma coisa e pensar no que Maeve me disse: "Posso ajudar. Existem várias maneiras de fazer o fenômeno cessar." Maneiras de fazer o capitão Brodie desaparecer para sempre. Mas não é isso que eu quero; eu sabia disso antes mesmo de falar com ela. Eu só queria que alguém acreditasse em mim. Queria saber se o que vi e senti em Brodie's Watch foi real. Não, eu não tenho medo do fantasma do capitão Brodie.

O que me apavora é a possibilidade de ele não existir e eu estar ficando louca.

Enquanto espero pelo meu frango frito, verifico as mensagens no celular. Eu o silenciei durante a reunião com Maeve e agora vejo que há várias novas mensagens de voz. A primeira é do meu editor, Simon, que ligou mais uma vez para falar sobre o status do meu manuscrito atrasado. "Os capítulos que você me mandou são ótimos! Quando vou poder ler mais? Além disso, a gente precisa falar sobre uma nova data de lançamento."

Vou mandar um e-mail para ele amanhã. Pelo menos posso dizer o seguinte: o livro continua indo bem. (E os meus carpinteiros estão engordando.) Passo pelas duas mensagens de voz seguintes, ambas spam, e deparo com um número conhecido.

Às 13:23, Lucy ligou.

Não ouço a mensagem; não consigo ouvir a voz dela.

Em vez disso, me concentro na minha refeição, que acabou de chegar. O frango frito está seco e duro e o purê de batata tem gosto de purê de caixinha. Mesmo não tendo almoçado, estou sem apetite, mas me forço a comer. Não quero pensar em Lucy nem em Simon nem no livro que preciso terminar de escrever. Não, em vez disso, penso no fantasma, que se tornou uma distração bem-vinda. Maeve me garantiu que outras pessoas, pessoas sãs, veem fantasmas. Eu certamente posso tirar proveito da companhia de um fantasma, e a casa é grande o suficiente para compartilharmos. Que mulher solitária *não gostaria* de dividir a cama com o robusto capitão de um navio?

Onde você está, capitão Brodie? Vou ver você essa noite?

Pago pela minha refeição, na qual mal toquei, e volto para a estrada.

Quando chego, já é noite. Está tão escuro que preciso subir tateando com os pés os degraus da varanda e, ao chegar à porta da frente, hesito, os nervos zumbindo. Mesmo na escuridão, vejo que está entreaberta.

Hoje é sexta, então Billy e Ned provavelmente trabalharam na casa, mas nunca deixariam a porta destrancada. Penso em todas as outras pessoas que podem ter a chave da porta da frente: Donna Branca, Arthur Sherbrooke, a inquilina que morou aqui antes de mim. Será que Charlotte se esqueceu de devolver a chave quando foi embora? Será que alguém encontrou a chave?

Ouço um miado alto vindo de dentro da casa, e Hannibal coloca a cabeça para fora para me cumprimentar. O meu esperto *maine coon*, conhecido por girar maçanetas e empurrar portas abertas, não parece nem um pouco perturbado. Como ele não está assustado, deve estar tudo bem lá dentro.

Dou um leve empurrão na porta, que emite um guincho terrivelmente alto ao se abrir. Acendo a luz e não vejo nada de errado no vestíbulo. Hannibal se senta aos meus pés, contorcendo o rabo e miando para pedir o jantar. Talvez Ned tenha realmente se esquecido de trancar a porta. Talvez Hannibal tenha conseguido abri-la.

Talvez tenha sido o fantasma.

Sigo Hannibal até a cozinha e acendo a luz. Ele vai direto para o armário onde sabe que a comida de gato está guardada, mas eu não estou mais olhando para ele. Estou concentrada em um punhado de terra no chão.

E na pegada de sapato.

Vejo outra pegada, e outra, e sigo a trilha de volta ao seu ponto de origem: a janela da cozinha escancarada.

10

A polícia vasculha todos os cômodos, todos os armários da minha casa. Com *polícia*, quero dizer o policial Quinn e o policial Tarr. A Lebre e a Tartaruga foi a primeira coisa que me ocorreu enquanto os observava saindo da viatura; Quinn, o mais jovem, saltou como uma lebre do banco do carona enquanto o policial Tarr, já na casa dos 50, se levantou lentamente do banco do motorista. Com o indolente Tarr ao volante, não admira que tenham levado quarenta e cinco minutos para responder à minha chamada.

Mas finalmente chegaram, e eles encaram a invasão à minha casa com a mesma seriedade de uma investigação de assassinato. Os dois me acompanham escada acima até os quartos, o policial Quinn subindo os degraus com passos rápidos enquanto Tarr se arrasta atrás dele, e confirmo que não parece ter nada faltando ou fora do lugar. Enquanto Tarr escreve meticulosamente no seu bloco de notas, Quinn vasculha os armários, em seguida vai até a torre para confirmar que o intruso não está escondido lá em cima.

De volta ao andar de baixo, na cozinha, eles examinam atentamente as pegadas, que são grandes demais para serem minhas. Então Tarr volta a atenção para a janela aberta, o óbvio ponto de entrada.

— Essa janela estava aberta assim quando a senhora saiu de casa? — pergunta ele.

— Não tenho certeza. Sei que a abri hoje, enquanto preparava o café da manhã. — Eu me detenho, incapaz de lembrar se a fechei sem passar o trinco. Ultimamente, tenho andado tão distraída com o livro, com o fantasma, que detalhes dos quais *deveria* me lembrar têm passado despercebidos. *Como, por exemplo, onde consegui aqueles hematomas.*

— A senhora viu alguém rondando a casa ultimamente? Alguém suspeito?

— Não. Quer dizer, há dois carpinteiros trabalhando na casa, mas eu não os consideraria suspeitos.

Ele passa para uma página em branco do bloquinho.

— O nome deles?

— Ned e Billy. — Não consigo me lembrar dos sobrenomes, e Tarr olha para mim.

— Ned? Ned Haskell?

— Isso, é esse o sobrenome dele.

Ele fica em silêncio enquanto avalia a informação, um silêncio que me deixa inquieta.

— Eles já têm acesso à casa — menciono. — Deixo uma chave para os dois. Eles podem simplesmente entrar pela porta da frente, não precisariam entrar pela janela.

O olhar de Tarr percorre vagarosamente a cozinha e se detém no meu laptop, que permanece imperturbado sobre a mesa da cozinha, ainda ligado e conectado à tomada. O olhar se desloca, como um bicho-preguiça, para a bancada, onde há alguns trocados em uma tigela, intocados. Embora possa ser lento, o oficial Tarr não é estúpido e está analisando as pistas, que levam a uma conclusão desconcertante.

— O intruso tira a tela e a joga nos arbustos — diz ele, pensando em voz alta. — Entra pela janela aberta e começa a deixar um rastro de terra pelo chão. — Sua cabeça de tartaruga se abaixa enquanto ele segue as pegadas, que desaparecem no meio da cozinha. — Ele entra na sua casa, mas não leva um único item de valor. Deixa o laptop em cima da mesa. Não pega nem mesmo os trocados.

— Então não foi um roubo? — questiona Quinn.

— Não estou pronto para afirmar isso ainda.

— Por que ele não levou nada?

— Talvez porque não tenha tido oportunidade.

Tarr se desloca pesadamente da cozinha para o vestíbulo. Com um grunhido, ele lentamente se senta no sofá. Só então percebo para o que está olhando: um torrão de terra logo depois da soleira da porta da frente, que eu não havia percebido antes.

— Deixado pelos sapatos dele — diz Tarr. — Curioso, não acha? Ele não deixou rastros de terra em nenhum outro lugar da casa. Só na cozinha e aqui, a caminho da porta da frente. O que me leva a pensar...

— O quê? — pergunto.

— Por que ele foi embora tão rápido? Não levou nada. Não esteve no andar de cima. Simplesmente entrou pela janela, atravessou a cozinha e em seguida deixou a casa com tanta pressa que nem se deu ao trabalho de fechar a porta. — Tarr grunhe ao se levantar. O esforço deixa o seu rosto vermelho vivo. — Esse é o mistério, não acham?

Nós três ficamos em silêncio por um instante, pensando em uma explicação para o comportamento estranho do intruso. Hannibal passa furtivamente por mim e se esparrama aos pés do policial Tarr, cujo torpor parece equivaler ao dele.

— Com certeza algo o assustou — sugere Quinn. — Talvez ele tenha visto os faróis do carro dela se aproximando e fugiu.

— Mas eu não vi ninguém — digo a ele. — E não havia nenhum carro na estrada de acesso quando cheguei.

— Se foi um adolescente, pode não ter vindo de carro — sugere Quinn. — Pode ter chegado aqui pela trilha do penhasco. A trilha começa em uma praia pública, a menos de dois quilômetros daqui. Sim, aposto que é com algo assim que estamos lidando. Um adolescente que achou que estava invadindo uma casa vazia. Isso já aconteceu aqui.

— Eu soube — digo, lembrando-me do que Ned me contou sobre a invasão no Halloween e a pobre garota que morreu ao cair do miradouro.

— Vamos dar para a senhora o mesmo conselho que demos para a outra: mantenha portas e janelas trancadas. E nos avise se...

— A outra? — Olho para os dois policiais. — De quem vocês estão falando?

— Da moça que alugava a casa antes de você. A professora.

— A casa também foi invadida quando Charlotte morava aqui?

— Ela estava dormindo quando ouviu um barulho lá embaixo. Desceu e encontrou uma janela aberta. Àquela altura, o invasor já tinha ido embora e nada foi levado.

Olho para o torrão de terra, deixado pelo sapato do intruso que invadiu a minha casa essa noite. Um intruso que poderia ainda estar aqui, no lugar onde moro, enquanto o meu carro se aproximava da casa. De repente, começo a tremer e passo os braços em volta do corpo.

— E se não tiver sido apenas um adolescente? — pergunto baixinho.

— Tucker Cove é uma cidade muito segura, senhora — diz o policial Quinn. — Vez ou outra alguém comete um furto em uma loja, é claro, mas não temos um incidente grave em...

— É sempre sensato tomar precauções — interrompe Tarr. — Mantenha portas e janelas trancadas. E pense em talvez comprar um cachorro. — Ele olha para Hannibal, que está ronronando satisfeito encostado à sua bota. — Não acho que o seu gato seja assustador o suficiente para afugentar um ladrão.

Mas eu conheço alguém que é. *O fantasma.*

* * *

Tranco a porta da frente e percorro o primeiro andar da casa, fechando e trancando todas as janelas. A polícia já verificou cada cômodo, cada armário, mas ainda estou nervosa e certamente não me sinto pronta para ir dormir.

Por isso vou até a cozinha e me sirvo de um copo de uísque. E então de outro.

A segunda garrafa está quase vazia. Quando me mudei para Brodie's Watch, essa garrafa estava cheia; será que realmente consumi todo o uísque tão rápido? Eu sei que deveria me limitar a uma dose, mas depois desse dia verdadeiramente perturbador, preciso de um gole reconfortante. Pego o meu copo e a garrafa com os últimos dedos de uísque e subo as escadas.

No quarto, não consigo deixar de analisar o cômodo enquanto desabotoo a blusa e tiro a calça jeans. Apenas de roupas íntimas, me sinto exposta, embora não haja mais ninguém no quarto. Ninguém, pelo menos, que eu consiga ver. O mar está agitado essa noite e, pela janela aberta, ouço o barulho das ondas quebrando na praia. Preto como óleo, o mar se estende até um horizonte estrelado. Embora o quarto seja voltado para penhascos desertos e água, entendo por que Charlotte queria cortinas nessa janela. A própria noite parece ter olhos capazes de me ver, de pé aqui, emoldurada pela luz.

Apago o abajur e deixo a escuridão me envolver. Não me sinto mais exposta enquanto fico de pé diante da janela, deixando o ar fresco soprar na minha pele. Vou sentir falta disso quando voltar para Boston, de adormecer ao som das ondas, do ar salgado na minha pele. E se eu não voltar para a cidade? Ultimamente, tenho pensado cada vez mais nessa possibilidade. Afinal, posso trabalhar em qualquer lugar, escrever em qualquer lugar; já queimei as minhas pontes em Boston, ateei fogo à minha antiga vida como uma incendiária bêbada. Por que não ficar aqui em Tucker Cove, nessa casa?

Visto a camisola e, enquanto ela desliza pela minha cabeça, vejo uma centelha além da minha janela. Ela cintila por apenas um instante, então desaparece.

Encaro fixamente a noite. Sei que não há nada lá fora, a não ser o penhasco e o mar... De onde veio aquela luz? Estou invisível no quarto escuro, mas, pouco antes, qualquer pessoa que estivesse olhando para essa janela teria me visto de pé aqui, sem roupa, e pensar nisso faz com que eu recue, mergulhando ainda mais na escuridão. Então vejo mais lampejos de luz, movendo-se para cima e para baixo como uma centelha flutuando ao vento. Ela passa pela janela e desaparece na noite.

Um vaga-lume.

Bebo o meu uísque e penso em outras noites quentes de verão, quando Lucy e eu caçávamos vaga-lumes na fazenda dos nossos avós. Correndo por uma campina que cintilava com mil estrelas, erguíamos as redes e aprisionávamos galáxias inteiras em potes de vidro. Então voltávamos para a casa da fazenda, como fadas gêmeas carregando as lanternas de vaga-lumes. A memória é tão vívida que sinto a grama fazendo cócegas nos meus pés e mais uma vez ouço o ranger da porta de tela quando entrávamos em casa. Eu me lembro de como ficávamos acordadas metade da noite, admirando as luzes que giravam dentro dos nossos vidros, um na mesa de cabeceira dela, o outro na minha. Dois iguais, como Lucy e eu.

Como costumávamos ser.

Coloco o restante do uísque no meu copo, bebo de um gole só e me deito na cama.

Já se passaram quatro noites desde que o capitão Brodie apareceu pela última vez. Passei muitas horas acordada, atormentada por dúvidas em relação à sua existência, questionando se finalmente havia perdido a sanidade. Hoje, quando visitei a caçadora de fantasmas, o que mais queria era a garantia de que não estou delirando, de que o que vivenciei foi real. Agora as minhas dúvidas voltaram.

Deus, preciso dormir. O que eu não daria por apenas uma boa noite de sono. Fico tentada a ir até a cozinha e abrir uma garrafa de vinho. Mais uma taça ou duas talvez acalmem esse zumbido elétrico no meu cérebro.

Deitado ao meu lado na cama, Hannibal de repente levanta a cabeça. As orelhas adornadas com tufos de pelos ficam espichadas e alertas enquanto ele encara a janela aberta. Não vejo nada de incomum lá, nenhum indício de névoa, nenhuma sombra se adensando.

Saio da cama e olho para o mar.

— Volte para mim — imploro. — Por favor, volte.

Um toque roça no meu braço, mas com certeza é apenas a minha imaginação. Será que o meu desejo desesperado por companhia evocou uma carícia fantasmagórica ao mero sopro de uma brisa? Então sinto o peso quente de uma mão pousada no meu ombro. Eu me viro e *lá está ele*, cara a cara comigo. Tão real quanto um homem pode ser.

Pisco para afastar as lágrimas.

— Achei que nunca mais fosse ver você.

— Você sentiu a minha falta.

— Senti.

— Quanto, Ava?

Suspiro e fecho os olhos enquanto os seus dedos acariciam a minha bochecha.

— Muito. Você é a única coisa na qual eu penso. A única coisa que eu...

— Deseja?

A pergunta, feita de forma tão suave, faz com que uma excitação repentina percorra o meu corpo. Abro os olhos e encaro um rosto obscurecido pela sombra. À luz das estrelas, vejo apenas a inclinação acentuada do seu nariz, as maçãs do rosto salientes. O que mais a escuridão esconde?

— Você me deseja? — pergunta ele.

— Sim.

Ele acaricia o meu rosto e, embora os seus dedos sejam gentis, a minha pele parece queimar ao toque.

— E vai se submeter?

Engulo em seco. Não sei o que ele quer, mas estou pronta para dizer que sim. Para qualquer coisa.

— O que você quer que eu faça? — pergunto.

— Tudo que estiver disposta a fazer.

— Me diga.

— Você não é nenhuma virgem. Já esteve com homens.

— Sim, estive.

— Homens com os quais você pecou.

A minha resposta mal passa de um sussurro.

— Sim.

— Pecados que ainda não expiou.

A mão dele, que antes envolvia tão gentilmente o meu rosto, de repente aperta a minha mandíbula. Olho nos olhos dele. Ele sabe. De alguma forma, olhou dentro da minha alma e viu a minha culpa. A minha vergonha.

— Eu sei o que atormenta você, Ava. E sei o que deseja. Você vai se submeter?

— Eu não estou entendendo.

— Diga. — Ele se inclina para mais perto. — Diga que vai se submeter.

A minha voz é quase inaudível.

— Eu vou me submeter.

— E você sabe quem sou eu.

— Jeremiah Brodie.

— Eu sou o comandante do navio. Eu mando. Você obedece.

— E se eu decidir não obedecer?

— Então vou aguardar o momento certo e esperar por uma mulher mais digna das minhas atenções. E você vai embora dessa casa.

Já sinto o seu toque derretendo, vejo o seu rosto se dissolvendo nas sombras.

— Por favor — grito. — Não me deixe!

— Você precisa concordar.

— Eu concordo.

— Em se submeter?

— Sim.

— Em obedecer?

— Sim.

— Mesmo que haja dor?

Ao ouvir isso, fico em silêncio.

— Quanta dor? — sussurro.

— O suficiente para tornar o seu prazer ainda mais intenso.

Ele acaricia o meu seio, e a carícia é quente e gentil. Suspiro, e a minha cabeça se inclina para trás. Quero mais, muito mais. Ele aperta o meu mamilo e os meus joelhos cedem quando a dor inesperada se transforma em prazer.

— Quando estiver pronta — sussurra ele —, estarei aqui.

Abro os olhos e ele se foi.

Estou sozinha no quarto, tremendo, as pernas bambas. Sinto o meu seio formigar, o mamilo ainda sensível depois da investida. Estou molhada, tão molhada de desejo que sinto a umidade escorrer pela minha coxa. O meu corpo anseia por ser satisfeito, por ser tomado, mas ele me abandonou.

Ou será que nunca esteve realmente aqui?

11

Na manhã seguinte, acordo com febre.

O sol já dissipou a névoa e os pássaros gorjeiam lá fora, mas o suave ar marinho que entra pela janela aberta parece uma rajada de vento ártico. Com frio e tremendo, cambaleio para fora da cama para fechar a janela e em seguida rastejo de volta para debaixo das cobertas. Não quero me levantar. Não quero comer. Só quero parar de tremer. Eu me encolho em posição fetal e mergulho em um sono profundo e exausto.

Passo o dia inteiro na cama, me levantando apenas para ir ao banheiro e beber alguns goles de água. A cabeça lateja e a luz do sol incomoda os olhos, então puxo as cobertas sobre a cabeça.

Mal ouço a voz chamando o meu nome. A voz de uma mulher.

Quando afasto o edredom, vejo que a luz do dia se foi e o quarto está mergulhado nas sombras. Fico deitada, meio acordada, me perguntando se alguém realmente estava me chamando ou se foi apenas um sonho. E como é possível que eu tenha dormido o dia todo? Por que Hannibal não me acordou, exigindo o café da manhã?

De olhos doloridos, perscruto o quarto, mas o meu gato não está em lugar nenhum e a porta está aberta.

Alguém bate com força à porta lá embaixo, e mais uma vez ouço o meu nome. Então, no fim das contas, não era sonho.

Definitivamente não quero me arrastar para fora da cama, mas quem quer que esteja batendo à porta não parece que vai desistir. Visto um robe e cambaleio para fora do quarto, seguindo para as escadas. O crepúsculo escureceu a casa, e piso nos degraus tateando, me apoiando no corrimão enquanto desço. Quando chego ao vestíbulo, fico surpresa ao ver que a porta da frente está aberta e a minha visitante está de pé, a silhueta recortada no vão de entrada, iluminada pelos faróis de um carro.

Procuro o interruptor na parede e, quando o aperto, as luzes do vestíbulo são tão brilhantes que os meus olhos doem. Ainda atordoada, preciso de um instante para recuperar o nome na minha memória, embora tenha conversado com ela ontem mesmo, ontem mesmo estive em sua casa.

— Maeve? — enfim consigo dizer.

— Tentei ligar para você. Quando não atendeu o telefone, pensei em vir até aqui mesmo assim, só para dar uma olhada na casa. Encontrei a sua porta da frente aberta. — Ela franze a testa ao olhar para mim. — Você está bem?

Uma onda de tontura me faz cambalear, e me apoio no corrimão. A sala gira e o rosto de Maeve fica fora de foco. De repente, o chão desaparece e estou caindo, caindo no abismo.

Ouço Maeve gritar:

— Ava!

Então não ouço mais nada.

* * *

Não sei como fui parar no sofá da sala, mas é onde estou deitada agora. Alguém acendeu o fogo, e as chamas dançam na lareira, uma ilusão animadora de calor que ainda não penetrou nos cobertores que agora me envolvem.

— A sua pressão subiu para nove por seis. Está muito melhor. Acho que você só estava desidratada, e foi por isso que desmaiou.

Com um barulho alto do velcro, o Dr. Ben Gordon remove o aparelho de pressão do meu braço. É raro um médico fazer visitas domiciliares hoje em dia, mas talvez as coisas ainda sejam assim em cidades pequenas como Tucker Cove. Bastou uma ligação de Maeve e, vinte minutos depois, Ben Gordon adentrou a minha casa com a maleta preta e um olhar preocupado.

— Ela já estava consciente quando liguei — diz Maeve. — E se recusou terminantemente a ir a qualquer lugar de ambulância.

— Porque eu desmaiei, foi só isso que aconteceu — digo a ele. — Passei o dia todo deitada na cama e não comi nada.

O Dr. Gordon se vira para Maeve.

— Você pode trazer outro copo de suco de laranja para ela? Vamos encher o tanque dela.

— É para já — diz Maeve, e se dirige para a cozinha.

— Quanto exagero — suspiro. — Estou me sentindo muito melhor agora.

— Você não parecia muito bem quando cheguei. Eu estava pronto para mandar você para a emergência.

— Por quê? Por causa de uma gripe?

— Pode ser gripe. Mas pode ser outra coisa. — Ele afasta os cobertores para me examinar e a sua atenção é imediatamente atraída para o meu braço direito. — O que aconteceu? Como você arrumou isso?

Olho para a série de pequenas bolhas que recobrem a pele.

— Não foi nada. Foi só um arranhão.

— Eu vi o seu gato. Um gato enorme. Ele estava sentado na varanda.

— É. O nome dele é Hannibal.

— E ele tem esse nome por causa de Aníbal, que cruzou os Alpes?

— Não, por causa do Hannibal Lecter, o *serial killer*. Se conhecesse o meu gato, você entenderia por que ele tem esse nome.

— E quando o seu gato *serial killer* arranhou você?

— Tem mais ou menos uma semana, acho. Não dói. Só coça um pouco.

Ele estende o meu braço e se aproxima para me examinar, os dedos apalpando a minha axila. Há algo profundamente íntimo no modo como a sua cabeça está inclinada tão perto da minha. Ele cheira a sabão líquido e fumaça de lenha e noto fios prateados em meio ao cabelo castanho. Tem mãos suaves, mãos quentes e, de repente, fico constrangida ao lembrar que, por baixo da camisola, não estou vestindo nada.

— Os gânglios linfáticos da sua axila estão aumentados — comenta ele, franzindo a testa.

— O que isso quer dizer?

— Me deixe examinar o outro lado.

Quando estende a mão para examinar a outra axila, ele roça no meu seio e o meu mamilo formiga, se enrijece. Sou forçada a desviar o olhar para que ele não veja que o meu rosto ficou vermelho.

— Não estou sentindo nenhum gânglio aumentado nesse lado, o que é bom — diz ele. — Tenho quase certeza de que sei qual é o problema...

O barulho alto de algo se quebrando nos assusta. Nós dois encaramos os pedaços de um vaso no chão. Um vaso que um segundo antes estava sobre a cornija da lareira.

— Juro que não toquei no vaso! — diz Maeve, que acaba de voltar à sala com um copo de suco de laranja. Ela franze a testa ao olhar para os cacos de vidro. — Como diabos ele caiu?

— As coisas não saltam das prateleiras por conta própria — diz o Dr. Gordon.

— Não. — Maeve olha para mim com uma expressão estranha e diz baixinho: — Não saltam.

— O vaso devia estar bem na borda — sugere ele, uma explicação que parece perfeitamente lógica. — E acabou sendo derrubado por alguma vibração.

Não consigo deixar de examinar a sala em busca de um culpado invisível. Sei que Maeve está pensando a mesma coisa que eu: *Foi o fantasma*. Mas eu jamais diria isso ao Dr. Gordon, um homem da ciência. Ele já voltou a me examinar. Apalpa o meu pescoço, ausculta o meu coração e examina a minha barriga.

— O seu baço parece perfeitamente normal. — Ele me cobre com o cobertor e endireita a postura. — Acho que sei qual é o problema. É um caso clássico de bartonelose. Uma infecção bacteriana.

— Ai, meu deus, isso parece sério — diz Maeve. — A gente também pode pegar?

— Só se tiver um gato. — Ele olha para mim. — Essa doença também é chamada de doença da arranhadura do gato. Não costuma ser grave, mas pode causar febre e gânglios linfáticos aumentados. E, em casos raros, encefalopatia.

— Pode afetar o cérebro? — pergunto.

— Pode, mas você parece alerta e orientada. E com certeza não está delirante. — Ele sorri. — Me arrisco a declarar que está sã.

Algo que ele talvez não dissesse se soubesse o que vivenciei ontem à noite. Sinto Maeve me observando. Será que ela está se perguntando, assim como estou fazendo agora, se as minhas visões do capitão Brodie não passaram do produto de uma mente febril?

O Dr. Gordon enfia a mão na maleta preta.

— Os laboratórios farmacêuticos sempre me dão muitas amostras grátis, e acho que tenho um pouco de azitromicina aqui. — Ele pega uma caixa com uma cartela de comprimidos. — Você não é alérgica a nenhum medicamento, é?

— Não.

— Então esse antibiótico deve resolver o problema. Siga as instruções da bula até acabarem todos os comprimidos. Vá ao meu consultório na semana que vem para eu examinar novamente esses gânglios linfáticos. Vou pedir à minha secretária que ligue para você e marque uma consulta. — Ele fecha a maleta preta e me olha de cima a baixo. — Coma alguma coisa, Ava. Acho que também é por isso que está se sentindo fraca. Além do mais, não faria mal ganhar um pouco de peso.

Enquanto ele sai da minha casa, Maeve e eu ficamos em silêncio. Ouvimos a porta da frente se fechar e em seguida Hannibal entra na sala, parecendo completamente inocente enquanto se senta perto da lareira, lambendo calmamente a pata. O gato responsável por todo esse problema.

— Quem me dera o meu médico se parecesse com *ele* — comenta Maeve.

— Como você acabou ligando para o Dr. Gordon?

— O nome dele estava na lista ao lado do telefone da cozinha. A lista com o número do encanador, do médico e do eletricista. Eu só presumi que fosse o seu médico.

— Ah, aquela lista. Foi a inquilina anterior que deixou.

O Dr. Gordon, ao que parece, é uma escolha popular na cidade.

Maeve se acomoda na poltrona diante de mim e a luz da lareira brilha como um halo em volta do seu cabelo, destacando os fios prateados.

— Foi sorte eu ter vindo até a sua casa essa noite. Não gosto nem de pensar em você caindo da escada sem ninguém por perto para socorrer.

— Estou me sentindo muito melhor agora, obrigada. Mas acho que não estou com disposição para mostrar a casa a você essa noite. Se quiser voltar em outra ocasião, posso mostrar tudo. Mostrar onde vi o fantasma.

Maeve olha para o teto, para o jogo de luz da iluminação da lareira com as sombras.

— Eu realmente só queria sentir a casa.

— E você sentiu? Sentiu alguma coisa?

— Tive a impressão de ter sentido, alguns minutos atrás. Quando voltei para a sala com o seu suco. E aquele vaso de repente caiu no chão. — Ela olha de relance para onde o vaso caiu e estremece. — Eu senti *alguma coisa*.

— Boa? Ruim?

Ela olha para mim.

— Não totalmente amigável.

Hannibal pula no sofá e se encolhe aos meus pés. A minha bola de pelo de doze quilos, que não vi o dia todo. Ele não parece com fome, e, sim, perfeitamente satisfeito. O que será que andou comendo? De repente, me lembro do que Maeve disse antes: "A sua porta estava aberta." Hannibal deve ter saído e caçado o seu próprio jantar.

— Essa é a segunda vez que a minha porta da frente fica aberta — digo a ela. — Ontem à noite, quando cheguei em casa depois de me encontrar com você, também a encontrei aberta. E chamei a polícia.

— Você não costuma trancar a porta?

— Eu tenho *certeza* de que tranquei ontem à noite, antes de ir dormir. Não entendo como acabou aberta de novo.

— E estava escancarada, Ava. Como se a casa estivesse me pedindo para entrar e ver como você estava. — Ela reflete sobre os estranhos acontecimentos da noite. — Mas, quando aquele vaso quebrou, tudo pareceu diferente. Aquilo definitivamente não foram boas-vindas. Foi hostil. — Ela olha para mim. — Você já teve essa sensação dentro dessa casa?

— Hostilidade? Não. Nunca.

— Então talvez essa entidade tenha aceitado você. Talvez esteja até mesmo te protegendo. — Ela olha para o vestíbulo. — E me convidou a entrar porque sabia que você precisava da minha ajuda. Graças a deus não deixei os papéis na sua porta e fui embora.

— Que papéis? — pergunto.

— Eu disse que ia verificar os arquivos de jornais sobre a sua casa. Logo depois que você foi embora ontem, liguei para a minha amiga na Biblioteca Estadual do Maine. Hoje de manhã ela conseguiu encontrar diversos documentos relativos ao capitão Jeremiah Brodie, de Tucker Cove. Vou pegar os papéis para você. Eu deixei no carro.

Enquanto espero a volta dela, sinto o meu pulso se acelerar. Sei apenas os detalhes mais básicos sobre o capitão Brodie e vi somente um retrato dele na sede da sociedade histórica. A única coisa que realmente sei sobre ele foi como morreu, em um mar tempestuoso, o seu navio golpeado pelo vento e pelas ondas.

É por isso que você carrega o cheiro do mar.

Maeve volta do carro e me entrega uma pasta.

— A minha amiga fez cópias para você.

Abro a pasta e vejo uma folha preenchida com uma caligrafia elegante e cheia de floreios. É o registro de um navio, datado de 4 de setembro de 1862, e reconheço imediatamente o nome: *Minotaur.*

O navio dele.

— Esses papéis são só o começo — explica Maeve. — Imagino que a minha amiga vá encontrar muito mais, e vou dar uma olhada na sociedade histórica local. Mas, por enquanto, isso vai dar uma ideia de quem é o homem que pode estar assombrando essa casa.

12

Na manhã seguinte, a minha febre cedeu e acordo me sentindo faminta, mas ainda fraca. Desço as escadas sem muita firmeza e vou até a cozinha, onde encontro Hannibal terminando os últimos grãos de ração na tigela. Maeve deve ter colocado comida para ele antes de ir embora na noite passada. Isso explica por que não fui rudemente acordada essa manhã com uma garra exigente no peito. Ligo a cafeteira, faço três ovos mexidos com um pouco de creme e coloco duas fatias de pão na torradeira. Devoro tudo e, ao terminar a minha segunda xícara de café, me sinto humana novamente, pronta para me concentrar nos papéis que Maeve me entregou.

Abro a pasta e encontro o registro do *Minotaur*. Noite passada, tive dificuldade de ler a caligrafia floreada, mas agora, à luz da manhã, consigo decifrar a descrição desbotada do malfadado navio do capitão Brodie. Lançado à água em 4 de setembro de 1862, o *Minotaur* foi construído no estaleiro Goss, Sawyer & Packard, em Bath, no Maine. Com casco de madeira e classificado como um *down easter*, era um veleiro de três mastros, 76 metros de comprimento, 13,5 metros de largura, e pesava pouco mais de duas toneladas. Exigia uma tripulação de trinta e cinco marinheiros. Propriedade do consórcio Charles Thayer, de Portland, o *Minotaur* era um navio mercante construído para ser uma embarcação veloz, mas ao mesmo tempo robusta o suficiente para sobreviver à difícil passagem em torno do cabo da Boa Esperança, enquanto navegava entre a costa do Maine e o Extremo Oriente.

Folheio os documentos seguintes, que listam as viagens do navio, os vários portos onde esteve e as cargas que transportou. Navegando para Xangai, levou peles de animais e açúcar, lã e engradados de madeira com latas de querosene. Em seu retorno aos Estados Unidos, trouxe chá e seda, marfim e tapetes. Na viagem inaugural, estava sob o comando do capitão Jeremiah Brodie.

Durante doze anos, ele foi capitão do *Minotaur* nas viagens para Xangai e Macau, São Francisco e Londres. Embora os documentos do navio não me digam quanto ele recebia pelos serviços, fica claro com base nessa casa que construiu, de grandes proporções e adornada com belos trabalhos de carpintaria, que a remuneração por essas viagens devia ser considerável, mas também era ganha à custa de grande esforço. Depois de muitos meses penosos no mar, que alegria ele devia sentir quando finalmente podia voltar para essa casa, dormir em uma cama que não balançava e comer carne fresca e verduras colhidas direto do jardim.

Folheio as páginas do registro e encontro uma cópia de um recorte do *Camden Herald* datado de janeiro de 1875.

> A tragédia se abateu sobre mais uma embarcação do Maine nas águas turbulentas do cabo da Boa Esperança. Acredita-se que o *down easter Minotaur*, que partiu do porto de Tucker há seis meses, tenha se perdido no mar. A última vez que atracou em um porto foi no Rio de Janeiro, no dia 8 de setembro, partindo três dias depois, com destino a Xangai. Sua rota passava pelo temível cabo, onde

ventos fortes e ondas monstruosas ameaçam regularmente a vida das almas destemidas que desbravam os mares. Foi nessas águas que o *Minotaur* provavelmente conheceu seu terrível fim. Uma parte dos malotes de correspondência que o navio transportava, bem como pedaços de madeira estilhaçada, foram parar na costa em Port Elizabeth, próximo do extremo sul da África. Entre as trinta e seis almas presumivelmente perdidas estava o capitão Jeremiah Brodie, de Tucker Harbor, um experiente capitão sob cujo comando o *Minotaur* já havia feito a dita passagem com segurança cinco outras vezes. O fato de um capitão e uma tripulação experientes, a bordo de um navio em excelentes condições, terem encontrado seu fim em uma viagem que lhes era tão familiar é uma advertência de que o mar é perigoso e implacável.

Abro o meu laptop e pesquiso "Cabo da Boa Esperança". É um nome cruelmente enganoso para a passagem que os portugueses costumavam chamar de "cabo das Tormentas". Examino fotos de ondas terríveis quebrando em uma costa rochosa. Imagino o vento assobiando, as madeiras do navio gemendo e o horror de ver seus homens serem arrastados para a água enquanto as rochas se aproximam cada vez mais. Então foi nesse lugar que ele morreu. O mar leva até o marinheiro mais capaz.

Viro a página, esperando ler mais detalhes sobre a tragédia. Em vez disso, encontro várias páginas fotocopiadas de uma carta escrita à mão, datada de um ano antes do naufrágio do *Minotaur*. No canto superior, há um Post-it amarelo no qual Maeve ou a amiga bibliotecária pesquisadora escreveu uma nota explicativa:

Encontrei isso entre os documentos do espólio da Sra. Ellen Graham, falecida em 1922. Observe a referência ao *Minotaur*.

A carta em si parece ser obra da mão de uma mulher, as palavras escritas com uma caligrafia cuidadosa e elegante.

Querida Ellen,

envio-lhe estas últimas notícias, junto com a peça de seda da China pela qual aguardou tão ansiosamente durante todos esses meses. O carregamento chegou na semana passada a bordo do Minotaur, *uma grande variedade de sedas todas tão tentadoras que mamãe e eu quase não conseguimos nos decidir por quais comprar. Tivemos de nos apressar em fazer nossas escolhas, porque logo todas as moças da cidade estarão clamando para arrebatar o que puderem. Mamãe e eu escolhemos cortes cor-de-rosa e amarelo-canário. Para você, escolhi o verde, porque acho que vai ficar bem com seus cabelos ruivos. Como fomos afortunadas por poder escolher dentre as preciosidades assim que foram descarregadas do navio. Na próxima semana, o restante já estará a caminho de lojas por toda a costa.*

Nossa boa sorte é cortesia das relações cordiais de mamãe com nossa costureira, a Sra. Stephens, cujo marido serve como primeiro imediato do capitão Brodie. Ela fez a gentileza de avisar mamãe sobre o carregamento de sedas que havia acabado de chegar, e fomos convidadas a ir ao armazém para examinar os tecidos no dia em que foram descarregados.

Apesar de todas as belas sedas e tapetes, admito que fiquei bastante distraída por outra visão: a elegante figura do capitão Brodie, que adentrou o armazém pouco depois que mamãe e eu chegamos. Eu estava agachada diante de um caixote de seda quando o ouvi falando com o almoxarife. Olhei para cima e lá estava ele, emoldurado pela luz que entrava pelo vão da porta, e fiquei tão atordoada que devo ter parecido um bacalhau com a boca aberta. Não creio que ele tenha me notado a princípio, então tive toda a liberdade para observá-lo. Quando partiu do porto de Tucker pela última vez, eu não tinha mais que 13 anos. Agora, três anos depois, sou perfeitamente capaz de apreciar ombros largos e um belo maxilar quadrado. Devo ter passado um longo minuto a admirá-lo até ele por fim me notar e sorrir.

E, querida Ellen, já mencionei que ele não é casado?

Se tivesse falado comigo, creio que eu não teria sido capaz de articular uma única palavra. Naquele exato momento, no entanto, mamãe me segurou pelo braço e disse baixinho: "Já fizemos nossas compras, Ionia. Está na hora de partir."

Eu não queria ir embora. Poderia ter ficado naquele armazém frio por uma eternidade, admirando o capitão e me deliciando com o calor de seu sorriso. Mamãe insistiu para que nos afastássemos rapidamente, então tive apenas aqueles instantes preciosos para contemplá-lo. Acreditei verdadeiramente que ele retribuiu meu olhar com admiração semelhante, mas, quando contei isso a mamãe, ela me alertou para não cultivar tais pensamentos.

"Mantenha a compostura, pelo amor de Deus", disse-me ela. "Você é apenas uma menina. Se não tiver cuidado, um homem pode se aproveitar."

É imoral de minha parte gostar dessa ideia?

Na próxima semana, haverá um jantar para os oficiais do navio em Brodie's Watch. Fui convidada, mas mamãe recusou o convite! Minha amiga Genevieve vai, assim como Lydia, mas mamãe insiste em que devo ficar em casa. Tricotando em silêncio, suponho, como a futura solteirona que certamente serei. Sou quase tão velha quanto as outras moças e certamente já tenho idade o bastante para ir a um jantar com cavalheiros, mas mamãe proibiu. É tão injusto! Ela diz que sou muito ingênua. Mamãe diz que não conheço a reputação sórdida do capitão. Ela ouviu rumores sobre o que acontece na casa dele tarde da noite. Quando a pressiono sobre esse assunto, seus lábios se tensionam como os cordões de uma bolsa e ela se recusa a dizer mais.

Ai, Ellen, é um sofrimento atroz saber o que vou perder. Penso naquela grande casa na colina. Penso nas outras moças sorrindo para ele (e ainda pior: nele sorrindo para elas*). Vivo temendo um anúncio de casamento futuro. E se ele escolher Genevieve ou Lydia como esposa?*

Será tudo culpa de mamãe.

Faço uma pausa e o meu olhar se volta para a frase no alto da página. "Mamãe diz que não conheço a reputação sórdida do capitão. Ela ouviu rumores."

Que rumores poderiam ser? O que teria escandalizado tanto a mãe de Ionia a ponto de ela proibir a filha de 16 anos de ter qualquer contato com Brodie? Havia a diferença de idade também. No ano em que a carta foi escrita, Jeremiah Brodie tinha 38 anos, mais que o dobro da idade da garota, e com base na descrição dele, era um homem robusto no auge da masculinidade. Penso no retrato que vi pendurado na sede da sociedade histórica e consigo imaginar como ele devia fazer disparar o coração de todas as moças. Era um homem do mundo, comandante de uma embarcação a vela e dono dessa imponente casa na colina. Também era solteiro; que moça não gostaria de atrair a atenção dele?

Penso no jantar em Brodie's Watch e imagino cozinheiros e criados andando atarefados por essa cozinha onde estou sentada agora. E na sala de jantar estariam os oficiais do navio, velas bruxuleando e moças vestindo as sedas reluzentes que o *Minotaur* tinha trazido da China. Haveria risadas e vinho e muita troca de olhares apaixonados. E à cabeceira da mesa estaria Jeremiah Brodie, cuja reputação infame fazia com que fosse proibido para pelo menos uma moça inocente.

Ávida por saber mais sobre a sua reputação, passo para a página seguinte da carta. Fico desapontada ao encontrar apenas um parágrafo final escrito por Ionia.

Por favor, pode falar com sua mãe em meu nome? Pedir que ela fale com minha mãe? Os tempos mudaram e não somos as flores de estufa que elas eram em nossa idade. Se não puder ir à festa, preciso encontrar outra maneira de voltar a vê-lo. O Minotaur *precisa de reparos e permanecerá no ancoradouro pelo menos até maio. Certamente outras oportunidades surgirão antes que meu capitão volte a zarpar!*

Com amor,
Ionia

Não sei o sobrenome de Ionia nem o que aconteceu com ela, mas sei que três meses depois de ela escrever essa carta o capitão Brodie embarcou na malfadada viagem.

Pouso as folhas, pensando no que ela escreveu: "Ela diz que sou muito ingênua. Ela ouviu rumores sobre o que acontece na casa dele tarde da noite." Penso nele no meu quarto. Penso na mão no meu seio. E nas palavras:

"Você se submete?"

O meu coração está acelerado, a minha pele, corada. Não, ele não é um homem adequado para as Ionias ingênuas do mundo. É um homem que sabe o que quer, e o que quer é uma mulher disposta a experimentar um fruto perigoso. Uma mulher disposta a ser atraída para um jogo sombrio no qual ele detém todo o poder. No qual os prazeres mais intensos começam com a entrega completa.

Estou pronta para jogar o seu jogo.

13

À noite, bebo vinho enquanto tomo um longo banho de banheira. Quando saio da água, estou quente e rosada. Passo creme hidratante nos braços e nas pernas e visto uma camisola de tecido fino como se estivesse me preparando para encontrar um amante, mesmo sem saber se ele vai aparecer.

Não sei nem ao menos se ele é real.

Na escuridão, fico deitada na cama, esperando o primeiro sopro vindo do mar. É assim que saberei que ele chegou, quando sentir o cheiro do mar que o levou e onde agora descansam os seus ossos. Hannibal está encolhido ao meu lado, o ronronar vibrando na minha perna. Essa noite não há lua e apenas a luz das estrelas brilha na janela. No escuro, consigo distinguir vagamente os contornos da cômoda, da mesa de cabeceira, do abajur.

Hannibal levanta subitamente a cabeça e o cheiro frio e revigorante de repente me envolve, como se uma onda tivesse invadido o quarto. Dessa vez, não há uma espiral premonitória de sombras, nenhuma silhueta se formando lentamente. Olho para cima e lá está ele, inteiro, de pé ao lado da cama. Ele está em silêncio, mas sinto o olhar dissipando a escuridão entre nós, me deixando totalmente exposta.

Ele se abaixa para pegar a minha mão. Ao sentir o toque, eu me levanto da cama como se estivesse magicamente sem peso e fico de pé diante dele. Vestindo apenas a camisola, começo a tremer tanto de ansiedade quanto por causa do ar úmido do mar.

— Feche os olhos — ordena ele.

Obedeço e espero o próximo comando; que algo, qualquer coisa aconteça. *Sim, estou pronta.*

As palavras são apenas um sussurro.

— Veja, Ava.

Abro os olhos e suspiro maravilhada. Embora ainda devamos estar de pé no meu quarto, não reconheço as cortinas de veludo verde nas janelas, nem o papel de parede *chinoiserie*, tampouco a enorme cama com dossel. O fogo crepita na lareira e a luz das chamas dança nas paredes, banhando tudo com um brilho dourado.

— Como é possível? — murmuro. — Isso é um sonho?

Ele pressiona os dedos nos meus lábios para me silenciar.

— Quer ver mais?

— Sim. Sim!

— Venha. — Ainda segurando a minha mão, ele me conduz para fora do quarto. Ao olhar para as nossas mãos entrelaçadas, vejo renda nos meus pulsos. Só então percebo que a minha fina camisola desapareceu; no lugar há um vestido azul feito de seda reluzente, como os rolos de tecido que chegaram a bordo do *Minotaur.* Sem dúvida *estou* sonhando. Será que nesse momento estou ressonando na minha cama enquanto a Ava do sonho é levada para fora do quarto?

No corredor tudo está diferente também. O tapete tem um padrão de videiras e, nas paredes, há velas acesas em arandelas de bronze iluminando uma série de retratos que não reconheço. Em silêncio, ele me conduz para além das pinturas e abre a porta que dá para a escada da torre.

Os degraus estão mergulhados em sombras, mas uma réstia de luz brilha sob a porta fechada lá em cima. Quando coloco o meu peso sobre o primeiro degrau, espero ouvir o rangido familiar, mas a tábua fica silenciosa; o rangido ainda está por vir, em um século que ainda não despontou. Tudo que ouço é o farfalhar da seda nas minhas pernas e as batidas secas das suas botas enquanto ele me conduz escada acima. Por que estamos indo para a torre? O que me espera lá? Mesmo que queira recuar, não posso; a sua mão se cerrou ainda mais em torno da minha e agora é impossível escapar. Eu fiz a minha escolha e estou à mercê dele.

Chegamos a uma sala banhada por luz de velas.

Olho ao redor, encantada. Há espelhos em todas as paredes e vejo reflexo após reflexo de mim mesma, uma multidão de Avas de vestido azul se estendendo pela eternidade. Já estive muitas vezes nesse mesmo ambiente, e tudo que via eram ferramentas de carpinteiro e bagunça. Nunca o havia imaginado como é agora, resplandecente, uma sala de espelhos e...

Uma alcova.

Cortinas de veludo vermelho escondem o espaço que até a semana passada era vedado por uma parede. O que haverá por trás das cortinas?

— Você está com medo — observa ele.

— Não. — Engulo em seco e admito a verdade. — Sim.

— Ainda assim, vai se submeter?

Eu o encaro. Eis o homem que vi na pintura: cabelos pretos desgrenhados pelo vento, rosto como granito bruto talhado. Mas agora vejo mais que uma mera pintura poderia revelar. Há um brilho faminto nos olhos que alerta sobre apetites perigosos. Ainda posso recuar. Posso fugir dessa sala, dessa casa.

Mas não fujo. Quero saber o que vai acontecer a seguir.

— Eu me submeto — respondo.

O sorriso dele faz um arrepio percorrer o meu corpo. Ele está no controle agora, e me sinto tão ingênua quanto Ionia aos 16 anos, uma virgem nas mãos de um homem cujos desejos estão prestes a ser revelados. Com as costas da mão, ele acaricia o meu rosto, e o toque é tão suave que fecho os olhos e suspiro. Nada a temer. Tudo a esperar.

Ele me leva para a alcova e afasta a cortina, revelando o que há por trás dela: uma cama forrada de seda preta. Mas a cama não é o que chama a minha atenção; não, é o que está pendurado em cada uma das quatro colunas de carvalho do dossel.

Algemas de couro.

Ele segura os meus ombros e de repente estou tombando para trás, na cama. O meu vestido se espalha sobre os lençóis, seda sobre seda, azul sobre preto reluzente. Sem dizer uma palavra, ele envolve o meu pulso direito com uma das tiras de couro, prendendo-a com tanta força que não tenho nenhuma chance de escapar. Dá a volta na cama para prender o meu pulso esquerdo, movendo-se com um propósito inabalável. Pela primeira vez sinto medo, porque, ao olhar nos olhos dele, vejo um homem que está completamente no controle. Não há nada que eu possa fazer agora para impedir o que está prestes a acontecer.

Ele vai até o pé da cama, levanta a barra do meu vestido e agarra o meu pé direito de forma tão súbita que me sobressalto. Em segundos, a algema de couro é colocada no meu tornozelo e apertada. Três dos meus membros estão presos. Mesmo que quisesse, não conseguiria me libertar. Estou presa e impotente enquanto ele ata a última algema no meu tornozelo esquerdo e a prende à coluna da cama. Fico deitada de pernas e braços abertos, o coração disparado no peito, esperando o que vem a seguir.

Por um instante, ele apenas permanece ao pé da cama e admira a vista. A excitação é óbvia, mas ele não faz nenhum movimento e simplesmente saboreia a minha impotência enquanto o seu olhar devora o meu corpo preso, o meu vestido amarrotado. Nem uma palavra sai dos seus lábios, e o silêncio por si só é um tormento requintado.

Ele enfia a mão na bota e tira uma faca.

Com medo, eu o vejo segurar a lâmina contra a luz da vela e admirar o brilho refletido no metal. Sem aviso, ele agarra a gola do vestido e corta o tecido, percorrendo-o até rasgar todo o comprimento da saia. Então dá um puxão e abre o vestido arruinado, expondo a minha pele, e deixa de lado a faca. Não precisa de uma lâmina para me ameaçar; ele faz isso apenas com o olhar, os olhos prometendo prazer e punição. Eu me encolho quando ele se inclina para acariciar o meu rosto, os dedos deslizando pelo meu pescoço, pelo meu esterno, pela minha barriga. Ele sorri quando enfia a mão entre as minhas pernas.

— Quer que eu pare?

— Não. Eu não *quero* que você pare. — Fecho os olhos e suspiro. — Quero mais. Quero *você.*

— Mesmo que isso faça você gritar?

Eu o encaro.

— Gritar?

— Não é o que você quer? Ser possuída, ser punida? — À luz bruxuleante das velas, o sorriso dele de repente parece cruel. Satânico. — Eu sei o que você quer, Ava. Conheço os seus desejos mais obscuros e infames. Eu sei o que você merece.

Ai, meu deus, isso está acontecendo mesmo? Isso é real?

O homem que agora tira a camisa e as calças é muito real e completamente imponente. É o peso de um homem real que sinto em cima de mim, um homem real que me prende à cama. Os meus quadris se erguem automaticamente para recebê-lo, porque, por mais medo que tenha do seu poder, fui tomada por um desejo ardente e não há mais volta. Ele não me dá chance de me preparar; com uma estocada selvagem, está dentro de mim, me penetrando profundamente.

— Lute contra mim — ordena ele.

Grito, mas não há ninguém para me ouvir. Ninguém em um raio de quilômetros dessa casa solitária e castigada pelo vento.

— *Lute contra mim!*

Encaro olhos iluminados por um fogo intenso. *Esse* é o jogo dele. Um jogo de conquista e submissão. Ele não quer que eu me renda; ele quer que eu resista. Para ser dominada.

Eu me contorço embaixo dele, me debatendo para a esquerda e para a direita. Os meus esforços só o deixam ainda mais excitado, e ele me penetra ainda mais fundo.

— É *isso* que você quer, não é?

— Sim — gemo.

— Ser possuída. Ser dominada.

— Sim...

— Não sentir culpa.

Não consigo mais resistir a ele porque estou entregue ao seu jogo. Entregue à fantasia de rendição completa. A minha cabeça pende para trás e ele pressiona os lábios ao meu pescoço, a barba roçando a minha pele. Dou um grito, uma mistura de grito e soluço, enquanto ondas deliciosas atravessam o meu corpo. Ele solta um rugido de vitória e tomba sobre mim, o corpo tão pesado que não consigo me mover, mal consigo respirar.

Por fim, ele se move e levanta a cabeça. Olho nos seus olhos, que um instante antes ardiam de luxúria, um olhar que me deixou ao mesmo tempo amedrontada e excitada. O que vejo agora é um homem diferente. Um homem que solta silenciosamente as algemas dos meus pulsos e dos meus tornozelos. Enquanto massageio a pele dolorida, não consigo acreditar que esse é o mesmo animal furioso que me atacou. Agora vejo um homem diferente. Calmo, subjugado. Até mesmo terno.

Ele toma a minha mão e me coloca de pé. Ficamos cara a cara, nus e expostos aos olhos um do outro, mas, quando o encaro, não consigo ler nada. É o mesmo que olhar para um retrato na parede.

— Agora você sabe o meu segredo — diz ele. — Assim como eu sei o seu.

— O seu segredo?

— As minhas necessidades. Os meus desejos. — Estremeço quando ele passa suavemente o dedo pela minha clavícula. — Eu assustei você?

— Assustou — sussurro.

— Não precisa ter medo. Eu nunca danifico o que é minha propriedade.

— É isso que eu sou para você?

— E isso deixa você excitada, não deixa? Ser possuída como eu a possuí essa noite. Ser dominada à força e não ter escolha sobre o que eu decidir fazer com você.

Engulo em seco e inspiro, trêmula.

— Sim.

— Então vai gostar da minha próxima visita. Vai ser diferente.

— Como?

Ele levanta o meu queixo e olha nos meus olhos com um olhar que me faz estremecer.

— Essa, querida Ava, foi uma noite de prazer. Mas, quando eu voltar — ele sorri —, vai ser uma noite de dor.

14

A secretária do Dr. Ben Gordon parece velha o suficiente para ser avó dele. Quando olho para a fileira de fotos penduradas na sala de espera, vejo o seu rosto muito mais jovem, usando óculos de gatinho idênticos, sorrindo em uma foto tirada quarenta e dois anos atrás, quando nesse mesmo prédio ficava o consultório do Dr. Edward Gordon. E lá está ela de novo em outra foto duas décadas depois, agora metade dos cabelos brancos, posando com o Dr. Paul Gordon. O Dr. Ben Gordon é o terceiro de uma linhagem de Drs. Gordon exercendo medicina em Tucker Cove, e a Sra. Viletta Hutchins foi secretária de todos eles.

— A senhorita teve sorte de ele ter conseguido encaixá-la hoje — me informa ela enquanto me entrega uma prancheta com uma ficha de paciente em branco. — Ele não costuma atender pacientes na hora do almoço, mas disse que o seu acompanhamento era urgente. Com todo esse pessoal passando o verão na cidade, a agenda dele está lotada há semanas.

— E tenho muita sorte de ele atender em domicílio — digo, entregando a ela o meu cartão do plano de saúde. — Achei que médicos não fizessem mais isso.

A Sra. Hutchins me encara de cenho franzido.

— Ele atendeu a senhorita em casa?

— Semana passada. Depois que eu desmaiei.

— É mesmo? — se limita a dizer antes de olhar discretamente para a agenda mais uma vez. Nessa era de prontuários eletrônicos, é curioso ver o nome dos pacientes escritos à mão com caneta. — Por favor, sente-se, Srta. Collette.

Eu me acomodo em uma cadeira para preencher a ficha. Nome, endereço, histórico médico. Quando chego a "Contato de emergência", hesito. Por um instante, fico olhando para o espaço em branco que antes sempre preenchia com o nome de Lucy. Em vez disso, escrevo o nome e o número de telefone de Simon. Ele não é meu parente, mas pelo menos ainda é meu amigo. Essa é uma ponte que não queimei. Ainda.

— Ava? — Ben Gordon está parado na porta, sorrindo para mim. — Vamos entrar e dar uma olhada nesse braço?

Deixo a prancheta com a secretária e o sigo pelo corredor até a sala de exames, onde todos os equipamentos parecem tranquilizadoramente modernos, ao contrário da velha Sra. Hutchins. Enquanto subo na maca, ele vai até a pia e lava as mãos, como qualquer bom profissional da área médica.

— Como está a febre? — pergunta ele.

— Passou.

— Terminou de tomar o antibiótico?

— Cada comprimido. Como você orientou.

— Apetite? Energia?

— Estou me sentindo muito bem, na verdade.

— Ah, um milagre médico! De vez em quando, eu *acerto.*

— E eu quero muito agradecer.

— Por fazer o que fui treinado para fazer?

— Por ter se dado ao trabalho de me ajudar. Conversando com a sua secretária, tive a impressão de que você não costuma fazer atendimentos domiciliares.

— Bem, era o que o meu avô e o meu pai faziam o tempo todo. Brodie's Watch não fica muito longe da cidade, então não me deu trabalho nenhum ir até lá. Quis poupar você de uma ida bastante dispendiosa a uma emergência. — Ele seca as mãos e se vira para mim. — Agora vamos dar uma olhada nesse braço.

Desabotoo o punho da camisa.

— Parece muito melhor, eu acho.

— Nada de arranhões daquele gato feroz?

— Ele não é tão mau quanto parece. No dia em que me arranhou, ele se assustou, só isso. — Se assustou com algo que não vou contar ao Dr. Gordon, porque pode fazê-lo questionar a minha sanidade. Dobro a manga até acima do cotovelo. — Quase não dá mais para ver os arranhões.

Ele examina as marcas de garras curadas.

— As pápulas definitivamente estão melhorando. Nada de fadiga ou dor de cabeça?

— Não.

Ele estende o meu braço e apalpa o meu cotovelo.

— Vamos ver se os gânglios linfáticos diminuíram.

Ele faz uma pausa, franzindo a testa ao ver o hematoma em volta do meu pulso. Embora tenha se atenuado, ainda é aparente.

Recolho o braço e baixo a manga.

— Estou bem. Sério.

— Como você conseguiu esse hematoma?

— Devo ter esbarrado em alguma coisa. Não lembro.

— Tem alguma coisa sobre a qual queira conversar? Qualquer coisa.

Ele faz essas perguntas calma e suavemente. Que lugar poderia ser mais seguro para confessar a verdade que aqui, diante desse homem cujo trabalho é ouvir os segredos mais embaraçosos dos pacientes? Mas não digo uma palavra enquanto abotoo o punho da camisa.

— Alguém está machucando você, Ava?

— Não. — Eu me forço a encará-lo e respondo com calma: — De verdade, não é nada.

Depois de uma pausa, ele acena com a cabeça.

— É meu trabalho garantir o bem-estar dos meus pacientes. Sei que você mora sozinha naquela casa e quero ter certeza de que se sinta segura, de que *esteja* segura.

— Eu estou. Quer dizer, apesar de ter um gato feroz.

Ao ouvir isso, ele ri, e o som diminui a tensão entre nós. Ele deve ter percebido que não contei tudo, mas por enquanto não vai me pressionar para saber a verdade. E o que ele diria se eu contasse o que aconteceu comigo na torre? Será que ficaria chocado ao saber que na verdade eu gostei? Que desde aquela noite espero ansiosamente pelo retorno do meu amante fantasma?

— Não vejo necessidade de mais uma consulta de acompanhamento, a menos que a febre volte — diz ele, fechando o prontuário. — Quanto tempo mais você pretende ficar em Tucker Cove?

— Aluguei a casa até o fim de outubro, mas estou começando a achar que talvez fique mais tempo. Ela acabou se revelando o lugar perfeito para escrever.

— Ah, sim — diz ele, enquanto me leva de volta até a recepção. — Já fiquei sabendo do seu livro. Billy Conway me contou que você preparou um ensopado de carne delicioso.

— Tem *alguém* que você não conheça nessa cidade?

— Esse é o charme de viver em Tucker Cove. A gente sabe tudo de todo mundo e ainda assim se fala. Na maioria dos casos, pelo menos.

— O que mais você ouviu sobre mim?

— Além do fato de ser uma excelente cozinheira? Também está muito interessada na história da nossa cidade.

— Ficou sabendo disso pela Sra. Dickens, certo?

Ele dá uma risada tímida e assente.

— Sra. Dickens.

— Não é justo. Você sabe tudo de mim, mas eu não sei nada de você.

— Você pode saber mais ao meu respeito. — Ele abre a porta da recepção e nós dois saímos para a sala de espera. — Gosta de arte?

— Por que a pergunta?

— Vai ter um vernissage na Seaglass Gallery, no centro da cidade, hoje à noite. É para celebrar uma nova exposição de artistas locais. Duas das minhas pinturas estão na mostra, se quiser dar uma passada para ver.

— Não fazia ideia de que você era artista.

— Então agora você sabe algo de mim. Não estou dizendo que sou um Picasso nem nada do tipo, mas pintar me mantém longe de problemas.

— Quem sabe eu passo lá essa noite para conferir.

— E, enquanto estiver lá, pode dar uma olhada nas esculturas de pássaros do Ned.

— Está falando do Ned, o meu carpinteiro?

— Ele é mais que um simples carpinteiro. Trabalhou com madeira a vida toda e as esculturas dele são vendidas em galerias de Boston.

— Ele nunca me disse que era um artista.

— Muitas pessoas nessa cidade têm talentos ocultos.

E segredos também, penso enquanto saio do consultório. Eu me pergunto como ele reagiria se descobrisse os meus segredos. Se soubesse o motivo por que deixei Boston. Se soubesse o que aconteceu comigo na torre de Brodie's Watch. Passei noites esperando, ansiando pelo retorno do capitão Brodie. Talvez isso seja parte da punição dele: me forçar a ficar pensando se ele vai reaparecer um dia.

Ando por uma rua lotada de turistas e nenhum deles imagina os pensamentos que povoam a minha mente. A cortina de veludo vermelho. As algemas de couro. O barulho do meu vestido de seda sendo rasgado. De repente paro, suando por causa do calor, a pulsação forte nos meus ouvidos. Será que é assim que uma pessoa se sente quando está ficando louca, ricocheteando com selvageria entre a vergonha e a luxúria?

Penso na carta escrita um século e meio atrás por uma adolescente apaixonada chamada Ionia. Ela também ficou obcecada por Jeremiah Brodie. Que sórdidos rumores giravam em torno dele a ponto de levar a mãe de Ionia a proibir qualquer contato? Enquanto era vivo, quantas mulheres levou à sua torre?

Certamente eu não sou a única.

Quando entro na Branca Venda e Administração de Imóveis, encontro Donna à mesa falando ao telefone, como sempre. Ela me dirige um aceno de *já falo com você* e me sento na área de espera, onde examino as fotos de propriedades afixadas na parede. Casas de fazenda cercadas de campos verdejantes. Casinhas à beira-mar. Uma casa vitoriana com detalhes cor de mel. Será que alguma delas vem com fantasmas residentes ou quartos secretos mobiliados para prazeres escandalosos?

— Está tudo bem com a casa, Ava? — Donna desligou o telefone e agora está sentada com as mãos cuidadosamente entrelaçadas sobre a mesa, a empresária sempre impecável de blazer azul.

— Está tudo ótimo — respondo.

— Acabei de receber a última nota fiscal de Ned pelo trabalho de carpintaria. Imagino que ele e o Billy tenham finalizado os reparos.

— Eles fizeram um trabalho incrível. A torre está linda.

— E agora a casa é toda sua.

Não exatamente. Por um instante, fico em silêncio, tentando formular uma pergunta que não pareça completamente bizarra.

— Eu... hum... queria entrar em contato com a mulher que morou na casa antes de mim. Você disse que o nome dela era Charlotte? Não sei o sobrenome dela.

— Charlotte Nielson. Por que você precisa entrar em contato com ela?

— O livro de receitas não foi a única coisa que ela esqueceu na casa. Encontrei um lenço de seda no guarda-roupa do quarto. É muito caro, um Hermès, e tenho certeza de que ela vai querer de volta. Tenho uma conta no FedEx e ficaria feliz em enviar essas coisas de volta para ela, se me der o endereço. E o e-mail dela também.

— Claro, mas infelizmente Charlotte não tem respondido os meus e-mails ultimamente. Escrevi para ela dias atrás sobre o tal livro de receitas, e ela ainda não respondeu. — Donna se vira na cadeira para consultar o computador. — Aqui está o endereço dela em Boston: Commonwealth Avenue, 4.318, apartamento 314 — lê em voz alta, e eu anoto em um pedaço de papel. — Deve ser uma crise muito séria.

Levanto a cabeça.

— Como assim?

— Depois que foi embora, ela me mandou uma mensagem dizendo que estava enfrentando uma crise familiar e se desculpando pela quebra de contrato. Ela já havia pagado o aluguel até o fim de agosto, então o proprietário deixou passar. Ainda assim, foi abrupto. E um pouco estranho.

— Ela não disse qual era a crise?

— Não. A única coisa que recebi foi essa mensagem. Quando fui até a casa ver se estava tudo bem, ela já tinha feito as malas e partido. Devia estar com muita pressa. — Donna abre o seu sorriso otimista de corretora. — O lado bom é que a casa estava disponível para você alugar.

Acho essa história da inquilina deixando Brodie's Watch abruptamente mais que estranha; acho alarmante, mas não digo isso a ela enquanto me levanto para sair.

Já estou à porta quando Donna diz:

— Não sabia que você já tinha feito amigos na cidade.

Eu me viro para ela.

— Amigos?

— Você e Ben Gordon. Vocês são amigos, não são? Eu vi vocês dois juntos no café.

— Ah, isso. — Dou de ombros. — Naquele dia, fiquei um pouco tonta por causa do calor, e ele ficou preocupado que eu desmaiasse. Ele parece um cara legal.

— Ele é. Ele é legal com todo mundo — acrescenta ela, e o subtexto é óbvio: *Não pense que você é especial.* A julgar pelo olhar frio que Donna me dirige, o Dr. Ben Gordon é um assunto a ser evitado entre nós no futuro.

Mais uma vez, ela pega o telefone; já está discando quando saio pela porta.

Pego o lenço de seda do guarda-roupa do meu quarto e mais uma vez admiro o padrão estival de rosas estampadas na seda. É um lenço para ser usado em uma festa ao ar livre, um lenço para flertar, para bebericar champanhe. Seria o acessório perfeito para alegrar um dos vestidos pretos sem graça que costumo usar na cidade, e por um instante me sinto tentada a ficar com ele. Afinal, Charlotte não perguntou por ele, então quão ansiosa pode estar para tê-lo de volta? Mas o lenço é dela, não meu, e, se espero fazer perguntas sobre o fantasma na torre, esse lenço pode ser a melhor forma de iniciar uma conversa.

Lá embaixo, embrulho o lenço em uma folha de papel de seda e o coloco, junto com o livro de receitas, dentro de um envelope da FedEx. Incluo um bilhete.

Charlotte, eu sou a nova inquilina de Brodie's Watch. Você deixou seu livro de receitas e esse lindo lenço na casa, e tenho certeza de que os quer de volta.

Sou escritora e adoraria conversar com você sobre essa casa e sua experiência de viver aqui. Podem ser informações úteis para o novo livro que estou escrevendo. Acha que podemos nos falar por telefone? Por favor, me ligue. Ou eu posso ligar para você.

Acrescento o meu número de telefone e endereço de e-mail e fecho o envelope. Amanhã o envio.

Passo a tarde limpando o fogão, alimentando Hannibal (de novo) e escrevendo um novo capítulo do livro, sobre tortas de peixe. Conforme o relógio avança e a noite se aproxima, o pacote que fiz para Charlotte continua a me distrair. Penso nos vários objetos que ela deixou para trás. As garrafas de uísque (que há muito terminei de beber, muito obrigada). O lenço. O chinelo perdido. A cópia de *Joy of Cooking* com o nome dela inscrito. Este último item é o que mais me intriga. O livro salpicado de gordura era claramente um amigo fiel na cozinha, e não consigo me imaginar deixando para trás um dos meus preciosos livros de receitas.

Fecho o laptop e percebo que não pensei no jantar. Será que essa vai ser mais uma longa noite na esperança de que *ele* apareça? Eu me imagino daqui a dez, vinte anos, ainda sentada sozinha nessa casa, esperando para ter um vislumbre do homem que apenas eu vi. Quantas noites, quantos anos vou ficar esperando com apenas uma sucessão de gatos para me fazer companhia?

Olho para o relógio e vejo que já são sete da noite. Nesse exato momento, na Seaglass Gallery, as pessoas estão bebendo vinho e admirando arte. Estão conversando não com os mortos, mas com os vivos.

Pego a minha bolsa e saio de casa para me juntar a elas.

15

Pela vitrine da Seaglass Gallery, vejo um grupo de pessoas bem-vestidas bebendo taças de champanhe e uma mulher com uma saia preta longa sentada tocando harpa. Não conheço ninguém e não estou vestida para a ocasião. Penso em voltar para o carro e ir para casa, mas então vejo Ned Haskell parado no meio da multidão. O nome dele está na lista de artistas em destaque afixada na vitrine da galeria e, embora esteja de jeans como sempre, ele se arrumou para o evento com uma camisa branca de botão. Ver um rosto familiar é o suficiente para me atrair.

Entro, pego uma taça de coragem líquida e atravesso o salão seguindo na direção de Ned. Ele está de pé ao lado das suas esculturas de aves, que estão empoleiradas em pedestais individuais. Como pude ignorar o fato de o meu carpinteiro ser também um artista, e um artista admirável? Cada uma das aves tem a própria personalidade peculiar. O pinguim-imperador de pé com a cabeça para o alto, o bico aberto como se vociferasse para os céus. O papagaio-do-mar com um peixe enfiado sob cada asa e uma expressão feroz de *Eu o desafio a tirá-los de mim*. As esculturas me fazem rir, e de repente vejo Ned sob uma luz diferente. Ele é mais que um carpinteiro habilidoso; também é um artista com uma extravagância deliciosa. Cercado por aquelas pessoas elegantes, no entanto, parece pouco à vontade e intimidado pelos próprios admiradores.

— Só agora descobri o seu talento secreto — digo a ele. — Você está trabalhando na minha casa há semanas e nunca me disse que era um artista.

Ele encolhe os ombros com modéstia.

— É só um dos meus segredos.

— Algum outro sobre o qual eu deva saber?

Mesmo aos 58 anos, Ned ainda enrubesce de vergonha, e eu acho isso encantador. De repente me dou conta de quão pouco realmente sei sobre ele. Será que tem filhos? Ele me disse que nunca se casou, e me pergunto se já existiu uma mulher na sua vida. Ned me mostrou a habilidade como carpinteiro, mas, fora isso, não revelou nada sobre si mesmo.

Nesse sentido, somos mais parecidos do que ele imagina.

— Ouvi dizer que as suas esculturas também são vendidas em Boston.

— É, a galeria de lá chama as minhas esculturas de "arte rústica" ou alguma bobagem do tipo. Ainda não descobri se é um insulto.

Olho para as pessoas bebericando champanhe.

— Essas pessoas não me parecem rústicas.

— Não, a maioria é da cidade.

— Ouvi dizer que o Dr. Gordon tem algumas pinturas em exposição aqui essa noite.

— Na outra sala. Ele já vendeu uma.

— Eu também não fazia ideia de que ele era artista. Mais um homem com um talento secreto.

Ned se vira e olha para o outro lado do salão.

— As pessoas são complicadas, Ava — diz ele calmamente. — O que se vê nem sempre corresponde à realidade.

Dou uma olhada para onde ele está olhando e vejo que Donna Branca acabou de entrar na galeria. Ela está pegando uma taça de champanhe quando os nossos olhares se cruzam e, por um instante, a sua mão fica paralisada sobre a bandeja de bebidas. Então ela leva a taça aos lábios, toma um gole deliberado e se afasta.

— Donna Branca e Ben Gordon... Eles têm... hum... algum envolvimento? — pergunto a Ned.

— Envolvimento?

— Quero dizer, eles estão saindo juntos?

Ele franze a testa para mim.

— Por que a pergunta?

— Ela pareceu um pouco irritada quando me viu com o Ben outro dia.

— *Você* está saindo com ele?

— Só estou curiosa. Ele fez a gentileza de ir até a minha casa me examinar depois que eu desmaiei na semana passada.

Por um longo tempo, Ned não diz nada, e me pergunto se eu, a forasteira, me intrometi sem querer em algum assunto proibido. Em uma cidade tão pequena como Tucker Cove, as pessoas se conhecem tão bem que todo romance deve parecer meio incestuoso.

— Achei que você tivesse uma pessoa em Boston — diz ele.

— Uma pessoa?

— Ouvi você falando ao telefone com alguém chamado Simon. Achei...

Dou risada.

— É o meu editor. E é casado com um cara muito legal chamado Scott

— Àn.

— Então, ele definitivamente não é um candidato.

Ned me olha com curiosidade.

— Você está procurando um?

Dou uma olhada nos homens na galeria, alguns deles atraentes, todos bastante vivos. Já se passaram meses desde a última vez que senti qualquer interesse pelo sexo oposto, meses durante os quais todo o meu desejo esteve em hibernação.

— Talvez esteja.

Pego uma nova taça de champanhe e sigo para o salão ao lado, passando por mulheres usando vestidinhos pretos. Como elas, também sou uma turista de verão, mas em meio àquelas pessoas me sinto uma forasteira. Não sou do Maine nem colecionadora de arte; ocupo uma categoria só minha: a mulher que mora com um gato na casa mal-assombrada. Não jantei, então o champanhe sobe direto para a cabeça e a sala parece subitamente barulhenta demais, iluminada demais. Com arte demais. Percorro as paredes com os olhos, observando obras abstratas confusas e fotos gigantes de carros antigos. Espero de verdade não odiar as pinturas de Ben Gordon porque não minto bem o suficiente para soltar um "Adorei o seu trabalho!". Então vejo um ponto vermelho chamativo afixado a uma das molduras, indicando que tinha sido vendida, e basta um breve olhar para entender por que alguém pagaria 2.500 dólares por aquela obra. A pintura captura o mar em toda a sua confusão líquida, as ondas agitadas pelo vento, o horizonte um borrão inquietante de nuvens de tempestade. A assinatura do artista, *B. Gordon*, está quase escondida em um redemoinho de água verde.

Pendurada ao lado há outra pintura de B. Gordon, ainda disponível para compra. Ao contrário da paisagem marítima agourenta, essa imagem é de uma praia com águas calmas batendo nos seixos. A pintura é tão realista que poderia ser confundida com uma foto, e chego mais perto para confirmar as pinceladas. Cada detalhe, desde a árvore com o tronco tortuosamente retorcido até as rochas cobertas de algas marinhas e a linha da costa que se curva em um ponto de exclamação rochoso de uma ilha, me diz que se trata do retrato de um lugar real. Eu me pergunto quantas horas, quantos dias ele passou sentado pintando naquela praia enquanto as sombras aumentavam e a luz do dia desvanecia.

— Devo ousar pedir a sua opinião ou é melhor simplesmente sair de fininho agora?

Eu estava tão absorta pela pintura que não percebi Ben parado ao meu lado. Apesar das pessoas ao nosso redor, ele está concentrado apenas em mim, e o seu olhar é tão intenso que sou forçada a desviar os olhos. Em vez de encará-lo, me volto para o quadro.

— Vou ser absolutamente sincera com você — digo.

— Acho que preciso me preparar.

— Quando você me disse que era artista, não imaginei que as suas pinturas seriam *tão* boas. Parece tão real que sinto os seixos sob os meus pés. É quase uma pena que tenha se tornado médico em vez de pintor.

— Bem, medicina não era a minha primeira opção.

— Então por que se submeteu a todos os anos de formação?

— Você esteve no meu consultório. Viu as fotos do meu pai e do meu avô. Parece que sempre houve um Dr. Gordon em Tucker Cove, e quem era eu para quebrar a tradição? — Ele dá uma risada triste. — O meu pai costumava dizer que eu sempre poderia pintar nas horas vagas. Não fui corajoso o suficiente para desapontá-lo. — Ele olha para a paisagem marinha como se visse a própria vida naquelas águas verdes e agitadas.

— Nunca é tarde para se rebelar.

Por um instante, sorrimos um para o outro enquanto as pessoas circulam ao nosso redor e a música da harpa flutua pelo salão. Alguém dá um tapinha no ombro dele e Ben se vira para encarar uma mulher esbelta de cabelos pretos que está levando um casal mais velho para conhecê-lo.

— Desculpe interromper, Ben, mas esses são o Sr. e a Sra. Weber, de Cambridge. Eles ficaram muito impressionados com a sua obra *Vista da praia* e queriam conhecer o artista.

— Essa pintura é de um lugar real?— pergunta a Sra. Weber. — Porque parece perfeita demais.

— Sim, é uma praia de verdade, mas eu dei uma limpada. Deixei de fora o entulho trazido pelo mar. Sempre escolho lugares reais para pintar.

Quando os Webers se aproximam para ver o quadro mais de perto e fazer mais perguntas, recuo para deixar Ben fechar a venda. Ele segura o meu braço e murmura:

— Você pode ficar mais um pouco, Ava? Talvez a gente possa sair para comer alguma coisa depois.

Não tenho tempo para pensar a respeito porque os Webers e a mulher de cabelos pretos estão nos observando. Apenas aceno com a cabeça e me afasto.

Jantar com o meu médico. Não era o que esperava dessa noite.

Perambulo pelo salão, bebericando champanhe e me perguntando se vi mais do que deveria no convite de Ben. São oito da noite e a galeria está tão lotada que não consigo me aproximar o suficiente para ver os itens mais populares da coleção. Não me considero especialista em arte, mas sei do que gosto e há alguns tesouros a admirar. Um adesivo vermelho agora adorna a escultura do papagaio-do-mar de Ned, e ele foi encurralado em um canto por uma mulher usando um cafetã roxo. Depois de passar muitas noites sozinha na minha casa na colina, é como se eu tivesse finalmente saído de um coma. Devo agradecer a Ben Gordon por isso.

Um grupo se reuniu ao redor dele, que está cercado pelos Webers, pela mulher de cabelo preto dona da galeria e por uns cinco ou seis admiradores. Ben lança um olhar de desculpas para mim, e isso é suficiente para fazer com que eu continue esperando pacientemente, embora esteja ficando tonta de fome e champanhe. Dentre todas as mulheres que ele poderia ter convidado para jantar, por que me escolheu? Porque eu sou a garota nova na cidade? Como um solteiro cobiçado em Tucker Cove, talvez ele esteja cansado de ser cortejado, e eu sou a única mulher que não está interessada nele.

Ou será que estou?

Perambulo pela galeria, o olhar ignorando as obras de arte, enquanto a minha atenção fica totalmente concentrada em Ben. Na voz dele, na risada. Paro diante de uma escultura abstrata de bronze intitulada *Paixão*. São superfícies curvas, corpos tão fundidos que não é possível ver onde um começa e o outro termina. Penso na sala da torre e em Jeremiah Brodie. Penso nas algemas de couro em volta dos meus pulsos e no nosso corpo suado se chocando. A minha boca fica seca. O meu rosto enrubesce. Fecho os olhos, a mão pousada em uma curva da escultura, e o bronze parece tão rígido e implacável quanto os músculos das costas dele. *Essa noite. Por favor, venha até mim. Eu quero você.*

— Está pronta, Ava?

Abro os olhos e vejo Ben sorrindo para mim. O respeitável Dr. Gordon está claramente interessado, mas eu estou interessada nele? Será que um homem real é capaz de me satisfazer como Jeremiah Brodie me satisfaz?

Escapamos da multidão na galeria e andamos na noite quente de verão. Todos em Tucker Cove parecem ter saído para passear pelas ruas da cidadezinha. As lojas de camisetas estão lotadas e, como sempre, há uma longa fila saindo da sorveteria.

— Acho que a gente não vai encontrar mesa em lugar nenhum — digo a ele enquanto passamos diante de mais um restaurante lotado.

— Eu conheço um lugar onde não vamos precisar de mesa.

— Onde?

Ele sorri.

— A melhor comida de Tucker Cove. Confie em mim.

Nós nos afastamos do centro da cidade e tomamos uma rua de paralelepípedos em direção ao porto. Está mais tranquilo no cais, onde há apenas alguns turistas perambulando. Passamos por veleiros rangendo nas amarras e por um pescador lançando a linha do cais.

— Maré cheia. A cavala está entrando — grita o pescador.

Olho brevemente para o que ele pescou e, sob a luz fraca da iluminação de rua, vejo peixes prateados se contorcendo no balde.

Ben e eu continuamos andando em direção a uma pequena multidão reunida em torno de um carrinho de comida, onde vejo panelas fumegantes que exalam um aroma apetitoso. Agora sei por que Ben me trouxe até o cais.

— Sem talheres, sem toalha, apenas lagostas — diz ele. — Espero que não se importe.

Não me importo nem um pouco; é *exatamente* o que eu queria.

Compramos lagostas cozidas no vapor ainda escaldantes, espigas de milho e batatas fritas e levamos a nossa refeição até o quebra-mar. Lá, nos sentamos com as pernas pendendo sobre as pedras, o prato de papelão apoiado no colo. Só falta uma garrafa de vinho, mas, depois de três taças de champanhe, é melhor eu não beber mais nada essa noite. Faminta demais para conversar, me concentro na minha comida, extraindo habilmente a carne da casca e colocando-a na boca.

— Estou vendo que você não precisa de nenhuma aula sobre como desmembrar uma lagosta — observa ele.

— Tenho muita prática na cozinha. Você deveria ver quão rápido eu abro ostras. — Limpo a manteiga derretida do queixo e sorrio para ele. — Isso é o que eu chamo de refeição perfeita. Nada de garçons rabugentos nem cardápio pretensioso. A simplicidade e o frescor sempre vencem.

— Disse a autora de livros de culinária.

— Disse a amante de comida. — Dou uma mordida na espiga de milho e é exatamente o que eu esperava: doce e crocante. — Quero dedicar um capítulo inteiro do meu livro às lagostas.

— Você sabia que elas já foram consideradas comida de segunda categoria? Se levasse lagosta na sua marmita, todo mundo ia achar que você era pobre.

— Sim, louco, não acha? Que alguém já tenha pensado assim sobre o manjar dos deuses.

Ele ri.

— Se é o manjar dos deuses ou não eu não sei, mas, se precisar de alguma informação sobre lagostas, posso colocar você em contato com o capitão Andy. — Ele aponta para um barco balançando junto ao cais do porto. — Aquele barco é dele. *Lazy Girl*. Ele pode levar você para um passeio e ensinar mais sobre lagostas do que jamais precisaria saber.

— Seria ótimo. Obrigada.

Ele olha para o porto às escuras.

— Quando era criança, eu costumava trabalhar em alguns desses barcos. Houve um verão em que fiz parte da tripulação do *Mary Ryan*, aquele lá. — E aponta para uma escuna de três mastros amarrada ao cais. — O meu pai queria que eu trabalhasse no hospital como assistente de laboratório, mas eu não suportava a ideia de passar o verão inteiro confinado. Eu precisava estar ao ar livre, no mar. — Ele joga uma casca de lagosta vazia na água da baía, onde ela cai com um leve respingo. — Você veleja?

— A minha irmã e eu crescemos velejando em um lago em New Hampshire.

— Então você tem uma irmã. Ela é mais velha? Mais nova?

— Dois anos mais velha.

— E o que ela faz?

— É médica em Boston. Cirurgiã ortopédica. — Falar de Lucy me deixa desconfortável, então mudo rapidamente de assunto. — Mas eu nunca velejei no mar. Para ser sincera, o mar me assusta um pouco. Um erro e está tudo acabado. O que me faz lembrar... — Eu me viro para ele. — O que aconteceu com aquele corpo que o pescador de lagosta tirou da água?

Ele dá de ombros.

— Eu não acompanhei o caso. Provavelmente foi um acidente. As pessoas saem de barco, bebem demais. Se descuidam. — Ele olha para mim. — Eu não me descuido, não na água. Um bom marinheiro encara o mar com o devido respeito.

Penso no capitão Brodie, que certamente conhecia tão bem o mar quanto um homem era capaz de conhecer. Mesmo assim, foi levado e agora os seus ossos jazem sob as ondas. Estremeço, como se o vento tivesse sussurrado o meu nome.

— Eu posso ajudar você a superar o seu medo, Ava.

— Como?

— Veleje comigo. Vou mostrar que o segredo é saber o que esperar e estar preparado.

— Você tem um barco?

— Uma chalupa de dez metros. É velha, mas já foi testada e aprovada. — Ele joga outra casca vazia na água. — Só para ficar bem claro, isso não é um convite formal para um encontro.

— Não?

— Porque médicos não devem se envolver com os pacientes.

— Então acho que vamos ter que chamar de outra coisa.

— Isso quer dizer que aceita sair para velejar comigo?

Para algo que não é um encontro, essa saída de barco está começando a se parecer estranhamente com um. Não respondo de imediato; em vez disso, me demoro algum tempo considerando a oferta enquanto arrumo os guardanapos e os talheres de plástico da nossa refeição. Não sei por que estou hesitando; nunca fui particularmente cautelosa em relação a homens antes e, em todos os aspectos práticos, Ben Gordon é um bom partido. Quase consigo ouvir a voz sempre lógica de Lucy, que passou a vida toda cuidando de mim. "Ele atende todos os requisitos, Ava! É bonito, inteligente e médico, para completar. É o tipo de homem que você precisa depois de ter se envolvido com tantos caras errados." E Lucy sabe de todos eles, de todos os erros que cometi quando estava bêbada, de todos os homens com quem fui para a cama e depois me arrependi.

Exceto um.

Olho para Ben.

— Posso fazer uma pergunta?

— Claro.

— Você convida todos os seus pacientes para velejar?

— Não.

— Então por que eu?

— Por que não? — Ele vê o meu olhar questionador e suspira. — Desculpe, não quero parecer atrevido. É só que... Eu não sei o que é. Vejo muitas pessoas passarem pela cidade no verão. Elas ficam algumas semanas, alguns meses, depois vão embora. Nunca vi sentido em investir a energia emocional necessária em um relacionamento com nenhuma delas. Mas você é diferente.

— Como?

— Você me intriga. Alguma coisa ao seu respeito me faz querer saber mais. Como se, sob a superfície, houvesse muito a descobrir.

Dou risada.

— Uma mulher cheia de segredos.

— É isso que você é?

Nós nos encaramos e fico com medo de ele tentar me beijar, algo que um médico não deveria fazer com uma das suas pacientes. Para o meu alívio, ele não tenta; em vez disso, se vira para olhar para o porto novamente.

— Desculpe. Isso provavelmente soou muito estranho.

— Isso me faz parecer uma caixa de quebra-cabeça que você quer abrir.

— Não foi o que eu quis dizer.

— O que você quis dizer?

— Que eu quero conhecer *você*, Ava. Todas as coisas, grandes e pequenas, que me deixar saber ao seu respeito.

Não digo nada, pensando no que me espera na torre, em como Ben ficaria chocado se soubesse como busco com avidez tanto o prazer quanto a dor. Apenas o capitão Brodie conhece o meu segredo. E ele é o parceiro perfeito na vergonha, porque nunca vai revelá-lo.

O meu silêncio se estende por muito tempo e Ben capta a mensagem.

— Está tarde. É melhor eu deixar você ir para casa.

Nós nos levantamos.

— Obrigada pelo convite. Eu gostei.

— A gente devia fazer isso de novo. Talvez na água da próxima vez.

— Vou pensar a respeito.

Ele sorri.

— Vou me certificar de que o tempo esteja perfeito. Você não vai ter que se preocupar com nada.

Quando entro em casa, deparo com Hannibal sentado no vestíbulo, esperando por mim, me observando com os seus olhos felinos brilhantes. O que mais ele vê? Será que sente a presença do fantasma? Fico ao pé da escada, farejando o ar, mas a única coisa que sinto é o cheiro de tinta fresca e serragem, o cheiro da reforma.

No quarto, tiro as roupas e apago as luzes. Na escuridão, fico nua, esperando, torcendo. Por que ele não voltou? O que preciso fazer para atraí-lo de volta? A cada noite que passa, a cada noite que não o vejo, cresce o meu medo de que ele nunca tenha existido, de que não tenha passado de uma fantasia nascida do vinho e da solidão. Pressiono as têmporas com as mãos, me perguntando se é assim que uma pessoa se sente quando está perdendo a sanidade. Ou se é uma complicação da doença da arranhadura de gato, encefalite e lesão cerebral, o tipo de explicação lógica que Lucy aceitaria. Os micróbios, afinal, podem ser vistos através de uma lente e cultivados em tubos de ensaio. Ninguém duvida da existência deles ou dos estragos que podem causar ao cérebro humano.

Talvez isso realmente seja culpa de Hannibal.

Eu me deito na cama e puxo as cobertas até o queixo. Pelo menos isso eu sei que é real: a textura do lençol na minha pele. O ruído distante do mar e o ressoar de Hannibal ronronando ao meu lado.

Nada toma forma na escuridão; nenhuma sombra se adensa até se materializar em um homem. De alguma forma, sei que ele não vai me visitar essa noite; talvez nunca tenha estado aqui. Mas há um homem que *poderia* estar na minha cama, se eu o quisesse Um homem de verdade.

É hora de fazer uma escolha.

16

A vela mestra se estica e eu me agarro à amurada de estibordo enquanto o *Callista* aderna com o vento, a proa cortando as ondas.

— Nervosa? — grita Ben do leme.

— Hum... Um pouco!

— Não tem nada com que se preocupar. Apenas se sente e aprecie a vista. Eu estou com tudo sob controle.

E é verdade. Desde que pisei a bordo do *Callista*, soube que estava em boas mãos. Ben pensou em cada detalhe para tornar a tarde perfeita. Há água com gás e vinho gelando no *cooler* e a cesta de piquenique está cheia de queijo, frutas e sanduíches de frango. Eu tinha me oferecido para preparar o almoço, mas ele me garantiu que já havia cuidado de tudo, e é verdade. Olho de relance ao redor, examinando o convés imaculado, onde todas as cordas estão cuidadosamente enroladas, onde cada peça de metal reluz e a teca brilha com uma camada de verniz nova.

— Esse barco não parece ter cinquenta anos — comento.

— É de madeira, então dá muito trabalho manter, mas pertencia ao meu pai, que se reviraria no túmulo se eu não cuidasse bem dele. — Ele dá uma olhada na vela mestra e desamarra a escota da bujarrona. — Tudo bem, prepare-se!

Enquanto ele vira a proa contra o vento, eu me apresso em passar para bombordo. O barco aderna, me inclinando mais uma vez sobre a água.

— Há quanto tempo o seu pai faleceu? — pergunto.

— Cinco anos. Ele tinha 70 anos e ainda exercia a medicina em tempo integral. Morreu enquanto passava visita no hospital. Não é assim que quero morrer.

— Como você *quer* morrer?

— Certamente não durante o trabalho. Prefiro estar na água, como hoje. Me divertindo com alguém que eu goste.

A resposta parece bastante casual, mas percebo a ênfase nas últimas palavras, "alguém que eu goste". Eu me viro e encaro a costa, onde as árvores se debruçam sobre o mar. Não há praias nessa área, apenas bosques e penhascos de granito que as gaivotas circulam e sobre os quais se precipitam.

— Logo depois daquela ponta, há uma pequena enseada muito agradável — diz ele. — A gente pode ancorar lá.

— O que posso fazer para ajudar?

— Nada, Ava. Estou acostumado a velejar sozinho, então está tudo sob controle.

Com alguns ajustes de curso hábeis, ele conduz o *Callista* ao redor da ponta, até uma enseada isolada. Continuo sendo apenas uma espectadora enquanto ele abaixa as velas e lança âncora, movendo-se pelo convés com tanta eficiência que, mesmo se tentasse ajudar, provavelmente eu o atrapalharia. Então, me ocupo do que faço melhor: abro a garrafa de vinho e arrumo o nosso piquenique. Quando ele termina de recolher as velas e enrolar os cabos, estou pronta para lhe entregar uma taça. Enquanto o *Callista* balança suavemente, ancorado, nós relaxamos na cabine, tomando um *rosé* perfeitamente gelado.

— Acho que poderia aprender a gostar disso — admito.

Ele aponta para o céu sem nuvens.

— Um dia de verão, um barco pequeno mas robusto. Melhor impossível. — Ele olha para mim. — Acha que consigo convencer você a ficar depois de outubro?

— Talvez. Eu realmente gosto de Tucker Cove.

— Vai ter que deixar de ser a minha paciente.

— Por quê?

— Porque espero poder chamar você de outra coisa.

Nós dois sabemos para onde isso vai. Aonde *ele* quer chegar, na verdade. Eu ainda não decidi. O vinho faz a minha mente zumbir, e o meu rosto está agradavelmente corado pelo sol. E Ben Gordon tem olhos azuis muito atraentes, olhos que parecem enxergar demais. Não me afasto quando ele se inclina para perto de mim, quando os nossos lábios se tocam.

Ele tem gosto de vinho, sal e sol. É o homem por quem eu *deveria* estar atraída, o homem que é tudo que uma mulher poderia desejar. As coisas vão evoluir se eu deixar, mas será que é realmente o que eu quero? Será que *ele* é o que eu quero? Ele me puxa para perto, mas sinto um estranho distanciamento, como se estivesse fora do meu próprio corpo, observando dois estranhos se beijarem. Ben pode ser real, mas o beijo dele não consegue acender nenhuma chama dentro de mim. Em vez disso, ele me faz ansiar ainda mais pelo amante de que sinto falta. Um amante que nem tenho certeza se é real.

Fico quase aliviada quando o celular dele toca.

Ele suspira e se afasta.

— Desculpe, mas esse toque é das ligações que preciso atender.

— Claro.

Ele pega o telefone da bolsa.

— Aqui é o Dr. Gordon.

Pego a garrafa de vinho e estou enchendo a minha taça quando ouço a mudança abrupta no tom de voz dele.

— Essa é a conclusão final? Ele tem certeza disso?

Eu me viro para olhar para ele, mas Ben não percebe que o estou observando. O seu rosto se obscureceu e os seus lábios se contraíram até não passarem de linhas sombrias. Ele desliga e não diz nada por um tempo, apenas encara o celular como se o aparelho o tivesse traído.

— Algum problema?

— Era do consultório do médico-legista. Sobre o corpo que retiraram da baía.

— Eles já sabem quem é ela?

— Ainda não a identificaram. Mas a polícia já tem os resultados do exame toxicológico e não havia drogas nem álcool no organismo dela.

— Então ela não estava bêbada quando se afogou.

— Ela não se afogou. — Ele olha para mim. — Estão considerando um homicídio.

17

Ficamos calados enquanto voltamos a motor até o porto, nós dois processando em silêncio a notícia que sem dúvida ao anoitecer já terá se espalhado por toda a cidadezinha de Tucker Cove. Em uma cidade que depende do turismo, em um estado cujo lema é "Como a vida deveria ser", essa notícia não vai ser bem recebida. Atracamos no cais e, quando saio do barco, vejo Tucker Cove com novos olhos. Na superfície, continua sendo uma bela cidadezinha da Nova Inglaterra com construções de madeira branca e ruas de paralelepípedos, mas agora vejo sombras por toda parte. E segredos. Uma mulher foi assassinada, o corpo atirado ao mar, mas ainda assim ninguém sabe — ou quer revelar — o seu nome.

À noite, em casa, recorro à minha forma costumeira de me reconfortar: cozinho. Essa noite, asso um frango e corto pão em cubos para fazer *croutons*, uma refeição tão familiar que sou capaz de prepará-la dormindo. Pico salsinha e alho no automático e misturo ao azeite e aos cubos de pão, mas a minha mente ainda está na mulher assassinada. Penso no dia em que o seu corpo foi retirado do mar. Lembro-me da lona azul cintilando por causa da água do mar e da expressão de horror no rosto de Ben quando ele a levantou e olhou o que havia embaixo.

Tiro o frango do forno e me sirvo de uma segunda taça de *sauvignon blanc*. Ponto para mim, são nove da noite e estou apenas na segunda taça. Depois dos acontecimentos do dia, essa segunda taça é bem merecida, e tomo um longo gole. O álcool flui pelo meu sangue como fogo consumindo querosene, mas, enquanto a minha tensão se dissolve, ainda estou pensando na mulher morta. Será que era jovem ou velha? Bonita ou sem graça?

Por que ninguém prestou queixa do desaparecimento dela?

Se eu caísse escada abaixo e quebrasse o pescoço essa noite, quanto tempo levaria para alguém sentir a *minha* falta? Mais cedo ou mais tarde, Donna Branca iria notar, é claro, mas só porque deixaria de receber o cheque do aluguel. As pessoas sempre notam quando você deixa de pagar as contas, mas isso pode levar semanas. A essa altura, o meu corpo já estaria em estado avançado de decomposição.

Ou teria sido devorado pelo meu gato, penso, enquanto Hannibal pula sobre a mesa de jantar e encara as fatias de frango no meu prato.

Terceira taça de vinho. Tenho tentado beber menos, mas essa noite não me preocupo se beber demais. Quem está aqui para me ver, me repreender? Só Lucy se importava o suficiente para me confrontar sobre o meu consumo de bebida alcoólica, mas ela não está aqui para me proteger de mim mesma, como sempre fez.

Fico sentada à mesa encarando a minha refeição e a apresentação perfeita: fatias de frango regadas com molho preparado com a gordura do próprio frango e vinho branco. Batatas assadas. Uma salada misturada a *croutons* recém-assados e temperada com azeite espanhol.

O jantar favorito de Lucy. O mesmo que preparei no aniversário dela.

Consigo vê-los novamente, ambos sorrindo para mim do outro lado da mesa. Lucy e Nick, as taças de vinho erguidas em um brinde à chef.

"Se um dia eu tiver que escolher a minha última refeição, quero que seja preparada pela Ava", disse Lucy. E então ouvimos o que cada um escolheria como última refeição. Para Lucy, "frango assado da Ava". Para mim, um *cacio e pepe* rústico acompanhado de uma taça de *frascati* revigorante e gelado. A escolha de Nick foi carne, é claro "Um bife de costela malpassado. Não, bife Wellington! Se vai ser a minha última refeição, por que não sofisticar um pouco?", disse ele, e todos rimos porque, embora nunca tivesse comido bife Wellington, Nick achava que parecia delicioso.

Se ao menos eu pudesse voltar para aquele jantar de aniversário, uma noite em que estávamos todos juntos e felizes. Agora estou sentada nessa casa cavernosa. Se morrer aqui sozinha, a culpa será toda minha.

Deixo o meu jantar praticamente intocado na mesa, pego a garrafa e a levo para o andar de cima. O vinho não está mais frio, mas não me importo com o gosto. A única coisa pela qual anseio é o esquecimento que ele proporciona. No quarto, termino de beber o vinho e desabo na cama. Mulher morta na água, mulher bêbada no quarto.

Apago a luz e encaro a escuridão. O mar está agitado essa noite, e ouço as ondas batendo nas rochas. Uma tempestade bem longe no mar deu origem a essas ondas, e elas vieram dar aqui, se chocando com os penhascos levadas pela fúria do vento. O som é tão enervante que me levanto para fechar a janela, mesmo assim continuo a ouvi-las. Sinto o seu cheiro também, um cheiro tão intenso que tenho a sensação de estar me afogando. E de repente me dou conta: *Ele está aqui.*

Eu me viro de costas para a janela. Jeremiah Brodie está diante de mim.

— Você esteve com um homem hoje — diz ele.

— Como você...

— Você está com o cheiro dele.

— É só um amigo. A gente saiu para velejar.

Ele se aproxima, e eu estremeço quando ele pega uma mecha do meu cabelo e a deixa deslizar entre os dedos.

— Você se aproximou o suficiente para tocá-lo.

— Sim, mas...

— O suficiente para se sentir tentada.

— Foi só um beijo. Não significou nada.

— Ainda assim, sinto a sua culpa. — Ele está tão perto agora que sinto o calor da respiração nos meus cabelos. — A sua vergonha.

— Não por causa disso. Não por causa de hoje.

— Você tem um motivo para sentir vergonha.

Olho nos olhos dele, que refletem o brilho frio e impiedoso da luz das estrelas. As palavras não têm nada a ver com Ben Gordon e o nosso beijo inocente. Não, ele está se referindo ao que aconteceu antes de eu vir para o Maine. À noite de Ano-Novo e ao pecado pelo qual nunca vou me perdoar. O que ele sente na minha pele é o cheiro nauseabundo e permanente da culpa.

— Você permitiu que ele te tocasse.

— Sim.

— Que te profanasse.

Pisco para conter as lágrimas.

— Sim.

— Você desejou isso. Você o desejou.

— Eu nunca quis que aquilo acontecesse. Se eu pudesse voltar para aquela noite, se pudesse vivê-la novamente...

— Mas não pode. E é por isso que estou aqui.

Encaro aqueles olhos que brilham como diamantes. Ouço um julgamento justo na sua voz e a promessa do que virá. O meu coração acelera e as minhas mãos tremem. Passei dias ansiando pelo seu retorno, sedenta pelo seu toque. Agora que ele está diante de mim, tenho medo do que me aguarda.

— Para a torre — ordena ele.

As minhas pernas estão trêmulas quando saio do quarto. É o excesso de vinho ou o medo que me faz tropeçar no corredor? O chão parece gelo sob os meus pés descalços, e o ar úmido penetra na minha camisola. Abro a porta da escada e me detenho, olhando para a luz bruxuleante das velas acima.

Estou no limiar do mundo dele. A cada passo que dou escada acima, deixo o meu próprio mundo cada vez mais para trás.

Subo as escadas, a luz das velas ficando cada vez mais forte. Ele sobe atrás de mim, os passos pesados e inexoráveis nos degraus, me impedindo de recuar. Só posso ir em uma direção, e avanço rumo ao cômodo onde sei que tanto o prazer quanto a punição me aguardam.

No alto da escada, abro a porta e entro na sala da torre. A luz dourada das velas me envolve e olho para baixo e vejo a saia de seda acobreada balançando em torno dos meus tornozelos. Não sinto mais o frio da noite; um fogo arde na lareira, as chamas lambendo as toras de bétula. A luz de umas dez velas bruxuleia nas arandelas e, nas janelas que dão para o mar, vejo o meu reflexo. O vestido se molda aos meus quadris, e os meus seios pálidos como marfim se avolumam sobre o corpete decotado.

Estou no mundo dele. No tempo dele.

Ele vai até a alcova. Já sei o que há por trás daquelas cortinas. Já fiquei deitada de pernas e braços estendidos naquela cama, sentindo o prazer das suas atenções brutais. Mas, ao abrir a cortina, dessa vez ele revela mais que uma cama, e eu me encolho.

Ele estende a mão.

— Venha, Ava.

— O que você vai fazer comigo?

— O que gostaria que eu fizesse?

— Você vai me machucar.

— Não é isso que você merece?

Não preciso responder; ele já sabe que nunca vou conseguir me punir o suficiente pelo que aconteceu. Sabe que foram a culpa e a vergonha que me trouxeram até essa casa, até ele; que eu mereço qualquer tormento que ele decida me infligir.

— Estou com medo — sussurro.

— Mas também está tentada, não está? — Eu me retraio quando ele estende o braço para acariciar a minha bochecha com as costas da mão. — Não ensinei a você que a dor é apenas a outra face do prazer? Que um grito de agonia soa como um grito de êxtase? Essa noite você vai desfrutar de ambos, sem culpa, porque estou no comando. Você não se sente tomada por um anseio, por um desejo ardente? Não está molhada, o seu corpo se preparando para acomodar o que está por vir?

Enquanto ele fala, sinto o calor se intensificando entre as minhas pernas, a ânsia de um vazio clamando para ser preenchido.

Ele estende a mão para mim. Eu a tomo prontamente.

Atravessamos a sala e entramos na alcova, onde vejo algemas de pulso penduradas na viga acima de mim. Mas não são as algemas que me assustam. Não, o que me assusta é o que vejo pendurado na parede. Chicotes de couro. Uma chibata. Uma variedade de bastões.

Ele me puxa em direção às algemas e prende o meu pulso esquerdo.

Não há volta agora. Estou à mercê dele.

Ele agarra a minha mão direita e a prende com eficiência na algema. Fico com ambas as mãos algemadas sobre a cabeça enquanto ele estuda a sua prisioneira, saboreando a minha impotência. Lentamente, vai para trás de mim e, sem aviso, rasga o meu vestido, expondo as minhas costas. Com o mais gentil dos toques, acaricia a minha pele, e eu estremeço.

Não o vejo pegar o chicote.

O primeiro estalar do couro nas minhas costas é tão chocante que me contorço presa às algemas. A minha pele lateja com a dor aguda do açoite.

— Não é isso que você merece?

— Pare. Por favor...

— Diga a verdade. Confesse a sua vergonha.

Mais uma vez, o chicote estala. Mais uma vez, grito e me contorço com o golpe.

— Confesse.

A terceira chicotada me faz chorar.

— Eu confesso — grito. — Eu sou culpada, mas não queria que aquilo acontecesse. Eu nunca quis...

A chicotada seguinte faz os meus joelhos cederem. Fraquejo, o corpo suspenso pelas algemas impiedosas.

Ele se aproxima e sussurra no meu ouvido:

— Na verdade, você queria, Ava, não queria?

Olho para ele e o seu sorriso me deixa arrepiada. Lentamente, ele descreve um círculo à minha volta e para às minhas costas. Não sei o que vai fazer em seguida. Não sei se ergueu outra vez o chicote e me preparo para a próxima chicotada. Em vez disso, ele abre as algemas. As minhas pernas cedem e fico de joelhos, tremendo, esperando pelo tormento que vem a seguir, qualquer que seja.

Não vejo o que ele pegou, mas o ouço bater com o objeto na palma da mão. Olho para cima e vejo que ele está segurando um bastão, a madeira polida e brilhante. Ele vê o meu olhar alarmado.

— Não, eu não vou bater em você. Nunca deixo cicatrizes. Esse instrumento tem uma finalidade totalmente diferente. — Ele o desliza sobre a palma da mão, admirando o polimento à luz das velas. — Isso aqui funciona apenas como uma introdução. Um dispositivo de treinamento, pequeno o suficiente para a virgem mais apertada. — Ele olha para mim. — Mas você não é virgem.

— Não — murmuro.

O capitão Brodie se vira para a parede e pega outro bastão. Ele o segura diante de mim e não consigo desviar o olhar, não consigo olhar para nada além do objeto monstruoso que surge à minha frente.

— Esse aqui é para uma rameira bem experiente. Experiente o bastante para acomodar qualquer tipo de homem.

Engulo em seco.

— Isso é impossível.

— Será?

— Nenhuma mulher aguentaria essa... *coisa*.

Ele desliza o bastão sobre a minha bochecha e a madeira é lisa e assustadora.

— A menos que tenha sido devidamente iniciada. É o que as meretrizes fazem, Ava. Elas aprendem a agradar. Porque nunca sabem quem vai entrar pela porta e o que vai ser exigido. Alguns homens só querem possuí-las. Outros preferem assistir. E há aqueles que desejam ver o quanto elas são capazes de suportar.

— Não é isso que eu quero!

— Eu sou apenas um reflexo da sua própria vergonha. Dou a você exatamente o que deseja, o que espera. Mesmo que não saiba. — Ele joga de lado o bastão monstruoso, e eu me encolho quando cai no chão. — Você é o seu juiz mais cruel, Ava, e você mesma determina a sua punição. Eu só empunho o instrumento. E me submeto à sua vontade, assim como você se submete à minha. Essa noite, é *isso* que você quer. Então é *isso* que eu vou te dar.

Ele arranca o que resta do meu vestido. Não resisto quando ele agarra os meus quadris e me usa como a prostituta que sou. A prostituta que provei ser. Não passo de carne, comprada e paga.

Solto um grito de êxtase e juntos caímos para a frente enquanto ele desaba em cima de mim.

Passamos um longo tempo sem nos mexer. Os seus braços me enlaçam e sinto as batidas do seu coração nas minhas costas nuas. Como um homem morto pode parecer tão vivo? A pele é tão quente quanto a minha, os braços sólidos enquanto os músculos me envolvem. Nenhum homem real se compara a ele.

Nenhum homem real poderia entender tão bem os meus desejos.

Ele sai de cima de mim. Enquanto ficamos deitados lado a lado no chão, ele traça suavemente um círculo no meu flanco nu.

— Eu assustei você?

— Sim, assustou.

— Não precisa ter medo nunca.

— Mas medo é parte do seu jogo, não é? — Olho para ele. — O medo de que você *possa* me machucar, de que você *possa* realmente usar aquela coisa em mim.

Olho de relance para o bastão, caído a alguns metros, e estremeço.

— Isso não deixou você excitada, nem um pouco?

Ele sorri, e vejo o brilho de crueldade sob a superfície dos olhos escuros.

— Você ia mesmo usar aquilo em mim?

— Esse é o mistério, não é? Até onde sou capaz de ir? Será que vou usar o chicote com muita violência e dilacerar as suas belas costas? Você não sabe. Não pode prever o que vou fazer em seguida. — Ele desliza os dedos pela minha bochecha. — O perigo é inebriante, Ava. Assim como a dor. Eu te dou apenas o que você deseja, o que você suporta.

— Não sei o que sou capaz de suportar.

— Isso nós vamos descobrir.

— Por quê?

— Porque nos satisfaz. Alguns me chamaram de monstro porque gosto do estalo do chicote e do grito dos dominados, porque fico excitado com os gritos e com a tentativa de resistir.

— É disso mesmo que você gosta?

— Assim como você. Você só não admite.

— Isso não é verdade. Não é isso que eu quero.

— Então por que permite que eu faça?

Olho para aqueles olhos frios como diamantes e vejo a verdade me encarando. Penso em todas as razões pelas quais mereço cada punição que ele me imponha e muito mais. Pelos pecados que cometi, pela dor que causei, mereço os chicotes, os bastões, a brutalidade.

— Eu te conheço melhor que você mesma, querida Ava — diz ele. — Foi por isso que te escolhi. Porque sei que vai voltar querendo mais, e pior.

Ele acaricia o meu rosto. O toque é tão gentil que me causa aflição, então estremeço.

— Quão pior? — sussurro.

Ele sorri.

— Vamos descobrir?

18

Acordo subitamente na torre e pisco por causa da luz do sol que brilha através das janelas. O meu quadril esquerdo está dolorido de ficar deitada no chão de madeira. A minha boca parece algodão e a minha cabeça lateja por causa da ressaca totalmente merecida depois da garrafa de vinho que bebi ontem à noite. Com um gemido, cubro o rosto com os braços, tentando proteger os olhos doloridos da luz. Como fui acabar dormindo aqui, no chão? Por que não voltei para a cama?

As lembranças voltam aos poucos. A subida pela escada. As velas acesas nas arandelas.

E o capitão Brodie.

Sobressaltada, abro os olhos novamente e me retraio quando a luz do sol atinge as minhas órbitas. A lareira está limpa, sem nenhum vestígio de cinzas. A alcova está vazia, apenas as paredes nuas e o chão. Sem cama, sem cortinas, sem algemas penduradas no teto. Estou de volta ao meu tempo, ao meu mundo.

Verifico o que estou vestindo. Não é um vestido de seda acobreada, apenas a mesma camisola fina que vesti para dormir. Olho para os meus pulsos e não vejo arranhões nem hematomas causados pelas algemas.

Eu me levanto cambaleando e me apoio no corrimão enquanto desço lentamente a escada da torre seguindo para o meu quarto. Lá, tiro a camisola e viro as costas para o espelho. Ontem à noite, me contorci diante dos golpes do chicote, gritei quando o couro fustigou a minha carne, mas, à luz clara da manhã, vejo que as minhas costas não estão marcadas por nenhum hematoma ou vergão. Eu me viro para o espelho, procurando no meu corpo nu algum sinal do abuso que sofri nas mãos dele, mas não há nenhum vestígio revelador do castigo que ele me infligiu ontem à noite.

Não, há algo.

Coloco a mão entre as pernas e sinto a evidência pegajosa da minha excitação, tão molhada e abundante que talvez sejam os fluidos dele que agora escorrem pela parte interna da minha coxa. Encaro a ponta reluzente dos meus dedos e me pergunto se aquela é a mistura profana da nossa luxúria, a evidência física de que fui possuída violentamente por um homem morto há muito. As minhas bochechas coram de vergonha com a lembrança, mas essa vergonha também desencadeia um novo formigamento de desejo.

O celular toca na mesa de cabeceira.

Quando o pego, o meu coração ainda está disparado, as mãos trêmulas.

— Alô?

— Finalmente você atendeu. Deixei três mensagens de voz para você.

— Oi, Simon. — Suspiro e me sento na cama.

— Você tem me evitado.

— Não queria me distrair. Estava concentrada.

— Concentrada no quê? No próprio umbigo?

— Pesquisando. Escrevendo.

— É, eu li os capítulos que você enviou.

— O que achou?

— Estão bons.

— Só isso?

— Está bem, está bem. Estão realmente *incríveis*. O capítulo sobre ostras me deixou com tanta fome que saí e devorei umas vinte, tudo regado a um martíni.

— Então fiz bem o meu trabalho.

— Quando vou poder ler o resto?

Olho para a pilha de roupas que continua no chão, onde a deixei ontem à noite. O fantasma me distraiu. Como posso escrever se passo o tempo todo farejando o ar, na esperança de sentir o cheiro dele?

— O livro *está* avançando — asseguro a ele. — Essa casa foi a inspiração perfeita.

— Ah, sim, Brodie's Watch. É por isso que estou ligando. Quero ver como é.

— Claro. Posso mandar umas fotos. Não sou a melhor fotógrafa do mundo, mas...

— Eu quero conhecer a casa pessoalmente. Estava pensando em ir até aí nesse fim de semana.

— O quê?

— Está fazendo um calor de mais de trinta graus aqui na cidade e preciso sair de Boston antes que eu derreta. Olha, Ava, você está desaparecida há meses, e o Theo insistiu que eu verificasse o seu progresso. Ele assinou o seu cheque de adiantamento e agora quer ter a garantia de que você está de volta ao eixo e vai entregar o manuscrito. Se sair ao meio-dia de sexta, devo estar aí por volta das cinco. Ou você tem um encontro com um lenhador gostoso essa noite?

— Eu... hum... — Não tenho desculpa, nem uma que seja. A única coisa que posso dizer é: — Vai ser ótimo.

— Maravilha. Eu levo você para jantar, se quiser.

— Não precisa.

— Então eu preparo o jantar. Ou você cozinha. Estou ansioso para conhecer essa casa do capitão. Além disso, está na hora de a gente pensar em estratégias de marketing. Com base nos capítulos que você me enviou, esse livro vai ser muito mais que apenas sobre comida. Você deu a ele um verdadeiro senso de lugar, Ava, e agora quero conhecer Brodie's Watch pessoalmente.

— É uma longa viagem só para ver uma casa.

— Estou indo ver você também. Todo mundo tem perguntado por que anda tão sumida ultimamente, por que desapareceu.

Se pelo menos eu pudesse desaparecer de verdade. Se eu pudesse me dissolver nessas paredes como o capitão Brodie. Ficar invisível para que ninguém pudesse ver o que me tornei. Mas conheço Simon há anos, desde muito antes de ele se tornar o meu editor, e sei que, quando ele coloca uma coisa na cabeça, não há como fazê-lo mudar de ideia.

— Se vai chegar tão tarde, provavelmente é melhor passar a noite aqui — digo.

— Eu estava esperando que você oferecesse.

— O Scott vem também?

— Não, ele está bancando o filho dedicado e foi visitar a mãe. Então, vamos ser só eu e você. Como nos velhos tempos.

— Tudo bem então. A gente se vê na sexta.

— Eu levo o vinho.

São cinco da tarde de sexta-feira em ponto quando a campainha toca.

Simon está de pé na varanda, elegante como sempre de camisa de botão listrada e gravata-borboleta vermelha. Em todos os meus anos de trabalho com ele, nunca o vi sem uma gravata-borboleta, nem mesmo quando trabalhava em cozinhas de restaurante, e ele pareceria nu sem ela.

— Essa é a minha garota!

Ele me puxa para um abraço. Graças a deus, os abraços de Simon não carregam nenhuma tensão sexual subjacente; o abraço dele é fraternal, o abraço de um homem casado e feliz há uma década com o marido, Scott, sem o menor interesse em mim como mulher. Ele entra na casa, larga a bolsa de couro e ergue o nariz, farejando.

— Que cheiro é esse? Lagosta?

— Você parece um cão de caça, Simon.

— Gosto de pensar que pareço mais um porco farejador de trufas. Capaz de farejar um bom *bordeaux* a quilômetros de distância. Então, o que está preparando para essa noite? Qualquer coisa cozida e sem graça ou algo especial?

Dou risada.

— Para você, algo especial, claro. Estou apenas na primeira etapa da receita. Se quiser trocar de roupa, o quarto de hóspedes fica lá em cima.

— Primeiro quero ver o que você está cozinhando.

Ele deixa a bolsa de couro no vestíbulo e vai direto para a cozinha. Simon vem de uma longa linhagem de cozinheiros, que sem dúvida remonta a algum ancestral primitivo vestindo peles de animais e mexendo uma panela de ensopado de mastodonte, de forma que ele gravita, como sempre, até o fogão.

— Quanto tempo? — Ele não precisa explicar a pergunta; já sei o que quer saber.

— Estão aí tem quinze minutos. Seu *timing* é impecável.

Desligo o fogão e levanto a tampa da panela, liberando uma nuvem de vapor perfumado. Ainda hoje de manhã, eu estava a bordo do *Lazy Girl* com o capitão Andy, o pescador de lagosta amigo de Ben, e vi quando esses quatro crustáceos eram retirados ainda verdes do mar. Agora sua cor mudou para um vermelho vívido de dar água na boca.

Simon pega um dos aventais pendurados no gancho da cozinha e o amarra rapidamente.

— Próxima etapa na receita?

— Você começa a descascar. Ainda tenho o bechamel a preparar.

— Você virou poeta!

— E eu não sei?

Começamos a trabalhar, movendo-nos pela cozinha como parceiros de dança de longa data, familiarizados com os movimentos um do outro. Afinal, foi assim que nos conhecemos anos atrás, quando éramos dois universitários trabalhando em um restaurante em Cape Cod durante o verão. Fui promovida da função de lavadora de pratos para o preparo de saladas; ele passou da estação de saladas para a grelha — Simon estava sempre um passo à minha frente. Ele também está à minha frente agora, quebrando garras e extraindo carne com tanta eficiência que, quando estou batendo o xerez e as gemas de ovo no bechamel, ele já tirou uma pilha de carne suculenta de lagosta da casca.

Cubro a carne com o molho e coloco a torta de lagosta no forno.

Simon abre uma garrafa gelada de *sauvignon blanc* e me serve uma taça.

— Ao trabalho em equipe — diz ele enquanto brindamos. — Essa receita vai para o livro?

— Se você achar que passou no teste. Eu encontrei no livro de receitas de um hotel de 1901. Era considerada o prato gourmet do Old Mermaid Hotel.

— Então foi isso que você andou fazendo mês passado.

— Testando receitas antigas. Escrevendo. Imersa no passado. — Olho para o teto de estanho antigo. — Essa casa me deixa no estado de espírito certo para mergulhar naquela época.

— Mas você realmente tinha que percorrer todo o caminho até aqui só para escrever? A propósito, o seu livro já está quase um ano atrasado.

— Eu sei, eu sei.

— Eu realmente não quero rescindir o seu contrato, mas Theo é um burocrata chato e não para de perguntar quando você vai entregar o manuscrito. — Ele faz uma pausa e me estuda. — Você nunca atrasou tanto um prazo antes. O que está acontecendo, Ava?

Para evitar responder à pergunta, termino a minha taça de vinho.

— Bloqueio criativo — respondo por fim. — Mas acho que finalmente consegui superar. Desde que me mudei para essa casa, tenho escrito sem parar... e coisas *boas*, Simon. A velha energia criativa está começando a fluir outra vez.

— Para onde ela tinha ido para começo de conversa?

Noto que ele franze a testa enquanto me sirvo de mais vinho. Quanto já bebi essa noite? Perdi a conta. Coloco a garrafa de volta na mesa e digo baixinho:

— Você sabe que esses últimos meses foram difíceis para mim. Tenho andado deprimida desde...

— A noite de Ano-Novo.

Fico imóvel e não digo uma palavra.

— Pare de se culpar, Ava. Você deu uma festa e ele bebeu demais. O que você poderia fazer, amarrá-lo e impedi-lo de entrar no carro?

— Não fiz o suficiente para detê-lo.

— Ele não era sua responsabilidade. Nick era adulto.

— Ainda me culpo. Mesmo que a Lucy não me culpe.

— Acho que você precisa falar com alguém sobre isso. Eu conheço uma terapeuta muito boa. Posso te dar o número dela.

— Não. — Pego a minha taça e a esvazio de um só gole. — O que eu preciso agora é jantar.

— Considerando o quanto já bebeu essa noite, eu diria que é uma ótima ideia.

Ignoro a observação dele e me sirvo de mais vinho. Depois de preparar a salada e colocar a torta de lagosta na mesa, ainda estou tão irritada com o que ele disse que concentro toda a minha atenção na comida. Quando foi que Simon se tornou a minha babá?

Ele come uma garfada da torta de lagosta e suspira de prazer.

— Ah, sim, essa receita *tem* que ir para o livro.

— Fico feliz em saber que alguma coisa que fiz tem a sua aprovação.

— Ah, pelo amor de deus, Ava. Eu não teria aceitado publicar o seu livro se não soubesse do que você é capaz. O que nos leva novamente à questão: quando você *vai* entregar?

— Eis o verdadeiro motivo de você ter vindo até aqui.

— Não passei cinco horas sentado dentro de um carro só para dizer oi. É claro que é por isso que vim até aqui. E para ver como você estava também. Quando a sua irmã me ligou...

— A Lucy ligou para você?

— Ela tinha esperança de que eu soubesse o que estava acontecendo com você.

Fico encarando o meu vinho.

— O que ela disse a você?

— Disse que vocês duas praticamente não se falam mais e ela não tem ideia do porquê. Está preocupada que tenha sido alguma coisa que ela disse, ou alguma coisa que ela fez.

— Não.

— Então o que foi? Sempre achei que vocês duas fossem unha e carne.

Tomo um gole rebelde de vinho para adiar a minha resposta.

— É o livro. Ele está me consumindo — digo por fim. — Passei meses me esforçando sem sucesso, mas agora ele está tomando forma. Escrevi seis capítulos desde que cheguei aqui. Morar nessa casa fez toda a diferença.

— Por quê? É só uma casa velha.

— Você não sente, Simon? Tem muita história nessas paredes. Pense nas refeições que foram preparadas naquela cozinha, nos banquetes que foram desfrutados nessa sala de jantar. Acho que não conseguiria escrever o livro em nenhum outro lugar que não nessa casa.

— E esse foi o seu único motivo para sair de Boston? Buscar inspiração?

Eu me esforço para olhar bem nos olhos dele.

— Sim.

— Bem, então fico feliz que tenha encontrado inspiração aqui.

— Eu encontrei. — *E encontrei muito mais.*

* * *

Naquela noite, fico acordada, consciente do meu hóspede dormindo no fim do corredor. Não disse uma palavra a Simon sobre o meu fantasma residente porque sei o que ele ia pensar. Vi os olhares atentos durante o jantar, enquanto eu enchia a minha taça com o *chardonnay* sofisticado que ele trouxe de Boston. Sei que ele acha que o meu consumo de álcool é o verdadeiro motivo pelo qual não consegui terminar o livro. Bebida e escritores podem ser um clichê, mas, no meu caso, como no de Hemingway, é verdade.

Não me admira que eu veja fantasmas.

Ouço o piso ranger no corredor e o som de água corrente no banheiro de hóspedes. É estranho ter outra pessoa, alguém real, na casa. Certamente fantasmas não dão descarga nem abrem a torneira. Não é um fantasma que se arrasta de volta ao quarto e fecha a porta. Não estou mais acostumada a conviver com sons humanos; são as pessoas que me parecem estranhas, e me ressinto dessa invasão da minha casa, mesmo que seja por apenas uma noite. Essa é a vantagem de ser escritora: posso passar dias sem ver outro ser humano. O mundo exterior está repleto de conflitos e sofrimento; por que eu deveria sair de casa quando tudo o que quero e preciso está entre essas paredes?

Simon perturbou o equilíbrio e sinto a mudança na atmosfera, como se a presença dele tivesse deixado pesado o ar, que agora se move em turbilhões inquietantes pela casa.

Não sou a única que tem essa sensação.

Na manhã seguinte, quando desço para a cozinha, encontro Simon já acordado e curvado sobre a mesa, tomando café. Ele está com a barba por fazer, os olhos injetados e, pela primeira vez desde que o conheci, não está usando uma gravata-borboleta, sua marca registrada.

— Você acordou muito cedo — comento enquanto vou até a cafeteira e me sirvo de uma xícara de café. — Eu tinha planejado me levantar primeiro e preparar uma bela *frittata* para o café da manhã.

Ele passa a mão nos olhos e boceja.

— Não dormi bem. Achei melhor me levantar de uma vez e pegar a estrada mais cedo.

— Já? Mas ainda são sete da manhã.

— Eu estou acordado desde as três.

— Por quê?

— Pesadelos. — Ele encolhe os ombros. — Talvez essa casa seja silenciosa *demais*. Não consigo me lembrar da última vez que tive pesadelos assim.

Lentamente, me sento à mesa e o examino.

— Que tipo de pesadelo?

— Não existe nada menos interessante que os sonhos de outra pessoa.

— Eu estou interessada. Me conte.

Ele respira fundo, como se precisasse reunir todas as suas forças para simplesmente recontar o pesadelo.

— Foi como se ele estivesse sentado no meu peito, tentando me sufocar. Eu me perguntei se estava tendo um ataque cardíaco. Cheguei a sentir as mãos dele em volta do meu pescoço.

Ele. Dele.

— Tentei lutar contra ele, mas não conseguia me mexer. Estava paralisado, como sempre acontece nos sonhos. E ele continuou me sufocando até que eu realmente tive a sensação... — Ele respira fundo outra vez. — Enfim, não consegui voltar a dormir depois disso. Simplesmente fiquei acordado, de ouvidos atentos. Meio que esperando que ele voltasse.

— Por que você diz "ele"?

— Não sei. Acho que também poderia dizer "essa coisa". Só sei que ele me pegava pelo pescoço. E olha que estranho, Ava: quando acordei, a sensação de que estava sendo estrangulado era tão vívida que precisei desesperadamente de um copo de água. Fui até o banheiro e me olhei no espelho, e por um instante podia *jurar* que havia marcas no meu pescoço. — Ele dá uma risada tímida. — Então pisquei e é claro que não havia nada. Mas isso mostra como fiquei abalado.

Encaro a pele exposta acima do colarinho da camisa dele, mas não vejo nada de anormal. Sem hematomas, sem marcas deixadas por dedos fantasmas.

Ele esvazia a xícara de café.

— De qualquer forma, é melhor eu pegar a estrada mais cedo e evitar o trânsito de volta para Boston. Já arrumei as minhas coisas.

Eu o acompanho até o carro e fico tremendo no ar frio que vem do mar enquanto ele coloca a bolsa no porta-malas. Pássaros gorjeiam no céu e uma borboleta-monarca traça zigue-zagues coloridos em torno de um punhado de asclépias. Vai fazer um dia lindo, mas Simon parece desesperado para ir embora.

Ele se vira para me dar um beijo de despedida na bochecha, e o vejo lançar um olhar de relance nervoso para a casa, como se não ousasse virar as costas para ela.

— Agora termine esse bendito livro, Ava.

— Vou terminar.

— E volte para Boston, onde é o seu lugar.

Não posso deixar de sentir certo alívio ao vê-lo partir. A casa é minha de novo, é uma linda manhã de verão e tenho o dia inteiro pela frente. Ouço um miado alto e, ao olhar para baixo, vejo Hannibal sentado aos meus pés, o rabo se mexendo, sem dúvida está pensando no café da manhã.

Eu também estou pensando em comida.

Volto para a casa. Só quando estou subindo os degraus da varanda que reparo no pacote da FedEx no balanço. O entregador deve tê-lo deixado ali ontem à tarde, enquanto eu estava ocupada lá dentro, me preparando para a chegada de Simon. Pego o pacote e reconheço a minha caligrafia na etiqueta de endereço. É o pacote da FedEx que enviei para Charlotte Nielson na semana passada, e fico olhando para o motivo da devolução.

Três tentativas de entrega.

Fico parada na varanda, ignorando os miados de Hannibal enquanto encaro o pacote devolvido, e me lembro do que Donna Branca me disse: "Charlotte não tem respondido os meus e-mails ultimamente." Fico mais que intrigada com isso. Agora estou completamente alarmada.

Há tanta coisa que preciso perguntar a Charlotte, tanta coisa que preciso saber sobre sua estadia nessa casa, sobre por que ela foi embora de forma tão abrupta. Foi o fantasma que a afastou?

O endereço dela é na Commonwealth Avenue, não muito longe do meu apartamento em Boston. Com certeza há alguém no prédio dela que possa me dizer para onde ela foi e como consigo entrar em contato.

Olho para o relógio da cozinha: 7:47. Se sair agora, consigo chegar a Boston à uma da tarde.

19

É um lindo dia para um passeio de carro, mas mal presto atenção à vista da água cintilante e das casinhas bem-cuidadas à beira-mar; a minha mente está repassando os detalhes estranhos que se acumularam ao longo das semanas desde que cheguei a Tucker Cove. Penso no livro de receitas e nas garrafas de uísque no armário da cozinha, no chinelo solitário debaixo da cama e no lenço de seda embolado no fundo do guarda-roupa. Quando fez as malas às pressas e partiu, por contrato Charlotte Nielson ainda tinha dois meses de aluguel, um detalhe que agora adquire um significado preocupante. O que a fez deixar Brodie's Watch de forma tão repentina?

Acho que já sei a resposta: ela foi embora por causa *dele. O que o capitão Brodie fez com você, Charlotte? O que finalmente fez com que abandonasse a casa? O que devo temer?*

Faz apenas um mês que dirigi por essa mesma estrada rumo ao norte, fugindo de Boston. Agora estou voltando ao ponto de partida, onde tudo deu errado. Não estou voltando para reparar o mal que causei, porque ele nunca poderá ser reparado e eu jamais serei absolvida. Não, essa missão é totalmente diferente. Estou indo encontrar a única outra mulher viva que morou na minha casa. Se ela também o tiver visto, então vou saber que ele é real, vou saber que não estou ficando louca.

Mas, se ela não o tiver visto...

Uma coisa de cada vez, Ava. Primeiro encontre Charlotte.

Assim que cruzo o limite com o estado de New Hampshire, o tráfego se intensifica e eu me junto ao fluxo usual de turistas voltando para casa depois de passar as férias velejando, fazendo caminhadas e comendo lagosta. Através das janelas, vejo rostos bronzeados e bancos de trás ocupados por uma pilha de malas e *coolers*. No meu carro há apenas eu, sem nenhuma bagagem, exceto a bagagem emocional que vai pesar sobre mim pelo resto da vida.

Abaixo o vidro da janela e sou surpreendida pelo calor que invade o carro. Depois de um mês em Tucker Cove, eu já havia esquecido como a cidade pode ser sufocante no início de setembro, um forno de concreto onde os temperamentos fervem com facilidade. Em um sinal de trânsito, quando fico parada por apenas um milissegundo depois que o sinal verde se acende, o motorista atrás de mim começa a buzinar. No Maine, quase ninguém buzina, e me assusto com o barulho. *Obrigada pelas boas-vindas de volta a Boston, idiota.*

Enquanto dirijo pela Commonwealth Avenue, sinto um nó apertado na garganta. Esse é o caminho para o apartamento de Lucy, o caminho para os jantares de Natal, o peru no Dia de Ação de Graças e os longos cafés da manhã de domingo. O caminho para a pessoa que mais amo no mundo, a pessoa que nunca tive a intenção de magoar. O nó na garganta se transforma em náusea quando passo em frente ao prédio dela, ao apartamento para o qual a ajudei a se mudar, às cortinas verde-oliva que a ajudei a escolher. É uma da tarde de sábado, então ela deve estar em casa depois de ter passado visita no hospital, sozinha naquele apartamento espaçoso. O que será que ela diria se eu batesse à sua porta agora e contasse o que realmente aconteceu na véspera de Ano-Novo? Mas não tenho coragem. Na verdade, fico morrendo de medo de ela olhar pela janela, me ver passando e me perguntar por que não fui visitá-la como sempre fazia. Da mesma maneira que se pergunta por que fugi de Boston no verão, por que evito as suas ligações, por que praticamente a excluí da minha vida.

Sou covarde demais para contar a verdade a ela, então simplesmente continuo dirigindo, rumo ao oeste, em direção ao quarteirão onde Charlotte Nielson mora.

Quando estaciono em frente ao prédio dela, as minhas mãos estão trêmulas, o meu coração disparado. Desligo o carro e fico parada por um instante, respirando fundo para me acalmar. Vejo dois adolescentes na escada da frente do prédio, me observando e sem dúvida se perguntando por que estou há tanto tempo sentada dentro do carro. Sei que eles provavelmente são inofensivos, mas só o tamanho dos dois, com os seus tênis gigantes e os ombros enormes, é intimidante, e hesito antes de finalmente sair e passar por eles até a entrada do prédio. Aperto o botão do interfone do apartamento de Charlotte. Uma, duas, três vezes. Não há resposta e a porta da frente está trancada.

Os garotos ainda estão me observando.

— Algum de vocês mora aqui? — pergunto.

Eles dão de ombros simultaneamente, o que significa... o quê? Eles não sabem onde moram?

— Eu moro aqui às vezes — diz o maior. Ele tem cabelo descolorido pelo sol e, se morasse na Califórnia, provavelmente estaria carregando uma prancha de surfe. — Principalmente no verão, quando fico com o meu pai.

Então é uma dessas famílias.

— Você conhece as outras pessoas que moram no prédio? Conhece Charlotte Nielson?

— A moça do 314? Conheço. — Os garotos trocam sorrisos maliciosos. — Com certeza gostaria de conhecer melhor — acrescenta ele, e os dois riem.

— Eu preciso muito falar com ela. Podem entregar um bilhete para ela? Gostaria que me ligasse. — Pego um bloco de anotações da bolsa e anoto o meu número de telefone.

— Ela não está aqui. Está no Maine.

— Não, não está — digo a ele.

— Sim, está.

— Ela *estava* no Maine, mas foi embora há um mês. Ela não voltou para casa?

O garoto balança a cabeça.

— Não a vejo desde junho. Pouco antes de ela viajar para passar o verão fora.

Penso nisso por um instante, tentando conciliar essa informação com o que Donna Branca me disse — que Charlotte deixou Brodie's Watch por causa de uma emergência familiar. Se não tinha voltado para Boston, para onde teria ido? E por que não estava respondendo e-mails nem ligações?

— Então, o que foi que aconteceu com a Charlotte? — pergunta o adolescente.

— Não sei. — Fico encarando o prédio. — O seu pai está em casa?

— Ele saiu para correr.

— Pode dar o meu número para ele? Peça a ele que me ligue. Eu realmente preciso falar com a Charlotte.

— Tá, tudo bem.

O garoto enfia o pedaço de papel com o meu número de telefone no bolso de trás da calça jeans, onde temo que acabe sendo facilmente esquecido, mas não há mais nada que eu possa fazer. A minha busca por Charlotte depende inteiramente de um adolescente que provavelmente vai jogar aquele jeans na máquina de lavar sem jamais se lembrar do que havia no bolso.

Volto para o carro, me perguntando se não deveria passar a noite em Boston em vez de dirigir as quatro horas e meia de volta para Tucker Cove. O meu apartamento está vazio há semanas, e provavelmente eu deveria verificar como estão as coisas por lá de qualquer maneira.

Dessa vez, evito a Commonwealth Avenue e, em vez disso, pego uma rota alternativa, para não ter que passar pelo apartamento de Lucy. As zonas proibidas estão se ampliando. Nos dias após a morte de Nick, me forcei a atravessar a porta do apartamento de Lucy apenas porque ela precisava desesperadamente do meu consolo. Depois, não consegui mais. Não conseguia tolerar os seus abraços, não conseguia olhar nos olhos dela, então simplesmente parei de ir vê-la. Parei de ligar para ela, parei de retornar as suas mensagens de voz.

Agora não consigo nem sequer passar pelo prédio dela.

As minhas zonas proibidas continuam a se expandir, como manchas de tinta se espalhando sobre o mapa da cidade. A área em torno do hospital onde Lucy trabalha. O café e o mercadinho favoritos dela. Todos os lugares onde eu poderia dar de cara com ela e ser forçada a explicar por que saí da sua vida. Só de pensar em encontrá-la, o meu coração dispara, as minhas mãos começam a suar. Imagino as manchas pretas aumentando, se espalhando pelo mapa até que toda a cidade de Boston seja uma zona proibida. Talvez eu devesse me mudar para Tucker Cove e me trancar em Brodie's Watch para sempre. Envelhecer e morrer lá, longe dessa cidade, onde vejo a minha culpa refletida para onde quer que olhe, especialmente no caminho para o meu apartamento.

Essa é a rua onde aconteceu. Aquele é o cruzamento onde a limusine colidiu com o Prius de Nick, fazendo-o girar pelo asfalto escorregadio por causa do gelo. E foi com aquele poste que o Prius amassado se chocou.

Outra mancha preta no mapa. Outro lugar a evitar. Durante todo o caminho até o meu apartamento, é como se eu estivesse dirigindo por uma pista de obstáculos onde cada esquina, cada rua é uma lembrança ruim, como uma bomba esperando para explodir.

E no meu próprio apartamento está a lembrança mais devastadora de todas.

Não a sinto, não de cara. Ao entrar, a única coisa que sinto é o ar viciado de um apartamento cujas janelas não são abertas há semanas. Tudo está como deixei, as chaves sobressalentes na tigela perto da porta, as últimas edições da *Bon Appétit* empilhadas na mesa de centro. *Lar doce lar* era o que eu deveria estar sentindo, mas ainda estou atordoada por causa do trajeto, ainda sem ter certeza se realmente quero passar a noite aqui. Deixo a bolsa no chão e a chave dentro da tigela. Não como nem bebo nada desde hoje de manhã, então vou até a cozinha para tomar um copo de água.

É então que ela me atinge. Noite de Ano-Novo.

A lembrança é tão vívida que ouço as rolhas sendo retiradas das garrafas, sinto o cheiro do alecrim e escuto a gordura da *porchetta* assada chiando. E me lembro do gosto feliz do champanhe na língua. Champanhe demais naquela noite, mas era a *minha* festa; eu tinha passado o dia todo na cozinha tirando ostras das conchas, preparando alcachofras e montando tortas de cogumelo, e, quando o apartamento ficou cheio com os meus mais de trinta convidados, eu estava pronta para comemorar.

Então bebi.

Todo mundo bebeu também. Todo mundo, menos Lucy, que teve o azar de estar de plantão naquela noite. Ela e Nick tinham ido em carros separados para o caso de Lucy ter que deixar a festa para atender uma emergência, e naquela noite ela só bebeu água com gás.

É claro que ela *foi* chamada, porque era véspera de Ano-Novo, as ruas estavam cobertas de uma fina camada de gelo e com certeza haveria acidentes. Eu me lembro de olhar para Lucy do outro lado da sala, enquanto ela vestia o casaco para sair, e pensar: *Lá vai a minha irmã perfeitamente sóbria salvar mais uma vida enquanto eu estou aqui, terminando a minha sexta taça de champanhe.*

Ou seria a sétima?

No fim da noite, eu havia perdido a conta, mas que importância isso tinha? Eu não ia dirigir para lugar nenhum. Nem Nick, que havia concordado em dormir no quarto de hóspedes porque estava bêbado demais para se sentar ao volante de um carro.

Encaro o piso da cozinha e me lembro daqueles ladrilhos frios e duros nas costas. Me lembro do enjoo com todo aquele champanhe se revirando no estômago. De repente, o enjoo volta e não aguento ficar nesse apartamento nem mais um minuto.

Saio correndo e volto para o carro.

À noite, estarei em casa de novo, em Brodie's Watch. Essa é a primeira vez que realmente penso naquele lugar como a "minha casa", mas agora ela parece o único lugar no mundo onde posso me esconder das lembranças daquela noite. Eu me preparo para dar a partida no carro.

O celular toca. O código de área é de Boston, mas não reconheço o número. Atendo assim mesmo.

— O meu filho me disse para ligar para você. — É uma voz masculina. — Ele disse que você esteve no nosso prédio ainda agora, perguntando sobre Charlotte.

— Sim, obrigada por ligar. Tenho tentado entrar em contato, mas ela não respondeu nenhum dos meus e-mails e não atende o telefone.

— Aliás, quem é você?

— O meu nome é Ava Collette. Estou morando na casa em Tucker Cove que Charlotte estava alugando. Estou com uns objetos que ela deixou na casa e gostaria de devolver.

— Espera. Ela não está mais lá?

— Não. Ela deixou a cidade tem mais de um mês, e achei que tivesse voltado para casa em Boston. Enviei o pacote para lá, mas ele acabou sendo devolvido.

— Bem, ela não voltou para Boston. Eu não a vejo desde junho. Desde que ela foi para o Maine.

Nós dois ficamos em silêncio por um instante, ponderando sobre o mistério de onde Charlotte Nielson pode estar.

— Você tem *alguma* ideia de onde ela pode estar agora? — pergunto.

— Quando saiu de Boston, ela me deu um endereço para eu encaminhar a correspondência. É uma caixa-postal.

— Onde?

— Em Tucker Cove.

20

Donna Branca não fica nem um pouco alarmada com o que acabei de contar.

— O homem com quem você falou é só um vizinho, então talvez não saiba para onde ela foi. Talvez ela esteja visitando parentes fora do estado. Ou tenha viajado para o exterior. Existem vários motivos para ela não ter voltado para casa em Boston. — O telefone toca e ela gira na cadeira para atender. — Branca Venda e Administração de Imóveis.

Olho para ela do outro lado da mesa, esperando que termine a ligação e continuemos a conversa, mas percebo que ela já se esqueceu de mim e está totalmente focada em assinar um novo contrato de administração de imóvel para alugar: quatro quartos, vista para o mar, a apenas um quilômetro e meio da cidade. Eu sou apenas uma inquilina chata, tentando bancar a detetive. Aqui é Tucker Cove, não Cabot Cove, e só em *Assassinato por escrito* uma turista de veraneio investigaria o desaparecimento de uma mulher.

Por fim, Donna desliga e se vira para mim com uma expressão de *por que você ainda está aqui?*.

— Existe algum motivo para estar preocupada com Charlotte? Você nem sequer a conheceu.

— Ela não atende o celular. Não responde e-mails há semanas.

— Na carta que me mandou, ela disse que ia ficar incomunicável por um tempo.

— Você ainda tem essa carta?

Com um suspiro, Donna gira a cadeira para um arquivo e pega a pasta de Brodie's Watch.

— Isso aqui foi o que ela me enviou de Boston, depois que saiu da casa. Como pode ver, não há nada de alarmante.

Ela me entrega uma carta datilografada que é, de fato, bem objetiva.

Donna, por causa de uma crise familiar, tive que deixar Tucker Cove imediatamente. Não vou voltar para o Maine. Sei que ainda faltam dois meses para o encerramento do meu contrato de aluguel, mas tenho certeza de que não vai ter dificuldade em encontrar um novo inquilino. Espero que meu depósito seja suficiente para cobrir a partida antecipada. Deixei a casa em boas condições.

A cobertura do celular é muito ruim no lugar para onde estou indo, então, se precisar entrar em contato comigo, é melhor me mandar um e-mail.

Charlotte

Leio a carta duas vezes, cada vez mais intrigada, e olho para Donna.

— Você não acha isso estranho?

— O depósito dela cobriu tudo. E ela de fato deixou a casa em bom estado.

— Por que ela não mencionou para onde estava indo?

— Era algum lugar onde o celular não pegava direito.

— Fora do país? Um lugar ermo? Onde?

Donna dá de ombros.

— A única coisa que sei é que ela pagou o que devia.

— E agora, semanas depois, ainda está inacessível. O vizinho em Boston não tem ideia de onde ela possa estar. Ele me disse que o número da caixa-postal dela em Tucker Cove é 137. Até onde a gente sabe, a correspondência dela ainda está lá, sem ter sido recolhida. *Nada* disso deixa você incomodada?

Por um instante, ela tamborila na mesa. Por fim, pega o telefone e disca.

— Alô, Stuart? É Donna Branca. Será que poderia me fazer um grande favor e verificar uma caixa-postal para mim? O número é 137. Pertencia a uma das minhas inquilinas, Charlotte Nielson. Não, Stuart, não estou pedindo que revele nada que não deva. É que Charlotte deixou a cidade semanas atrás, e quero saber se a correspondência dela está sendo encaminhada para algum lugar. Sim, vou ficar na linha. — Ela olha para mim de relance. — Ele está quebrando um pouco as regras, mas a gente está em uma cidade pequena e todo mundo se conhece.

— Será que ele pode dar o endereço para onde ela pediu que encaminhassem a correspondência? — pergunto.

— Não vou forçar a barra, tá bom? Ele já está sendo muito legal apenas por estar fazendo isso. — A atenção dela se volta para o telefone. — Sim, Stuart, estou aqui. O quê? — Ela franze a testa. — Ainda está tudo aí? E ela nunca deu um endereço para encaminhar as coisas?

Eu me inclino para a frente, o olhar fixo no rosto dela. Embora esteja ouvindo apenas metade da conversa, sei que há algo muito errado, e agora até Donna está preocupada. Lentamente, ela desliga e olha para mim.

— Ela não pega a correspondência há mais de um mês. A caixa-postal está lotada, e ela nunca deu um endereço para encaminhar as cartas. — Donna balança a cabeça. — Isso é muito estranho.

— É mais que estranho.

— Talvez ela só tenha se esquecido de preencher um formulário de mudança de endereço.

— Ou talvez não tenha conseguido preencher.

Nós nos encaramos por um instante e a mesma possibilidade de repente surge na nossa mente. Charlotte Nielson desapareceu da face da Terra. Não atende o telefone nem responde e-mails e não pega a correspondência há semanas.

— Sabe aquele corpo que encontraram na água? — digo. — Era de uma mulher. E ela ainda não foi identificada.

— Você acha que...

— Acho que a gente precisa falar com a polícia.

Mais uma vez, a polícia está na minha casa, mas agora não por causa da invasão inofensiva de um ladrão que espalhou terra pelo chão da minha cozinha. Agora, são detetives da Polícia do Estado do Maine conduzindo uma investigação de assassinato. A análise da arcada dentária confirmou que o corpo encontrado boiando na baía era, de fato, de Charlotte Nielson, que não recolhia a correspondência da caixa-postal havia mais de um mês, cuja última comunicação de que se tinha conhecimento era a carta datilografada enviada a Donna Branca.

Que dois meses atrás estava morando em Brodie's Watch e dormindo na minha cama.

Fico sentada na cozinha enquanto a polícia revista os quartos no andar de cima. Não sei o que acham que vão encontrar. Faz tempo que terminei a última garrafa de uísque dela. Os únicos vestígios de Charlotte na casa são o lenço Hermès, o exemplar de *Joy of Cooking* e o chinelo sobressalente que encontrei embaixo da cama. Há também a lista escrita à mão de telefones da região que ainda está pregada no quadro de cortiça da cozinha. Os telefones do encanador, do eletricista, do médico. Charlotte tinha a caligrafia precisa que se esperaria de uma professora no ensino fundamental, e se for verdade que é possível julgar uma pessoa pela letra, então ela era uma mulher organizada e cuidadosa que em condições normais não deixaria para trás um lenço caro ou um livro de receitas bastante manuseado. O fato de ter feito isso me leva a pensar que ela fez as malas às pressas, tão ansiosa para sair dessa casa que não se preocupou em olhar debaixo da cama nem em verificar o fundo do armário. Penso na minha primeira noite aqui, quando encontrei aquela garrafa e me servi de um copo de uísque. O uísque de uma mulher morta.

Já tinha jogado a garrafa vazia no lixo, mas preciso contar isso à polícia.

Lá fora, o tempo está virando. A tempestade que atingiu as Carolinas alguns dias antes está chegando à costa e gotas de chuva respingam na janela da cozinha. De repente me lembro de ter deixado as janelas voltadas para o leste abertas, então saio da cozinha e vou até a sala voltada para o mar para fechá-las. Através do vidro riscado pela chuva, vejo ondas rolando, cinzentas e revoltas, e ouço os galhos do arbusto de lilases açoitados pelo vento arranhando a casa.

— Senhora?

Eu me viro e dou de cara com os dois detetives, Vaughan e Perry, cujos sobrenomes juntos soam como o nome de um escritório de advocacia. Ao contrário dos policiais locais que vieram investigar a invasão de domicílio, esses homens sisudos e sem senso de humor lidam com crimes graves, e o comportamento deles reflete isso. Já os conduzi pelos quartos do andar de cima e indiquei onde encontrei o lenço e o chinelo de Charlotte, mas ainda assim eles insistiram em inspecionar a casa por conta própria — procurando o quê, eu me pergunto. Desde a partida de Charlotte, o chão foi aspirado e quaisquer vestígios que ela possa ter deixado agora estão contaminados pelos meus.

— Já terminaram lá em cima? — pergunto.

— Sim. Mas temos mais algumas perguntas — diz o detetive Vaughn.

Ele tem um ar de comando que me faz pensar que já esteve no serviço militar, e, quando aponta para o sofá, me sento obedientemente. Ele se acomoda na poltrona de brocado, que parece ridiculamente feminina para um homem com ombros largos e cabelo à escovinha. O parceiro, o detetive Perry, fica um pouco afastado, os braços cruzados como se tentasse parecer casual, sem sucesso. Ambos são homens grandes, imponentes, e eu não gostaria de estar na mira de nenhuma investigação conduzida por eles.

— Eu sabia que havia alguma coisa errada — murmuro. — Mas ela achou que eu só estava sendo intrometida.

— Está se referindo à Sra. Branca?

— Ã-hã. Charlotte não estava atendendo o telefone nem respondendo os e-mails dela, mas Donna não estava nem um pouco desconfiada. Era quase como se ela se recusasse a acreditar que algo estava errado.

— Mas a senhora sentiu que havia algo errado?

— Me incomodava o fato de Charlotte nunca ter respondido os meus e-mails.

— Por que a senhora estava tentando entrar em contato com ela?

— Eu tinha algumas perguntas.

— Sobre...?

Os olhos dele são muito diretos, muito penetrantes.

Desvio o olhar.

— Sobre essa casa. Alguns pequenos... hum... problemas.

— A Sra. Branca não poderia responder essas perguntas?

— Na verdade, você teria que viver aqui para entender. — Ele permanece em silêncio e me sinto compelida a continuar falando. — Tenho ouvido ruídos estranhos à noite. Coisas que não consigo explicar. Eu queria saber se Charlotte tinha ouvido esses barulhos também.

— A senhora disse que alguém invadiu a casa algumas semanas atrás. Acha que há alguma conexão com os ruídos que ouviu?

— Não. Acho que não.

— Porque a Sra. Nielson também relatou um incidente.

— Sim, fui informada pela polícia local. Eles acharam que provavelmente tinha sido um adolescente que não percebeu que a casa estava ocupada. Disseram a mesma coisa sobre a última invasão.

Ele se inclina para mais perto, os olhos cortantes como laser.

— A senhora consegue pensar em alguém que possa ter feito isso? Além de um adolescente sem nome?

— Não. Mas, se também aconteceu com Charlotte, pode ter sido a mesma pessoa?

— Temos que considerar todas as possibilidades.

"Todas as possibilidades." Olho para os dois homens, cujo silêncio só me deixa mais inquieta.

— O que aconteceu *de verdade* com Charlotte? — pergunto. — Sei que ela foi encontrada boiando na baía, mas como ela morreu?

— A única coisa que podemos dizer é que estamos investigando um homicídio.

O meu celular toca, mas nem me dou ao trabalho de verificar quem está ligando; deixo a ligação ir para a caixa-postal e mantenho o foco nos detetives.

— Havia hematomas? — pergunto. — O assassino deixou alguma marca?

— Por que a pergunta? — diz Vaughn.

— Só estou tentando entender por que vocês têm tanta certeza de que foi um assassinato. Como sabem que ela simplesmente não caiu de um barco e se afogou?

— Não havia água do mar nos pulmões. Ela já estava morta quando o corpo caiu na água.

— Mas ainda assim pode ter sido um acidente. Talvez ela tenha caído nas pedras. Batido a cabeça e...

— Não foi acidente. Ela foi estrangulada.

Ele observa enquanto absorvo a informação, sem dúvida se perguntando se esses detalhes são mais do que consigo suportar e se vai acabar com uma mulher histérica nas mãos. Mas fico sentada, completamente parada, enquanto reflito sobre o que ele acabou de me dizer. Há muito mais coisas que quero saber. Havia ossos quebrados? Hematomas deixados por mãos reais, feitas de carne real? Um mero ectoplasma pode matar uma mulher?

O capitão Brodie poderia?

Olho para o meu pulso esquerdo, me lembrando do hematoma que desde então desapareceu. Um hematoma que encontrei na manhã seguinte ao meu primeiro encontro com o fantasma. Será que eu mesma causei aquele hematoma tropeçando de bêbada, como já fiz várias outras vezes? Ou aquele hematoma era uma evidência de que ele podia infligir dano real aos vivos?

— Houve outras invasões desde a noite em que a senhora ligou para a polícia de Tucker Cove? — pergunta o detetive Perry.

Balanço a cabeça.

— Não.

— Alguém ligando, assediando a senhora?

— Não.

— A Sra. Branca nos informou que alguns trabalhos de carpintaria foram realizados aqui recentemente.

— Sim, na torre e no miradouro. Eles já terminaram as reformas.

— A senhora conhece bem os carpinteiros?

— Vi Billy e Ned quase todos os dias durante semanas, então diria que estou bastante familiarizada com eles.

— A senhora passava muito tempo conversando com eles?

— Eu os usei como cobaias. — Diante da sobrancelha erguida de Vaughn, dou risada. — Sou autora de livros de culinária. Estou escrevendo um livro sobre a culinária tradicional da Nova Inglaterra e venho testando receitas. Billy e Ned sempre ficavam felizes em provar os resultados.

— Algum dos dois alguma vez fez com que a senhora se sentisse desconfortável?

— Não. Eu confiava nos dois o suficiente para deixar que entrassem e saíssem à vontade, mesmo quando eu não estava em casa.

— Eles tinham a chave da casa?

— Eles sabiam onde encontrá-la. Eu deixava a chave reserva em cima do batente da porta.

— Então, um dos dois poderia ter feito uma cópia dessa chave.

Balanço a cabeça, perplexa.

— Por que está fazendo perguntas sobre eles?

— Eles também estavam trabalhando na casa enquanto a Srta. Nielson morava aqui.

— Você *realmente* conhece Billy e Ned?

— E a senhora, conhece?

Isso me faz parar. Na verdade, como se pode realmente conhecer uma pessoa?

— Eles nunca me deram motivo para *não* confiar neles — digo. — E Billy, ele é só uma criança.

— Ele tem 23 anos — retruca Perry.

Que estranho eles já saberem a idade de Billy. Agora eu também sei. E eles não precisam apontar o óbvio: que homens de 23 anos são capazes de atos violentos. Penso nos muffins, nos ensopados e nos bolos que preparei para eles, e em como os olhos de Billy se iluminavam sempre que eu aparecia com novas receitas para experimentarem. Será que eu estava alimentando um monstro?

— E o outro carpinteiro? O que a senhora sabe sobre o Sr. Haskell?

O olhar dele não dá nenhuma pista do que ele está pensando, mas as perguntas começaram a adentrar um território perturbador. De repente, não estamos mais falando de intrusos sem rosto, mas de pessoas que conheço e de quem gosto.

— Eu sei que ele é mestre carpinteiro. Basta olhar ao redor e ver o que ele fez com essa casa. Ned me disse que começou a trabalhar para a família Sherbrooke anos atrás. Como faz-tudo da tia do proprietário.

— Está se referindo à falecida Aurora Sherbrooke?

— Isso. Por que ele ainda estaria trabalhando para a família Sherbrooke se tivesse havido algum problema? E ele é mais que só um carpinteiro. Também é um artista conceituado. A galeria no centro vende as esculturas de aves dele.

— Ficamos sabendo — diz Perry, sem parecer impressionado.

— Vocês deveriam dar uma olhada no trabalho dele. As peças são vendidas até em galerias de Boston. — Olho para os dois detetives.

— Ele é um *artista* — repito, como se isso o excluísse como suspeito. Artistas criam, não destroem. Artistas não matam.

— O Sr. Haskell alguma vez disse ou fez algo que incomodou a senhora? Que pareceu impróprio ou a deixou inquieta?

Algo mudou. Os dois homens se inclinaram ligeiramente para a frente, os olhos fixos em mim.

— Por que está perguntando sobre Ned?

— São perguntas de rotina.

— Não parecem rotina.

— Por favor, apenas responda.

— Tudo bem. Ned Haskell nunca me deixou desconfortável. Ele nunca me deixou com medo. Eu *gosto* dele e confiei nele o suficiente para lhe dar acesso à minha casa. Agora me diga por que estão tão interessados nele.

— Seguimos todas as pistas. É o nosso trabalho.

— O Ned fez algo errado?

— Não podemos comentar — diz Vaughn, uma resposta que me diz tudo. Ele fecha o bloquinho de anotações. — Vamos entrar em contato se tivermos outras perguntas. Enquanto isso, a senhora ainda mantém a chave da casa acima do umbral da porta?

— Está lá nesse exato momento. Eu não tirei de lá.

— Sugiro que faça isso agora. E, enquanto estiver em casa, use a tranca. Percebi que a senhora tem uma.

Os homens se encaminham para a porta da frente. Eu os sigo, muitas das minhas perguntas ainda sem resposta.

— E o carro de Charlotte? — pergunto. — Ela tinha um carro, não tinha? Vocês já o encontraram?

— Não.

— Então o assassino roubou.

— Não sabemos onde o carro está. Pode estar fora do estado a essa altura. Ou pode estar no fundo de um lago.

— Então pode ter sido apenas um roubo de carro, não? Alguém roubou o carro e jogou o corpo dela na baía. — Ouço a nota de desespero na minha voz. — Isso poderia ter acontecido enquanto ela estava saindo da cidade. Não aqui, não nessa casa.

O detetive Vaughn para na varanda da frente e olha para mim com aqueles olhos friamente enigmáticos.

— Tranque a porta, Sra. Collette — é tudo o que ele diz.

É a primeira coisa que faço depois que eles vão embora. Passo a tranca na porta e ando pela casa, verificando se todas as janelas estão trancadas. As nuvens de tempestade que vinham escurecendo durante toda a tarde de repente se abrem com o estrondo de um trovão. Na sala com vista para o mar, fico junto à janela vendo a chuva bater no vidro. O ar parece carregado e perigoso, e, quando olho para os meus braços, vejo que os pelos estão arrepiados. Raios cortam o céu e a casa inteira treme com o trovão.

Pode faltar luz a qualquer momento.

Pego o celular para verificar quanto resta de bateria e se ela consegue durar a noite toda sem carregar. Só então vejo que há uma mensagem de voz e me lembro da ligação que ignorei quando estava falando com os detetives.

Acesso a mensagem e fico surpresa ao ouvir a voz de Ned Haskell.

Ava, você provavelmente vai ouvir coisas sobre mim, coisas que não são verdade. Nada do que vão dizer para você é verdade. Quero que saiba que eu não fiz nada de errado. Isso ainda não terminou, não está nem perto de terminar. Não se eu puder evitar.

Encaro o celular, me perguntando se devo contar à polícia da ligação. Também me pergunto se isso não seria violação da sua confiança. De todas as pessoas, por que ele procurou justamente a mim?

Um raio atravessa o mar. Eu me afasto da janela e sinto o estrondo do trovão bem fundo nos ossos, como se o meu peito fosse um tambor barulhento. A mensagem de Ned me perturba, e, conforme a tempestade se intensifica, dou mais uma volta pela casa, verificando outra vez janelas e portas.

Nessa noite, não durmo bem.

Enquanto raios cortam a escuridão e trovões ribombam, fico acordada, deitada na mesma cama onde uma mulher assassinada costumava dormir. Penso em todas as minhas interações com Ned Haskell, e as lembranças passam como uma sucessão de slides na mente. Ned no miradouro, os músculos do braço protuberantes enquanto ele empunha o martelo. Ned sorrindo para mim por cima da tigela de ensopado de carne que servi para ele. Penso no que costuma haver dentro da caixa de ferramentas de um carpinteiro, todas as lâminas, tornos e chaves de fenda, e em como ferramentas destinadas a moldar madeira podem ser facilmente utilizadas para outros fins.

Então penso no vernissage na galeria de arte e em como Ned sorriu de maneira acanhada de pé ao lado das suas excêntricas esculturas de aves. Como pode alguém capaz de produzir obras de arte tão encantadoras apertar o pescoço de uma mulher até sufocá-la?

— Não tenha medo.

Olho para cima, assustada com a voz na escuridão. O clarão de um raio distante ilumina o quarto e cada detalhe do rosto fica instantaneamente gravado na minha memória. Cachos pretos tão revoltos quanto ondas agitadas pela tempestade. Um rosto de granito grosseiramente talhado. Mas essa noite vislumbro algo novo, algo que não vi no retrato do capitão Brodie pendurado na sede da sociedade histórica. Agora vejo cansaço nos olhos dele, o cansaço castigado pelo tempo de um homem que navegou por oceanos além da conta e agora deseja apenas um porto tranquilo.

Estendo a mão e toco seu rosto com a barba por fazer de dias. *Então foi assim que a morte o encontrou*, penso. Exausto depois de horas ao leme, o navio castigado pelo mar, a tripulação levada pelas ondas. Como eu queria ser o porto seguro que ele procura, mas estou um século e meio atrasada.

— Durma tranquila, querida Ava. Essa noite ficarei vigiando.

— Senti saudades de você.

Ele beija a minha cabeça e sinto a sua respiração quente no meu cabelo. A respiração dos vivos.

— Quando mais precisar de mim, estarei aqui. Sempre estarei aqui.

Ele se acomoda ao meu lado na cama e o colchão baixa com o peso. Como esse homem pode não ser real se sinto os seus braços ao meu redor, o seu casaco na minha bochecha?

— Você está diferente essa noite — sussurro. — Tão amoroso. Tão gentil.

— Eu sou o que quer que você precise que eu seja.

— Mas quem *é* você? Quem é o verdadeiro capitão Brodie?

— Como todos os homens, sou bom e mau. Cruel e amoroso.

Ele toma o meu rosto com a mão áspera, que essa noite oferece apenas conforto, mas é a mesma mão que me chicoteou e prendeu os meus pulsos.

— Como vou saber qual homem devo esperar?

— Não é isso que você deseja, o inesperado?

— Às vezes você me assusta.

— Porque levo você a lugares perigosos. Ofereço a você um vislumbre da escuridão. Eu te desafio a dar o primeiro passo, e o passo seguinte. — Ele acaricia o meu rosto tão delicadamente quanto se estivesse acariciando uma criança. — Mas não essa noite.

— O que vai acontecer essa noite?

— Essa noite você vai dormir. Sem medo — sussurra ele. — Não deixarei nada de mal acontecer a você.

E naquela noite eu durmo, segura nos braços dele.

21

Na tarde seguinte, não se fala de outra coisa na cidade. Ouço falar a respeito pela primeira vez quando estou fazendo compras no mercadinho da cidade, um estabelecimento tão pequeno que não se pode usar nada maior que uma cestinha para carregar os itens, já que nenhum carrinho de compras passaria pelos corredores estreitos. Estou na seção de verduras, examinando as opções sofríveis de alface (americana ou romana), tomate (caqui ou cereja) e salsinha (crespa ou nada). Tucker Cove pode ser um paraíso de verão, mas está no fim da cadeia de distribuição de mantimentos e, como não consegui fazer compras na feira ontem, sou obrigada a me contentar com o que conseguir encontrar no mercadinho. Enquanto estou debruçada sobre um caixote tentando escolher algumas batatas-roxas, ouço duas mulheres fofocando no corredor ao lado.

— ... e a polícia apareceu na casa dele com um mandado de busca, dá para acreditar? Nancy viu três viaturas estacionadas na frente da casa.

— Meu deus. Você não acha que ele matou a moça, acha?

— Eles ainda não o prenderam, mas acho que é só questão de tempo. Afinal de contas, teve aquele negócio com aquela *outra* garota. Na época, todo mundo achou que só podia ter sido ele.

Estico o pescoço ao redor da borda da gôndola de verduras e vejo duas mulheres de cabelos grisalhos, as cestinhas ainda vazias, claramente mais preocupadas em fofocar que em fazer compras.

— Nada foi provado.

— Mas agora parece mais provável, não acha? Já que a polícia está tão interessada nele. E tem aquela senhora para quem ele trabalhou anos atrás, da casa no alto da colina. Sempre me perguntei do que ela *realmente* morreu...

Quando elas seguem para a seção de papéis higiênicos, não consigo evitar e vou atrás delas, apenas para ouvir um pouco mais da conversa. Paro diante da gôndola, fingindo ponderar sobre qual marca de papel higiênico escolher. Há um total de duas opções — como vou me decidir?

— Nunca se sabe, não é? — diz uma das mulheres. — Ele sempre pareceu tão gentil. E pensar que o nosso pastor o contratou no ano passado para instalar os novos bancos da igreja. Todas aquelas ferramentas afiadas com as quais ele trabalha.

Elas definitivamente estão falando de Ned Haskell.

Pago pelas compras e vou para o carro, perturbada com o que acabei de ouvir. Certamente a polícia tem seus motivos para se concentrar em Ned. As mulheres no mercadinho mencionaram outra garota. Será que ela também foi vítima de assassinato?

Mais adiante na rua fica a Branca Venda e Administração de Imóveis. Se tem alguém que sabe dos últimos acontecimentos de uma comunidade, essa pessoa é um corretor de imóveis. Donna vai saber.

Como sempre, ela está sentada diante da mesa, o telefone pressionado no ouvido. Olha de relance para cima e logo abaixa a cabeça, evitando o meu olhar.

— Não, é claro que eu não fazia ideia — murmura ao telefone. — Ele sempre foi totalmente confiável. Nunca recebi nenhuma reclamação. Olha, posso ligar de volta? Tem uma pessoa aqui no escritório.

Ela desliga e, com relutância, se vira para mim.

— É verdade? — pergunto. — Sobre o Ned?

— Quem contou para você?

— Ouvi duas mulheres falando disso no mercadinho. Disseram que a polícia revistou a casa dele hoje de manhã.

Donna suspira.

— Essa cidade está cheia de gente fofoqueira.

— Então é verdade.

— Ele não foi preso. Não é justo presumir que seja culpado de alguma coisa.

— Não estou presumindo nada, Donna. Eu *gosto* do Ned. Mas ouvi as mulheres dizendo que houve outra garota. Antes de Charlotte.

— Foi só um boato.

— Quem era a garota?

— Nada foi provado.

Eu me inclino para a frente até estar praticamente cara a cara com ela.

— Você alugou a casa para mim. Ele passou semanas trabalhando bem em cima do meu quarto. Eu mereço saber se ele é perigoso. *Quem era a garota?*

Os lábios de Donna se contraem. A máscara amigável de corretora de imóveis desapareceu e no lugar está a face preocupada de uma mulher que ocultou o detalhe fundamental de que um assassino poderia estar trabalhando dentro da minha casa.

— Ela era só uma turista — começa Donna, como se isso tornasse a vítima menos digna de consideração. — E aconteceu há seis ou sete anos. Ela estava alugando um chalé em Cinnamon Beach quando desapareceu.

— Da mesma forma que Charlotte desapareceu.

— Exceto pelo fato de que nunca encontraram o corpo de Laurel. A maioria de nós presumiu que ela tivesse ido nadar e se afogado, mas sempre pairou uma dúvida. Sempre circularam rumores.

— Sobre o Ned?

Ela assente.

— Ele estava trabalhando na casa ao lado da dela, reformando um banheiro.

— Isso não é motivo para ele ser considerado suspeito.

— Ele tinha as chaves da casa dela.

Eu a encaro.

— Como assim?

— Ned disse que as encontrou em Cinnamon Beach, onde costuma catar pedaços de madeira que vão dar na praia para fazer esculturas. A corretora responsável por alugar a casa para Laurel viu as chaves no painel da caminhonete de Ned e reconheceu o chaveiro da imobiliária. Essas eram as únicas coisas que a polícia tinha contra ele: as chaves da mulher desaparecida e o fato de ele estar trabalhando bem ao lado da casa dela. Nunca encontraram o corpo. Não havia nenhum sinal de violência no chalé. Eles não tinham nem sequer certeza de que um crime havia sido cometido.

— Agora *houve* um assassinato. De Charlotte. E Ned estava trabalhando lá, na casa dela. Na *minha* casa.

— Mas eu não o contratei. Foi Arthur Sherbrooke. Foi ele quem insistiu para que Ned fizesse a reforma.

— Por que Ned?

— Porque ele conhece a casa melhor que ninguém. Ned trabalhou para a tia do Sr. Sherbrooke quando ela ainda morava lá.

— Essa é outra fofoca que ouvi hoje. Existe alguma dúvida sobre como a tia dele morreu?

— Aurora Sherbrooke? Absolutamente nenhuma. Ela era velha.

— Aquelas mulheres pareciam achar que Ned teve algo a ver com a morte dela.

— Meu deus. As malditas fofocas não têm fim nessa cidade! — A formalidade de repente parece abandonar Donna e ela afunda na cadeira. — Ava, eu conheço Ned Haskell desde sempre. Sim, já ouvi boatos sobre ele. Sei que há pessoas que simplesmente se recusam a contratá-lo. Mas nunca achei que ele fosse perigoso. E *ainda* não acredito que seja.

Nem eu, mas, quando saio do escritório de Donna, me pergunto quão perto estive de ser outra Charlotte, outra Laurel. Penso nele brandindo um martelo na minha torre, as roupas cobertas de serragem. Ele é forte o suficiente para estrangular uma mulher, mas será que um assassino assim também teria criado aquelas aves adoravelmente excêntricas? Talvez eu tenha deixado de reparar em algo sombrio nelas, alguma pista perturbadora de que havia um monstro escondido dentro do artista. Não há monstros dentro de cada um de nós? Eu conheço muito bem os meus.

Entro no carro e, assim que coloco o cinto de segurança, o celular toca.

É Maeve.

— Preciso ver você — diz ela.

— A gente pode se encontrar na semana que vem?

— Essa tarde. Estou a caminho de Tucker Cove agora.

— O que houve?

— É sobre Brodie's Watch. Você precisa se mudar, Ava. O mais rápido possível.

Maeve hesita na minha varanda, como se reunisse coragem para entrar na casa. Nervosa, ela examina o vestíbulo atrás de mim e finalmente entra, mas, enquanto nos encaminhamos para a sala com vista para o mar, ela não para de olhar ao redor como uma corça assustada, atenta a um possível ataque com presas e garras. Mesmo depois de se acomodar em uma poltrona, ela ainda parece inquieta, uma intrusa em território hostil.

Da bolsa, tira uma pasta de arquivo grossa que coloca na mesa de centro.

— Isso foi o que consegui descobrir até agora. Mas pode ter mais.

— Sobre o capitão Brodie?

— Sobre as mulheres que viveram nessa casa.

Abro a pasta. A primeira página é um obituário, fotocopiado de um jornal datado de 3 de janeiro de 1901. *Sra. Eugenia Hollander, de 58 anos, morre em casa após cair de uma escada.*

— Ela morreu aqui. Nessa casa — diz Maeve.

— Esse artigo diz que foi um acidente.

— Essa seria a conclusão lógica, não é? Era uma noite de inverno, fria. Escura. E os degraus da torre provavelmente estavam escuros.

Este último detalhe me faz erguer os olhos.

— Foi na escada da torre?

— Leia o relatório policial.

Viro para a página seguinte e encontro um relatório escrito à mão pelo policial Edward K. Billings, da Polícia de Tucker Cove. A caligrafia dele é primorosa, fruto de uma época em que as escolas exigiam uma escrita perfeita. Apesar da cópia de baixa qualidade, o relatório é legível.

A falecida é uma senhora de 58 anos que nunca se casou e vivia sozinha. Antes do ocorrido, gozava de excelente saúde, de acordo com sua sobrinha, a Sra. Helen Colcord. A última vez que a Sra. Colcord viu a tia viva foi no dia anterior à morte, quando a Sra. Hollander parecia de bom humor e havia desfrutado de um jantar farto.

Aproximadamente às sete e quinze da manhã do dia seguinte, a empregada da casa, a Srta. Jane Steuben, chegou para trabalhar e ficou intrigada ao constatar que a Sra. Hollander não estava no andar de baixo, onde costumava estar. Ao subir para o segundo andar, a Srta. Steuben constatou que a porta para as escadas da torre estava aberta e encontrou o corpo da Sra. Hollander caído ao pé da escada.

Faço uma pausa, me lembrando das noites em que o capitão Brodie me conduziu por aquelas mesmas escadas à luz de velas bruxuleantes. Penso em como a escada é íngreme e estreita e em como uma queda de cabeça poderia facilmente quebrar o pescoço de uma pessoa. Na noite em que morreu, o que Eugenia Hollander estava fazendo naquela escada?

Será que alguma coisa — ou alguém — a havia atraído para a torre, assim como eu fui atraída?

Concentro-me mais uma vez na caligrafia precisa do policial Billings. É claro que ele iria concluir que a morte dela tinha sido apenas um acidente. O que mais poderia ser? A falecida morava sozinha, nada foi roubado e não havia sinais de invasão.

Olho para Maeve.

— Não há nada de suspeito nessa morte. Foi o que a polícia concluiu. Por que você me mostrou isso?

— Eu estava procurando mais informações sobre a mulher morta quando encontrei uma foto dela.

Passo para a página seguinte na pasta. É um retrato em preto e branco de uma bela jovem de sobrancelhas arqueadas e cabelos pretos abundantes.

— Essa foto foi tirada quando ela tinha 19 anos. Uma linda jovem, não acha? — diz Maeve.

— Sim.

— O nome dela aparece em várias colunas sociais publicadas na época, associado ao nome de diversos rapazes considerados bons partidos. Aos 22 anos, ficou noiva do filho de um rico comerciante. Como presente, o pai deu a ela Brodie's Watch, onde o jovem casal planejava morar depois de se casarem. Mas o casamento nunca aconteceu. Um dia antes das bodas, Eugenia rompeu o noivado. Em vez de se casar, escolheu permanecer solteira e passou a viver sozinha nessa casa. Pelo resto da vida.

Maeve espera uma resposta, mas não sei o que dizer. Só consigo olhar para a foto de Eugenia, aos 19 anos, uma beldade que optou por nunca se casar. E que passou o resto da vida sozinha na casa onde agora estou vivendo.

— É estranho, não acha? — pergunta Maeve. — Todos esses anos, morando sozinha aqui.

— Nem toda mulher quer ou precisa se casar.

Ela me examina por um instante, mas é uma caçadora de fantasmas, não telepata. Não pode imaginar o que acontece nessa casa depois de escurecer. Naquela torre.

Ela indica a pasta com um aceno de cabeça.

— Agora dê uma olhada na próxima mulher que viveu aqui.

— Houve outra?

— Depois que a Sra. Hollander morreu nas escadas, o irmão dela herdou Brodie's Watch. Ele tentou vender a propriedade, mas não conseguiu encontrar um comprador. Corriam boatos na cidade de que o lugar era mal-assombrado e já estava em ruínas. Ele tinha uma sobrinha, Violet Theriault, que ficou viúva ainda muito jovem e estava passando por dificuldades financeiras, então ele deixou que ela vivesse aqui, sem pagar aluguel. Essa foi a casa dela durante trinta e sete anos, até a sua morte.

— Não me diga que ela também caiu da escada.

— Não. Ela morreu dormindo, provavelmente de causas naturais, aos 69 anos.

— Há algum motivo para você estar me falando dessas mulheres?

— Elas fazem parte de um padrão, Ava. Depois que Violet morreu, houve Margaret Gordon, uma moça de Nova York que alugou Brodie's Watch durante um verão. Ela nunca mais voltou para a cidade. Em vez disso, permaneceu aqui até morrer em decorrência de um derrame, vinte e dois anos depois. Após ela veio a Sra. Aurora Sherbrooke, outra inquilina que pretendia apenas passar o verão, mas decidiu comprar a casa e viveu aqui até a morte, trinta anos depois.

A cada novo nome que ela revela, folheio as fotos na pasta, vendo os rostos daquelas que vieram antes de mim. Eugenia e Violet, Margaret e Aurora. Agora o padrão se torna evidente, um padrão que me deixa perplexa. Todas as mulheres que viveram e morreram nessa casa eram lindas e de cabelos pretos. Todas as mulheres eram surpreendentemente parecidas...

— Com você — diz Maeve. — Todos elas se parecem com *você.*

Fico encarando a última foto. Aurora Sherbrooke tinha cabelos pretos reluzentes, pescoço de cisne e sobrancelhas arqueadas e, embora eu nem de longe seja tão bonita quanto ela, a semelhança é inequívoca. É como se eu fosse uma irmã mais nova e não tão bonita de Aurora Sherbrooke.

As minhas mãos estão geladas quando viro a página do obituário de Aurora, na edição de 20 de agosto de 1986 do *Tucker Cove Weekly.*

AURORA SHERBROOKE, 66 ANOS

A Sra. Aurora Sherbrooke faleceu na semana passada, em sua casa em Tucker Cove. Foi encontrada pelo sobrinho, Arthur Sherbrooke, que não tinha notícias dela havia dias e saiu de sua casa em Cape Elizabeth para ver como ela estava. A morte não é considerada suspeita. De acordo com uma empregada da casa, a Sra. Sherbrooke tinha recentemente contraído uma gripe.

Original de Newton, Massachusetts, a Sra. Sherbrooke visitou Tucker Cove pela primeira vez trinta e um anos atrás. "Ela se apaixonou imediatamente pela cidade, em especial pela casa que estava alugando", disse o sobrinho, Arthur Sherbrooke. A Sra. Sherbrooke comprou a propriedade, conhecida como Brodie's Watch, e lá viveu até sua morte.

— Quatro mulheres morreram nessa casa — diz Maeve.

— Nenhuma das mortes foi suspeita.

— Mas isso não faz você pensar? Por que eram todas mulheres e por que todas viveram e morreram sozinhas aqui? Li os obituários de Tucker Cove até 1875 e não consegui encontrar nenhum homem que tenha morrido nessa casa. — Ela examina a sala, como se as respostas pudessem estar nas paredes ou na lareira. O olhar se detém na janela, onde a vista do mar está oculta por uma cortina de névoa. — É como se essa casa fosse uma espécie de armadilha — diz baixinho. — As mulheres entram, mas nunca mais saem. De alguma forma, a casa as encanta, as seduz. E, no fim, as aprisiona.

A minha risada não é totalmente convincente.

— É por isso que você acha que eu deveria ir embora? Porque vou acabar me tornando prisioneira?

— Você precisa saber a história dessa casa, Ava. Precisa saber com o que está lidando.

— Está me dizendo que essas mulheres foram todas mortas por um fantasma?

— Se fosse *apenas* um fantasma, eu não estaria tão preocupada.

— O que mais poderia ser?

Ela faz uma pausa para ponderar sobre as próximas palavras. Essa hesitação só aumenta a minha sensação de mau presságio.

— Algumas semanas atrás, mencionei que há outras coisas além de fantasmas que podem ficar ligadas a uma casa. Entidades que não são exatamente benignas. Fantasmas são apenas espíritos que não fizeram a passagem por causa de assuntos pendentes nesse mundo, ou que morreram tão repentinamente que não percebem que *estão* mortos. Eles ficam presos entre o nosso mundo e o próximo. Mesmo que tenham morrido, já foram humanos, assim como nós, e quase nunca fazem mal aos vivos. De tempos em tempos, no entanto, me deparo com uma casa que abriga outra coisa. Não um fantasma, mas... — A voz vacila e ela olha ao redor. — Você se importa se formos lá para fora?

— Agora?

— Sim. Por favor.

Olho pela janela para a névoa espessa. Realmente não queria sair e sentir o úmido ar marinho, mas aceno com a cabeça e fico de pé. Na porta da frente, coloco uma capa de chuva e nós duas vamos para a varanda. Mas, mesmo lá, Maeve fica nervosa e me conduz escada abaixo e ao longo do caminho de pedra que leva à beirada do penhasco. Ficamos paradas lá, envoltas em névoa, a casa assomando por trás de nós em meio ao nevoeiro. Por um instante, o único som é o quebrar das ondas lá embaixo.

— Se não é um fantasma, o que ele é? — pergunto.

— É interessante que você use a palavra "ele".

— Por que não? O capitão Brodie era um homem.

— Com que frequência ele aparece para você, Ava? Você o vê todos os dias?

— Não é algo previsível. Às vezes passo dias sem vê-lo.

— E a que horas o vê?

— À noite.

— Só à noite?

Penso na figura escura que vi de pé no miradouro enquanto voltava da praia naquela primeira manhã.

— Houve momentos em que talvez o tenha visto durante o dia.

— E ele sempre parece ser o capitão Brodie?

— Essa era a casa dele. Quem mais ele aparentaria ser?

— Não é quem, Ava. É *o quê*.

Ela olha de relance para trás, para a casa, que se reduziu a uma vaga silhueta em meio à névoa, e passa os braços em torno do corpo para conter o tremor. A poucos metros de onde estamos fica a beirada do penhasco e, bem abaixo, ocultas pelo nevoeiro, as ondas se precipitando sobre as rochas. Estamos encurraladas entre o mar e Brodie's Watch, e a névoa parece tão densa que poderia nos sufocar.

— Existem outras entidades, Ava. Elas podem parecer fantasmas, mas não são.

— Que entidades?

— Entidades perigosas. Coisas que podem causar mal.

Penso nas mulheres que viveram em Brodie's Watch antes de mim, mulheres que morreram nessa casa. Mas toda casa antiga não tem histórias como essas? Todo mundo morre, e todos temos que morrer em algum lugar. Por que não na própria casa, onde se viveu por décadas?

— Essas entidades não são espíritos de pessoas mortas — explica Maeve. — Elas podem assumir a aparência de pessoas que já ocuparam uma casa, mas isso é só para fazer com que se sinta menos medo delas. Todo mundo acha que fantasmas não podem nos fazer mal, que são apenas almas desafortunadas presas entre planos espirituais.

— O que eu tenho visto, então?

— Não o fantasma do capitão Brodie, mas algo que assumiu a forma dele. Algo que está atento a você e a observa desde o momento em que entrou pela porta da frente. Aprendeu os seus pontos fracos, as suas necessidades, os seus desejos. Sabe o que você quer e do que tem medo. Vai usar esse conhecimento para manipulá-la, aprisioná--la. Para fazer mal a você.

— Você quer dizer *fisicamente*? — Não consigo conter o riso diante dessa ideia.

— Eu sei que é difícil de acreditar, mas você não se deparou com coisas com as quais me deparei. Não olhou nos olhos de... — Ela para. Respira fundo e continua: — Anos atrás, fui chamada a uma casa nos arredores de Bucksport. Na verdade, era uma mansão, construída em 1910 por um comerciante rico. Um ano depois de se mudarem para a casa, a mulher dele amarrou uma corda no próprio pescoço e se enforcou na balaustrada do andar superior. Depois do suicídio dela, o lugar passou a ser considerado mal-assombrado, mas era uma casa tão bonita, no alto de uma colina com vista para o mar, que nunca foi difícil encontrar alguém disposto a comprá-la. A propriedade mudou de mãos diversas vezes. As pessoas se apaixonavam pela casa, iam morar lá, mas logo se mudavam de novo. Uma das famílias passou apenas três semanas na casa.

— O que fazia as pessoas irem embora?

— Os moradores locais achavam que era o fantasma da esposa do comerciante, Abigail, que assombrava as famílias. Falavam de aparições de uma mulher com longos cabelos ruivos e uma corda amarrada no pescoço. As pessoas *podem* aprender a conviver com fantasmas, até desenvolver afeto por eles e considerá-los parte da família. Mas essa assombração era muito mais assustadora. Não eram apenas barulhos secos à noite, portas batendo ou cadeiras mudando de lugar. Não, aquilo era algo que fez a família me procurar em desespero.

"Eles deixaram a casa no meio da noite e estavam morando em um hotel quando me ligaram. Era uma família de quatro pessoas com duas meninas lindas, de 4 e 8 anos. Viviam em Chicago e vieram para o Maine pensando em morar no interior, onde ele escreveria romances, ela cultivaria uma horta e criariam galinhas no quintal. Eles viram a casa, se apaixonaram por ela e fizeram uma oferta. Era junho quando se mudaram, e, durante a primeira semana, tudo foi maravilhoso."

— Apenas uma semana?

— No início, ninguém falava sobre o que todos estavam sentindo. A sensação de estarem sendo observados. A sensação de que, mesmo quando estavam sozinhos, havia outra pessoa no cômodo. Então a filha mais velha contou à mãe sobre a coisa que se sentava ao lado da sua cama à noite e ficava olhando para ela. Foi então que os outros membros da família começaram a falar sobre o que haviam vivenciado. E se deram conta de que todos tinham visto e sentido uma presença, mas essa presença assumia diferentes formas. O pai viu uma mulher ruiva. A mãe viu uma sombra sem rosto. Só a criança de 4 anos enxergou o que realmente era. Crianças pequenas não têm ilusões; elas detectam a verdade antes de nós. E o que ela viu foi uma coisa com olhos vermelhos e garras. Não o fantasma de Abigail, mas algo muito mais antigo. Algo ancestral que havia se fixado naquela casa. No topo daquela colina.

Olhos vermelhos? Garras? Balanço a cabeça, sem acreditar no rumo que essa conversa está tomando.

— Parece até que você está falando de um demônio.

— É exatamente disso que estou falando — diz ela baixinho.

Eu a encaro por um instante, esperando ver algum indício de humor nos olhos, algum sinal de que em seguida virá uma piada, mas seu olhar permanece absolutamente firme.

— Eu não acredito em demônios.

— Antes de se mudar para Brodie's Watch, você acreditava em fantasmas?

Não consigo refutar. Embora esteja de frente para o mar, sinto a casa assomar atrás de mim, me observando. Tenho medo de ouvir a resposta dela, mas faço a pergunta mesmo assim.

— O que aconteceu com a família?

— Eles não acreditavam em fantasmas antes, mas chegaram à conclusão de que havia *alguma coisa* na casa. Algo que todos tinham visto e vivenciado. O marido pesquisou em arquivos de jornais e encontrou um artigo sobre o suicídio de Abigail. Ele presumiu que fosse o fantasma dela assombrando a casa, e fantasmas não podem nos fazer mal, certo? Além disso, era um ótimo assunto durante o jantar. "Tem um fantasma na nossa casa! Não é legal?" Mas aos poucos a família foi se dando conta de que o que assombrava a casa era algo diferente. A menininha de 4 anos começou a acordar toda noite gritando de pavor. Ela dizia que algo a estava sufocando, e a mãe viu marcas no pescoço dela.

O meu coração se acelera subitamente.

— Que tipo de marca?

— Pareciam marcas de dedos. Dedos longos demais para serem de uma criança. Depois disso, a menina de 8 anos começou a acordar com hemorragia nasal. Eles a levaram ao médico, que não encontrou nenhuma explicação para o sangramento. Mesmo assim, eles ficaram na casa, porque haviam investido grande parte das economias nela. Então, uma noite, aconteceu algo que mudou tudo. O marido ouviu batidas do lado de fora e saiu para averiguar. Assim que saiu, a porta da frente se fechou, trancando-o do lado de fora. Ele esmurrou a porta, mas a família não conseguia ouvir. Já ele conseguia ouvir o que estava acontecendo *dentro* da casa. As filhas gritando. A esposa caindo da escada. Ele quebrou uma janela para entrar e a encontrou atordoada, caída ao pé da escada. Ela insistiu que *algo* a havia empurrado. *Alguma coisa* a queria morta. A família se mudou naquela mesma noite. E, na manhã seguinte, recebi a ligação.

— Você esteve na casa?

— Sim. Fui até lá no dia seguinte. Era uma linda construção, com uma varanda que contornava a fachada e pé-direito de três metros e meio. Exatamente o tipo de casa que um comerciante rico construiria para a família. Quando cheguei, o marido estava esperando no jardim da frente, mas se recusou a entrar. Ele simplesmente me entregou a chave e me disse para dar uma olhada na casa por conta própria. Eu entrei sozinha.

— E o que você descobriu?

— Nada. No início. — Ela olha mais uma vez para Brodie's Watch, como se tivesse medo de virar as costas para a casa. — Fui até a cozinha, a sala de estar. Tudo parecia normal. Subi as escadas que levavam aos quartos e, mais uma vez, nada me pareceu fora do comum. Mas em seguida desci, fui de novo até a cozinha e abri a porta do porão. Foi então que senti o cheiro.

— De quê?

— Um fedor de decomposição, de morte. Eu não queria descer aquelas escadas, mas me forcei a dar alguns passos. Então ergui a lanterna e vi as marcas no teto. Marcas de garras, Ava. Como se uma besta tivesse usado as garras para sair dali de baixo e entrar na casa. Não consegui avançar mais. Saí do porão, escapei pela porta da frente e nunca mais pus os pés naquela casa. Porque já sabia que a família não poderia voltar. Eu sabia com o que estavam lidando. Não era um fantasma. Era algo muito mais poderoso, algo que provavelmente estava lá havia muito, muito tempo. Há muitas palavras para o que eles são. Demônios. Strigoi. Baital. Mas todos têm uma coisa em comum: são maus. E perigosos.

— É isso que o capitão Brodie é?

— Eu não sei *o que* ele é, Ava. Você pode estar lidando apenas com uma assombração, um eco espiritual do homem que um dia viveu aqui. Foi o que imaginei no início, porque você não vivenciou nada que a tivesse deixado assustada. Mas, ao pesquisar a história de Brodie's Watch, sabendo que quatro mulheres morreram aqui...

— De causas naturais. Em decorrência de um acidente.

— É verdade, mas o que *manteve* aquelas mulheres aqui? Por que eles viraram as costas para o casamento e para a família e passaram o resto da vida sozinhas nessa casa?

Por causa dele. Por causa dos prazeres da torre.

Olho para a casa, e a lembrança do que aconteceu na torre faz as minhas bochechas queimarem.

— O que as fez ficar aqui? Envelhecer e morrer aqui? — pergunta Maeve, me estudando. — *Você* sabe?

— Ele... o capitão...

— O que tem ele?

— Ele me entende. Ele me faz sentir que aqui é o meu lugar.

— O que mais ele faz você sentir?

Eu me viro, o rosto queimando. Ela não insiste na pergunta e o silêncio paira entre nós por um tempo dolorosamente longo, longo o suficiente para ela perceber que o meu segredo é vergonhoso demais para que o compartilhe com alguém.

— O que quer que ele ofereça a você, isso tem um preço — alerta ela.

— Eu não tenho medo dele. E as mulheres que viveram aqui antes de mim também não deviam ter medo. Elas poderiam ter escolhido partir, mas não o fizeram. Elas ficaram nessa casa.

— Também morreram nessa casa.

— Só depois de terem morado aqui durante anos.

— É assim que você vê o seu futuro? Como prisioneira de Brodie's Watch? Envelhecendo aqui, morrendo aqui?

— Todos temos que morrer em algum lugar.

Ela me pega pelos ombros e me força a olhar nos seus olhos.

— Ava, você está se *ouvindo*?

Fico tão sobressaltada com o toque dela que por um instante não digo nada. Só então processo o que acabei de dizer. "Todos temos que morrer em algum lugar." É isso mesmo que eu quero, dar as costas para o mundo dos vivos?

— Não sei que poder essa entidade tem sobre você, mas você precisa recuar e pensar no que aconteceu com as mulheres que vieram antes. Quatro delas *morreram* aqui.

— Cinco — digo baixinho.

— Não estou contando a mulher que foi encontrada na baía.

— Eu não estou me referindo a Charlotte. Houve também uma menina de 15 anos. Eu falei dela. Um grupo de adolescentes invadiu a casa em uma noite de Halloween. Uma das meninas subiu até o miradouro e caiu de lá.

Maeve balança a cabeça.

— Eu procurei, mas não achei nada sobre isso na pesquisa nos arquivos de jornal.

— O meu carpinteiro me contou sobre isso. Ele cresceu aqui e se lembra.

— Então a gente precisa falar com ele.

— Não tenho certeza se deveria.

— Por que não?

— Ele é suspeito. Do assassinato de Charlotte Nielson.

Maeve suspira assustada. Ela se vira e encara a casa, que parece estar no centro desse redemoinho. No entanto, não sinto medo, porque ainda posso ouvir as palavras dele sussurradas na escuridão: "Sob o meu teto, nenhum mal vai acontecer a você."

— Se o seu carpinteiro se lembra — diz Maeve —, outras pessoas nessa cidade também devem se lembrar.

Aceno com a cabeça.

— E eu sei exatamente com quem a gente pode falar.

22

São pouco mais de cinco da tarde quando Maeve e eu chegamos à Sociedade Histórica de Tucker Cove. A placa de FECHADO já está pendurada, mas bato assim mesmo, na esperança de que a Sra. Dickens ainda esteja lá dentro, arrumando as coisas. Através da porta de vidro fumê vejo movimento e ouço o ruído de sapatos ortopédicos. Olhos azul-claros, distorcidos pelas lentes grossas dos óculos, espiam pela fresta.

— Sinto muito, mas já fechamos. O prédio vai estar aberto novamente amanhã, a partir das nove.

— Sra. Dickens, sou eu. A gente conversou há algumas semanas sobre Brodie's Watch, lembra?

— Ah, oi. Ava, não é? Bom te ver de novo, mas o museu está fechado.

— A gente não está aqui para visitar o museu. Estamos aqui para falar com a senhora. A minha amiga Maeve e eu estamos fazendo uma pesquisa sobre Brodie's Watch para o meu livro e temos algumas perguntas que talvez a senhora saiba responder, já que é a especialista número um na história de Tucker Cove.

Isso faz a Sra. Dickens endireitar um pouco a coluna. Na minha última visita, não havia quase nenhum visitante no museu. Deve ser muito frustrante para ela ter tanto conhecimento sobre um assunto pelo qual tão pouca gente se interessa.

Ela sorri e abre a porta.

— Eu não diria que sou uma expert, mas vai ser um prazer lhes contar tudo o que sei.

A casa é ainda mais sombria do que eu me lembrava, e o vestíbulo cheira a velhice e poeira. O chão range enquanto seguimos a Sra. Dickens até a sala da frente, onde o diário de bordo do *Raven*, o navio que antes estivera sob o comando do capitão Brodie, está exposto por trás de um vidro.

— Mantemos muitos dos nossos registros históricos aqui. — Ela puxa um chaveiro do bolso e destranca a porta de uma estante de vidro. Nas prateleiras há volumes de livros encadernados em couro, alguns tão antigos que parecem prestes a se desintegrar. — Esperamos em algum momento ter todos esses registros digitalizados, mas vocês sabem como é difícil conseguir recursos para fazer qualquer coisa hoje em dia. Ninguém se importa com o passado. As pessoas só se preocupam com o futuro e com as próximas novidades. — Ela procura entre os volumes. — Ah, aqui está. Os registros da cidade de 1861. É o ano em que Brodie's Watch foi construída.

— Na verdade, Sra. Dickens, a nossa pergunta é sobre algo que aconteceu mais recentemente.

— Há quanto tempo?

— Cerca de vinte anos, de acordo com Ned Haskell.

— Ned? — Assustada, ela se vira e franze a testa para mim. — Ai, meu deus...

— Imagino que a senhora já tenha ouvido as notícias sobre ele.

— Eu ouvi o que as pessoas andam dizendo. Mas cresci nessa cidade, então aprendi a ignorar metade do que ouço.

— Então a senhora não acredita que ele...

— Não vejo sentido em especular. — Ela coloca o livro antigo de volta na estante e bate as mãos para tirar a poeira delas. — Se a sua pergunta é sobre algo que aconteceu há apenas vinte anos, não vamos ter nenhum registro aqui. É melhor procurarem no *Tucker Cove Weekly*. Eles têm arquivos de pelo menos cinquenta anos, e acho que grande parte está digitalizada.

— Já procurei nos arquivos deles por qualquer artigo que mencionasse Brodie's Watch, mas não encontrei nada sobre o acidente — diz Maeve.

— Acidente? — A Sra. Dickens olha para nós duas. — Uma coisa dessas pode nem ter chegado a ser notícia.

— Mas deveria, considerando que uma garota de 15 anos morreu — digo.

A Sra. Dickens leva a mão à boca. Por um instante, ela não diz nada, apenas me encara.

— Ned me disse que aconteceu em uma noite de Halloween — continuo. — Ele disse que um grupo de adolescentes invadiu a casa vazia e que talvez tivesse bebida alcoólica envolvida. Uma das meninas foi até o miradouro e, de alguma forma, caiu. Não lembro o nome dela, mas achei que, se a senhora se lembrasse do incidente e em que ano foi, talvez a gente pudesse descobrir mais detalhes.

— Jessie — diz a Sra. Dickens baixinho.

— A senhora lembra o nome dela?

Ela assente com a cabeça.

— Jessie Inman. Ela estudava com a minha sobrinha. Uma garota muito bonita, mas tinha um lado selvagem. — Ela respira fundo. — Acho melhor me sentar.

Fico alarmada ao ver como ela parece pálida, e, enquanto Maeve a segura pelo braço, corro pela sala para buscar uma das cadeiras antigas. Por mais cambaleante que esteja, a Sra. Dickens não se esquece das suas responsabilidades como guia do museu e olha consternada para o assento de veludo surrado.

— Ah, não, essa cadeira é proibida. Ninguém pode se sentar nela.

— Não tem ninguém aqui para reclamar, Sra. Dickens — digo gentilmente. — E a gente não vai contar a ninguém.

Ela força um leve sorriso enquanto se acomoda na cadeira.

— Eu tento seguir as regras.

— Tenho certeza que sim.

— Assim como a mãe de Jessie. Por isso foi um choque tão grande para ela quando ficou sabendo o que a Jessie tinha feito naquela noite. Eles não estavam só invadindo a casa. Aqueles adolescentes na verdade quebraram uma janela para entrar e provavelmente fazer o que quer que adolescentes cheios de hormônios fazem.

— A senhora disse que ela era uma garota bonita. Como ela era? — pergunta Maeve.

A Sra. Dickens balança a cabeça, confusa diante da pergunta.

— Isso importa?

— Qual era a cor dos cabelos dela?

Fico esperando que ela nos diga que os cabelos da garota eram pretos e me surpreendo com a resposta.

— Ela era loira — diz a Sra. Dickens. — Como a mãe dela, Michelle.

E diferente de mim. Diferente de todas as outras mulheres que morreram em Brodie's Watch.

— A senhora conhecia bem a mãe dela? — pergunto.

— Michelle frequentava a minha igreja. Era voluntária na escola. Ela fazia tudo que uma mãe deve fazer, mesmo assim não conseguiu evitar que a filha cometesse um erro *idiota*. Ela morreu alguns anos depois de Jessie. Disseram que foi câncer, mas acho que o que realmente a matou foi perder a filha.

Maeve olha para mim.

— Estou surpresa que um acidente como esse não tenha sido noticiado no jornal local. Não encontrei nada sobre a morte de uma adolescente em Brodie's Watch.

— Nenhuma notícia foi publicada — diz a Sra. Dickens.

— Por que não?

— Por causa das outras crianças. Seis adolescentes das famílias mais importantes da cidade. Você acha que essas famílias iam querer que todos soubessem que os seus adorados filhos quebraram uma janela e invadiram uma casa? Que fizeram deus sabe o que lá dentro? A morte de Jessie foi uma tragédia, mas por que acrescentar vergonha ao caso? Acho que foi por isso que o editor concordou em não publicar o nome dos envolvidos nem os detalhes. Tenho certeza de que foram tomadas providências para reparar qualquer dano que tenha sido feito à casa, o que satisfez o proprietário, o Sr. Sherbrooke. A única coisa que apareceu no jornal foi o obituário de Jessie, e dizia apenas que ela morreu de uma queda acidental na noite de Halloween. Poucas pessoas chegaram a saber a verdade.

— Então foi por isso que a morte dela não apareceu na minha pesquisa nos arquivos. O que me faz pensar em quantas outras mulheres morreram naquela casa sobre as quais não temos conhecimento — diz Maeve.

A Sra. Dickens franze a testa para ela.

— Houve outras?

— Encontrei o nome de pelo menos quatro outras mulheres. E agora a senhora nos contou sobre Jessie.

— O que dá um total de cinco — murmura a Sra. Dickens.

— Sim, cinco. Todas mulheres.

— Por que vocês estão fazendo todas essas perguntas? Por que estão interessadas nisso?

— É para o livro que estou escrevendo — explico. — Brodie's Watch desempenha um papel importante no meu livro, e quero incluir um pouco da história da casa.

— Esse é o único motivo? — pergunta a Sra. Dickens baixinho.

Por um instante, não digo nada. Ela não me pressiona por uma resposta, mas pelo jeito como me observa sei que já adivinhou o verdadeiro motivo das minhas perguntas.

— Coisas aconteceram na casa — respondo por fim.

— Que coisas?

— Elas me fazem pensar se a casa pode ser... — dou uma risada tímida — assombrada.

— O capitão Brodie — murmura a Sra. Dickens. — Você o viu?

Maeve e eu nos entreolhamos.

— A senhora já ouviu falar do fantasma? — pergunta Maeve.

— Todo mundo que cresceu nessa cidade conhece as histórias. Sobre como o fantasma de Jeremiah Brodie permanece naquela casa. As pessoas afirmam tê-lo visto de pé no miradouro. Ou olhando pela janela da torre. Quando era criança, eu adorava ouvir essas histórias, mas nunca acreditei nelas. Achava que eram só uma coisa que os nossos pais contavam para nos manter longe daquele lugar caindo aos pedaços. — Ela me lança um olhar de desculpas. — Isso foi antes de você se mudar para lá, é claro, quando estava *mesmo* caindo aos pedaços. Janelas quebradas, varanda podre. Morcegos, ratos e qualquer outra praga que vivesse lá dentro.

— Os ratos ainda estão lá — admito.

Ela abre um sorriso tímido.

— E sempre vão estar.

— Como a senhora cresceu nessa cidade, deve se lembrar de Aurora Sherbrooke — diz Maeve. — Ela morava em Brodie's Watch.

— Eu sabia quem ela era, mas não a conhecia. Acho que poucas pessoas a conheciam de verdade. De tempos em tempos ela vinha à cidade para comprar mantimentos, mas essas eram as únicas ocasiões em que alguém a via. O resto do tempo, ela ficava lá no alto daquela colina, completamente sozinha.

Com ele. Ele era a única companhia necessária. Dava a ela o que ela precisava, assim como me dá o que preciso, seja o conforto de um abraço, sejam os prazeres sombrios da torre. Aurora Sherbrooke não teria compartilhado esse detalhe com ninguém.

Nem eu.

— Depois da sua morte, não me lembro de nenhuma questão ter sido levantada sobre como ela morreu — disse a Sra. Dickens. — A única coisa que lembro é que ela já estava morta havia alguns dias quando o sobrinho a encontrou. — Ela faz careta. — Deve ter sido uma visão horrível.

— O sobrinho dela é Arthur Sherbrooke — digo a Maeve. — Ele ainda é o proprietário de Brodie's Watch.

— E até hoje não conseguiu se livrar da casa — diz a Sra. Dickens. — É uma bela propriedade, mas a casa sempre teve má reputação. O fato de o corpo da tia dele ter ficado lá por dias, em decomposição. E teve o acidente de Jessie. Quando a tia dele morreu, a casa já estava caindo aos pedaços. Tenho certeza de que ele tem esperança de, depois de todas as reformas, finalmente encontrar um comprador.

— Talvez ele devesse simplesmente ter queimado tudo — comenta Maeve.

— Algumas pessoas na cidade sugeriram isso, mas Brodie's Watch tem importância histórica. Seria uma pena pensar em uma casa daquelas em chamas.

Imagino aqueles cômodos enormes consumidos pelo fogo, a torre iluminada como uma tocha enquanto cento e cinquenta anos de história são reduzidos a cinzas. Quando uma casa é destruída, o que acontece com os espíritos que a habitavam? O que aconteceria com o capitão?

— Brodie's Watch merece ser amada — digo. — Merece ser cuidada. Se tivesse dinheiro, eu a compraria.

Maeve balança a cabeça.

— Você não quer ser proprietária daquela casa, Ava. Você não conhece bem o bastante a história dela.

— Então vou perguntar a alguém que talvez conheça. O proprietário, Arthur Sherbrooke.

Brodie's Watch se ergue escura e silenciosa enquanto o crepúsculo dá lugar à noite. Saio do carro e fico parada diante da casa, olhando para janelas que me encaram como olhos pretos vidrados. Penso na primeira vez que vi Brodie's Watch e no calafrio que senti, como se a casa estivesse avisando que não me aproximasse. Não sinto um calafrio como aquele agora. Em vez disso, vejo a minha casa me dando boas-vindas de volta. Vejo o lugar que tem me abrigado e confortado nas últimas semanas. Sei que deveria estar perturbada com o que aconteceu às mulheres que viveram aqui antes de mim. "A casa das mulheres mortas", é como Maeve a chama, me aconselhando a fazer as malas e ir embora. Foi o que Charlotte Nielson fez, mas acabou morta de qualquer maneira, nas mãos de um assassino de carne e osso que tirou a sua vida e jogou o seu corpo no mar.

Talvez, se tivesse ficado em Brodie's Watch, ela ainda estivesse viva.

Entro e respiro os aromas familiares da casa.

— Capitão Brodie? — chamo.

Não espero uma resposta e ouço apenas o silêncio, mas sinto a presença dele ao meu redor, nas sombras, no ar que respiro. Penso nas palavras que ele sussurrou certa vez: "Sob o meu teto, nenhum mal vai acontecer a você." Será que ele sussurrou essas mesmas palavras para Aurora Sherbrooke e Margaret Gordon, Violet Theriault e Eugenia Hollander?

Na cozinha, dou comida a Hannibal e pego uma panela com sobras de ensopado de peixe da geladeira. Enquanto o ensopado esquenta no fogão, me sento diante do computador para verificar os e-mails. Além de uma mensagem de Simon, que *adorou* os últimos três capítulos de *A mesa do capitão* (viva!), há e-mails da Amazon ("Novos títulos pelos quais você pode se interessar") e da Williams Sonoma ("Comece a cozinhar com nossos mais novos utensílios"). Rolo a tela para baixo e paro ao ver um e-mail que me deixa imóvel.

É de Lucy. Não abro, mas não consigo deixar de ver o que está escrito no assunto: "Estou com saudades. Me ligue." Palavras inofensivas, mas que soam como um grito de acusação. Basta fechar os olhos e mais uma vez ouço os champanhes estourando. Os gritos de "Feliz Ano-Novo!". O barulho do carro de Nick se afastando do meio-fio.

E me lembro da sequência de eventos. Os longos dias sentada com Lucy no quarto de hospital de Nick, vendo o corpo dele em coma definhar e ficar em posição fetal. Eu me lembro da sensação terrível de alívio que senti no dia em que ele morreu. Sou a única pessoa viva que sabe o segredo agora, um segredo que mantenho trancafiado e escondido, mas que está sempre lá, me devorando por dentro como um câncer.

Fecho o laptop e o afasto. Assim como afastei Lucy, porque não consigo encará-la.

Fico sentada sozinha nessa casa na colina. Se eu morresse essa noite, como aconteceu com Aurora Sherbrooke, quem me encontraria? Olho para baixo, para Hannibal, que já terminou de comer e agora está lambendo as patas, e me pergunto quanto tempo ele demoraria para começar a me devorar. Não que eu fosse culpá-lo. Gatos fazem o que gatos têm que fazer, e comer é a especialidade de Hannibal.

O ensopado de frutos do mar está borbulhando no fogão, mas perdi o apetite. Apago o fogo e pego uma garrafa de *zinfandel*. Essa noite preciso de consolo líquido, a garrafa já está aberta, e anseio pela acidez dos taninos e do álcool na minha língua. Sirvo uma quantidade generosa em uma taça e, ao levá-la aos lábios, avisto a lixeira de material reciclável no canto.

Está transbordando de garrafas de vinho vazias.

Pouso a taça na mesa. O meu desejo continua intenso, mas aquelas garrafas contam a triste história de uma mulher que mora sozinha com o gato, compra caixas de vinho e se embebeda toda noite apenas para cair no sono. Tenho tentado afogar a culpa, mas álcool é apenas uma solução temporária que destrói o fígado e envenena o cérebro. Ele me faz questionar o que é real e o que é fantasia. O meu amante perfeito existe de fato ou não passa da ilusão de uma alcoólatra?

É hora de saber a verdade.

Despejo o vinho da taça na pia e subo as escadas, totalmente sóbria, para dormir.

23

Ao meio-dia do dia seguinte, estou no meu carro, dirigindo para o sul em direção a Cape Elizabeth, onde mora Arthur Sherbrooke. Ele é o único parente vivo da falecida Aurora Sherbrooke e a pessoa que provavelmente melhor a conhecia — se é que alguém a conhecia de verdade. Quantas pessoas, afinal, realmente *me* conhecem? Nem mesmo a minha própria irmã, a pessoa que mais amo, a pessoa de quem sou mais próxima, sabe quem eu sou ou do que sou capaz. Guardamos os nossos segredos mais sombrios para nós mesmos. Nós os escondemos, acima de tudo, daqueles que mais amamos.

Agarro o volante e olho para a estrada à frente, ansiosa para me concentrar em outra coisa, qualquer outra coisa, que não seja Lucy. A história de Brodie's Watch tem sido uma bem-vinda distração, um mergulho na toca do coelho que me faz investigar cada vez mais a fundo a vida e a morte de pessoas que nunca conheci. Será que o destino dessas pessoas é um prenúncio do meu? Como Eugenia e

Violet, Margaret e Aurora, será que vou encontrar a morte sob o teto do capitão Brodie?

Já estive em Cape Elizabeth uma vez, quando passei o fim de semana na casa de um colega de faculdade, e me lembro de belas casas e gramados bem-cuidados se estendendo até o mar, um lugar que me fez pensar que, se um dia eu ganhasse na loteria, era lá que ia passar o resto da vida. Uma estrada arborizada leva até um par de pilares de pedra onde há uma placa de bronze com o endereço de Arthur Sherbrooke. Não há nenhum portão barrando a entrada, então dirijo por uma estrada que serpenteia em direção a um pântano salgado, onde há uma casa de concreto e vidro fria e moderna com vista para os juncos. A casa parece mais um museu de arte que uma residência, com degraus de pedra que atravessam um jardim japonês até a porta da frente. Lá, a escultura de madeira de um feroz demônio indonésio monta guarda — não é a visão mais amigável com a qual receber um convidado.

Toco a campainha.

Pela janela, vejo movimento, e o vidro martelado faz a figura que se aproxima parecer um alienígena espichado. A porta se abre e o homem que surge é de fato alto e magrelo, com olhos cinzentos e frios. Embora tenha setenta e poucos anos, Arthur Sherbrooke parece tão em forma quanto um corredor de longa distância e tem mente afiada.

— Sr. Sherbrooke?

— Professor Sherbrooke.

— Ah, desculpe. *Professor* Sherbrooke. Eu sou Ava Collette. Obrigada por me receber.

— Então, você está escrevendo um livro que também trata de Brodie's Watch — diz ele quando entro no vestíbulo.

— Sim, e tenho muitas perguntas a respeito da casa.

— Tem interesse em comprá-la? — interrompe ele.

— Acho que não tenho dinheiro para isso.

— Se conhecer alguém que tenha, gostaria de me desfazer daquele lugar. — Ele faz uma pausa, então acrescenta: — Mas não quero ter prejuízo.

Eu o sigo por um corredor de ladrilhos pretos até a sala de estar, onde janelas do chão ao teto dão para o pântano salgado. Há um telescópio armado e um par de binóculos da Leica na mesa de centro. Pela janela, vejo uma águia-careca passar voando, seguida por três corvos no encalço dela.

— Esses corvos são uns desgraçados destemidos — comenta ele. — Perseguem qualquer coisa que invada o espaço aéreo deles. Venho estudando essa família de corvídeos em particular há dez gerações, e eles parecem ficar mais inteligentes a cada ano.

— O senhor é professor de ornitologia?

— Não, sou apenas um observador de pássaros de longa data. — Ele acena para o sofá, uma ordem arrogante para que eu me sente.

Como tudo mais na sala, o sofá é friamente minimalista, estofado com um couro cinza que parece mais proibitivo que convidativo. Eu me sento diante de uma mesa de centro de vidro sobre a qual não há nem ao menos uma única revista. Todo o foco da sala é a janela e a vista do pântano salgado.

Ele não oferece café nem chá, simplesmente se senta em uma poltrona e cruza as pernas de cegonha.

— Eu era professor de economia no Bowdoin College — diz. — Faz três anos que me aposentei e, ironicamente, ando mais ocupado que nunca. Viajando, escrevendo artigos.

— Sobre economia?

— Corvídeos. Corvos e gralhas. O meu hobby se tornou uma espécie de segunda carreira. — Ele inclina a cabeça em um movimento perturbadoramente semelhante ao de uma ave. — Você disse que tinha perguntas sobre a casa?

— Sobre a história dela e as pessoas que viveram lá ao longo dos anos.

— Eu pesquisei um pouco sobre o assunto, mas estou longe de ser especialista — diz ele com um modesto dar de ombros. — Posso lhe dizer que a casa foi construída em 1861 pelo capitão Jeremiah T. Brodie. Ele morreu no mar mais de uma década depois. A propriedade então passou por várias famílias até chegar a mim, há pouco mais de trinta anos.

— Fui informada de que o senhor herdou a casa da sua tia Aurora.

— Sim. Diga-me novamente como essas perguntas são relevantes para esse livro que está escrevendo.

— O título do meu livro é *A mesa do capitão*. É sobre a culinária tradicional da Nova Inglaterra e as refeições que podem ter sido servidas na casa de famílias de homens do mar. O meu editor acha que Brodie's Watch e o próprio capitão Brodie podem ser o ponto central do projeto. Isso daria ao livro um contexto e uma atmosfera mais autênticos.

Satisfeito com a minha explicação, ele se acomoda na poltrona.

— Muito bem. Há algo específico que gostaria de saber?

— Me conte sobre a sua tia, sobre a experiência dela de viver lá.

Ele suspira, como se esse fosse um assunto que preferisse evitar.

— Tia Aurora viveu lá a maior parte da vida. Na verdade, ela morreu naquela casa, o que talvez seja uma das razões por que não consigo me livrar dela. Nada diminui tanto o valor de revenda de uma casa como uma morte. As pessoas e as suas superstições ridículas.

— O senhor vem tentando vender a casa durante todos esses anos?

— Eu era o único herdeiro dela, então acabei ficando com aquele elefante branco. Depois que ela morreu, eu a coloquei no mercado por alguns anos, mas as ofertas eram um insulto. Todo mundo parecia achar algo de errado com o lugar. Muito velha, muito fria, carma ruim. Se pelo menos eu pudesse ter demolido aquela casa caindo aos pedaços. Com aquela vista para o mar, seria um local incrível para construir.

— E por que simplesmente não a derrubou?

— Era uma condição do testamento. A casa tinha que permanecer de pé ou a herança iria para... — Ele faz uma pausa e desvia o olhar.

Então há uma herança. É claro que devia haver dinheiro de família. De que outra forma um mero professor universitário poderia pagar por aquela propriedade multimilionária em Cape Elizabeth? Aurora Sherbrooke deixou para o sobrinho uma fortuna e um fardo quando ele herdou Brodie's Watch.

— A minha tia tinha dinheiro suficiente para morar em qualquer lugar: Paris, Londres, Nova York. Mas não, ela escolheu passar a maior parte da vida naquela casa. Todo verão, depois que fiz 17 anos, eu ia respeitosamente visitá-la, nem que fosse apenas para lembrá-la de que tinha um parente de sangue, mas ela nunca parecia se alegrar com as minhas visitas. Era quase como se eu estivesse invadindo a sua privacidade. Um intruso perturbando a vida dela.

A vida deles. Dela e do capitão.

— E eu nunca gostei daquela casa.

— Por que não? — pergunto.

— Está sempre frio lá dentro. Você não tem essa sensação? Mesmo nos dias mais quentes de agosto, eu nunca conseguia me aquecer. Acho que nunca tirava o suéter. Eu podia passar o dia suando na praia, mas, assim que voltava para dentro de casa, era como entrar em um freezer.

Porque ele não o queria lá. Penso na primeira vez que pisei em Brodie's Watch e no arrepio inicial que senti, como se tivesse adentrado uma névoa invernal. E então, em um instante, o frio desapareceu, como se a casa tivesse decidido que aquele era o meu lugar.

— Eu queria parar de visitá-la — continua ele. — Implorei à minha mãe que não me fizesse voltar. Especialmente depois do incidente.

— Que incidente?

— Aquela maldita casa tentou me matar. — Diante da minha expressão assustada, ele dá uma risada tímida. — Bem, foi o que pareceu na época. Sabe o lustre que agora está pendurado no vestíbulo? Não é original. O lustre original era de cristal, importado da França. Se eu estivesse apenas mais cinco centímetros para a direita, aquela coisa teria esmagado a minha cabeça.

Fico olhando para ele.

— O lustre caiu?

— Assim que entrei pela porta, ele despencou. Foi só um acidente bizarro, é claro, mas me lembro do que a minha tia disse depois do que aconteceu: "Talvez você não deva vir mais. Só por precaução." O que diabos ela quis dizer com isso?

Eu sei exatamente o que ela quis dizer, mas não digo uma palavra.

— Depois de quase ser morto lá, eu queria manter distância, mas a minha mãe insistia para que eu continuasse voltando.

— Por quê?

— Para manter as ligações familiares. O meu pai estava à beira da falência. O marido de tia Aurora deixou mais dinheiro do que ela seria capaz de gastar em uma vida inteira. A minha mãe tinha esperança... — Ele se interrompe.

Então foi por isso que o fantasma não aprovou Arthur Sherbrooke. Assim que esse homem entrou pela porta, o capitão soube os seus verdadeiros motivos. Não era a devoção pela tia Aurora que levava Sherbrooke a Brodie's Watch todo verão; era ganância.

— A minha tia não tinha filhos e, depois que o marido dela morreu, ela nunca mais se casou. Certamente não precisava.

— Por amor, talvez?

— O que eu quis dizer é que ela não precisava ser sustentada financeiramente por homem nenhum. E havia sempre o risco de um oportunista se aproveitar dela.

Como você tentou.

— Mesmo sem o dinheiro, tenho certeza de que vários homens devem ter se interessado por ela. A sua tia era uma mulher muito bonita.

— Você viu a foto dela?

— Durante a minha pesquisa sobre os ocupantes anteriores da casa, encontrei uma foto da sua tia em uma coluna social. Aparentemente, ela era uma moça bem popular quando jovem.

— Era? Nunca a considerei bonita, mas não a conheci quando ela era jovem. Só me lembro dela como a excêntrica tia Aurora, vagando por aquela casa no meio da noite.

— Vagando? Por quê?

— Como vou saber? Enquanto estava na cama, eu a ouvia subindo a escada da torre. Não faço ideia do que a atraía lá para cima, porque não havia nada lá, só um cômodo vazio. O miradouro já estava começando a apodrecer e uma das janelas estava quebrada. Ned Haskell costumava trabalhar para ela como faz-tudo, realizando reparos, mas ela dispensou todos os funcionários. Não queria ninguém na sua casa. — Ele faz uma pausa. — E por isso o corpo só foi encontrado dias depois que ela morreu.

— Ouvi dizer que foi o senhor quem encontrou o corpo dela.

Ele acena com a cabeça.

— Eu fui até Tucker Cove para a minha visita anual. Tentei ligar para ela antes da viagem, mas ela não atendeu o telefone. Assim que entrei na casa, senti o cheiro. Era verão e as moscas estavam... — Ele para. — Desculpe. É uma lembrança desagradável demais.

— O que você acha que aconteceu com ela?

— Acho que foi algum tipo de derrame. Ou um ataque cardíaco. O médico local concluiu que foi morte natural, isso é tudo que sei. Subir os degraus da torre talvez tenha sido demais para ela.

— Por que o senhor acha que ela continuava indo até a torre?

— Não faço ideia. Era só uma sala vazia com uma janela quebrada.

— E uma alcova escondida.

— Sim, fiquei bastante surpreso quando Ned me disse que tinha encontrado aquela alcova. Não faço ideia de quando foi bloqueada nem por quê, mas tenho certeza de que não foi a minha tia quem fez aquilo. Afinal de contas, ela não se preocupava com a manutenção do lugar. Quando a herdei, a casa já estava em péssimo estado. Depois aqueles adolescentes a invadiram e *realmente* destruíram o lugar.

— Isso foi na noite de Halloween? A noite em que a garota caiu?

Ele assente.

— Mas, mesmo antes de aquela garota morrer, a casa já tinha a reputação de ser mal-assombrada. A minha tia costumava me assustar com histórias do fantasma do capitão Brodie. Provavelmente para que eu não a visitasse com tanta frequência.

Entendo perfeitamente por que a tia quis mantê-lo afastado. Não consigo imaginar um hóspede mais irritante.

— O pior de tudo foi que ela espalhou pela cidade que a casa era mal-assombrada. Dizia ao jardineiro e à faxineira que o fantasma estava observando e, se roubassem alguma coisa, ele saberia. Depois que aquela garota idiota caiu do miradouro, o maldito lugar se tornou invendável. Os termos do testamento da minha tia me proibiam de demolir a casa, então eu poderia deixá-la apodrecer lentamente ou reformá-la para alugar. — Ele me encara. — Tem certeza de que não tem dinheiro para comprá-la? Você parece uma inquilina bastante satisfeita. Ao contrário da mulher antes de você.

Demoro um pouco para registrar o significado do que ele acabou de dizer.

— Está se referindo a Charlotte Nielson? O senhor a conheceu?

— Ela também veio me ver. Achei que talvez quisesse comprar a casa, mas não, ela fez perguntas sobre a história do lugar. Quem tinha vivido lá e o que tinha acontecido a essas pessoas.

Um arrepio de repente percorre os meus braços. Penso em Charlotte, uma mulher que nunca conheci, sentada ali na sala, provavelmente naquele mesmo sofá, tendo a mesma conversa com o professor Sherbrooke. Além de morar na mesma casa que ela, estou seguindo tão de perto os seus passos que poderia ser o fantasma de Charlotte revivendo os últimos dias na Terra.

— Ela não gostava de morar lá? — pergunto.

— Ela disse que a casa a deixava inquieta. Tinha a sensação de que alguma coisa a estava observando e queria pendurar cortinas no quarto. É difícil acreditar que uma mulher tão nervosa pudesse ser professora.

— *Alguma coisa* a estava observando? Foram essas as palavras que ela usou?

— Provavelmente porque tinha ouvido falar do suposto fantasma, então é claro que toda tábua que rangia no chão tinha que ser *ele*. Não fiquei surpreso quando soube que ela deixou a casa abruptamente.

— No fim das contas, Charlotte tinha todos os motivos para estar inquieta. Imagino que tenha ficado sabendo do assassinato dela.

Ele encolhe os ombros de forma irritantemente despreocupada.

— Sim. Foi lamentável.

— E ficou sabendo quem é o principal suspeito? O homem que *o senhor* contratou para trabalhar na casa.

— Eu conheço Ned há décadas, me encontrava com ele todo verão quando visitava a minha tia, e nunca vi razão para não confiar nele. Foi o que eu disse a Charlotte.

— Ela expressou alguma inquietação em relação a ele?

— Tudo a inquietava, não apenas Ned. O isolamento. A falta de cortinas. Até a cidade. Ela não a considerava particularmente acolhedora com pessoas de fora.

Penso nas minhas experiências em Tucker Cove. Eu me lembro das fofoqueiras no mercadinho e na frieza profissional de Donna Branca. Penso em Jessie Inman e em como as circunstâncias da morte dela foram omitidas pelo jornal local. E penso em Charlotte, cujo desaparecimento nunca levantou uma suspeita sequer até que comecei a fazer perguntas. Para o visitante casual, Tucker Cove parece singular e pitoresca, mas também é uma cidadezinha que guarda os seus segredos e protege os seus.

— Espero que nada disso a desencoraje de ficar — diz ele. — Você *vai* ficar, não vai?

— Não sei.

— Bem, pelo aluguel que está pagando, não vai encontrar nada como Brodie's Watch. É uma casa grande em uma cidadezinha popular.

É também uma casa cheia de segredos em uma cidadezinha cheia de segredos. Mas todos temos segredos. E os meus estão enterrados mais fundo que qualquer outro.

24

A sala de espera está vazia quando chego ao consultório de Ben, no fim da tarde. A secretária, Viletta, sorri para mim da bancada e abre a divisória de vidro.

— Oi, Ava. Como vai o braço? — pergunta ela.

— Está completamente curado, graças ao Dr. Gordon.

— Sabe, gatos são portadores de muitas doenças, é por isso que prefiro canários. — Ela semicerra os olhos para verificar a agenda. — O Dr. Gordon estava esperando você hoje? Porque não estou vendo o seu nome na agenda.

— Eu não tenho hora marcada. Esperava que ele tivesse um minuto livre para me receber.

A porta se abre e Ben enfia a cabeça na recepção.

— Eu pensei ter ouvido a sua voz! Venha até o meu consultório. Já terminei por hoje, estava só finalizando uns laudos laboratoriais.

Sigo Ben pelo corredor, passando pelas salas de exame, até o consultório. Nunca estive no consultório dele, e, enquanto ele pendura o jaleco branco e se senta do outro lado da mesa de carvalho, examino os diplomas emoldurados e as fotos do pai e do avô, a geração anterior de Drs. Gordon com seus jalecos e estetoscópios. Há uma pintura a óleo de Ben também, sem moldura, como se fosse apenas uma decoração temporária sendo testada na parede. Reconheço a paisagem, porque vi aquela saliência rochosa em outras de suas pinturas.

— É a mesma praia que você pintou antes, não é?

Ele assente.

— Muito observadora. Sim, eu gosto dessa praia. É tranquila e reservada e não há ninguém por perto para me incomodar enquanto pinto. — Ele coloca a pilha de resultados de exames na bandeja de saída e volta toda a atenção para mim. — Então o que posso fazer por você hoje? O seu gato feroz te atacou de novo?

— Não vim aqui para falar de mim. Vim falar sobre uma coisa que aconteceu anos atrás. Você cresceu nessa cidadezinha, certo?

Ele sorri.

— Eu nasci aqui.

— Então conhece a história da cidade.

— A história recente, pelo menos. — Ele ri. — Não sou tão velho, Ava.

— Mas tem idade suficiente para se lembrar de uma mulher chamada Aurora Sherbrooke?

— Apenas vagamente. Eu ainda era criança quando ela morreu. Isso deve ter sido...

— Trinta e três anos atrás. Quando o seu pai era o médico da cidade. Ele era o médico *dela*?

Ele me estuda por um instante, franzindo a testa.

— Por que você quer saber de Aurora Sherbrooke?

— É para o livro que estou escrevendo. Brodie's Watch está se transformando em uma parte importante dele, e quero conhecer a história da casa.

— Mas como ela entra no livro?

— Ela morou naquela casa. Morreu naquela casa. É parte da história do lugar.

— É mesmo por isso que está querendo saber sobre ela?

A pergunta dele, feita de forma tão suave, faz com que me cale. Eu me concentro nas pilhas de resultados de exames e prontuários de pacientes na mesa. Ele é um homem com formação científica, um homem que lida com fatos, e sei como vai reagir se eu contar o motivo por trás das minhas perguntas.

— Deixa pra lá. Não é nada importante.

Eu me levanto para sair.

— Ava, espere. Tudo o que você tem a dizer é importante para mim.

— Mesmo que seja completamente não científico? — Eu me viro para encará-lo. — Mesmo que pareça superstição?

— Desculpe. — Ele suspira. — A gente pode recomeçar essa conversa? Você perguntou sobre Aurora Sherbrooke e se o meu pai era o médico dela. E a resposta é sim, ele era.

— Ainda tem os registros médicos dela?

— Não de uma paciente morta há tanto tempo.

— Eu sabia que era improvável, mas não custava perguntar. Obrigada.

Mais uma vez, me viro para sair.

— Isso não tem a ver com o seu livro, tem?

Paro na porta, querendo revelar a verdade, mas com medo de como ele vai reagir.

— Eu falei com Arthur Sherbrooke. Fui falar com ele sobre a tia, e ele me disse que ela tinha visto coisas na casa. Coisas que a fizeram acreditar...

— Acreditar no quê?

— Que o capitão Brodie ainda está lá.

A expressão de Ben não muda.

— Estamos falando de um fantasma? — pergunta ele calmamente, adotando o tom que uma pessoa usaria para acalmar pacientes com distúrbios mentais.

— Sim.

— O fantasma do capitão Brodie.

— Aurora Sherbrooke acreditava que ele existia. Foi o que disse ao sobrinho.

— Ele também acredita nesse fantasma?

— Não. Mas eu acredito.

— Por quê?

— Porque eu o vi, Ben. Eu vi Jeremiah Brodie.

A expressão dele continua indecifrável. Será que isso é algo que ensinam na faculdade de medicina, como manter uma expressão impassível, de forma que os pacientes não consigam saber o que você realmente pensa deles?

— O meu pai também o viu — diz Ben calmamente.

Eu o encaro.

— Quando?

— No dia em que a encontraram. O meu pai foi chamado para examinar o corpo. É por isso que me lembro do nome dela. Porque o ouvi falar sobre isso com a minha mãe.

Olho de relance para a foto do pai de Ben na parede, tão distinto no jaleco branco. Um homem que não parecia inclinado a fantasias.

— O que ele disse?

— Ele disse que a mulher estava caída no chão da torre, de camisola. Ele soube que ela estava morta havia algum tempo por causa do cheiro e das... moscas. — Ele faz uma pausa, percebendo que é melhor deixar alguns detalhes de fora. — O sobrinho dela e os policiais tinham descido, então o meu pai estava sozinho lá em cima, examinando o corpo. E pelo canto do olho viu algo se mexer. No miradouro.

— Foi lá que o vi pela primeira vez — murmuro.

— O meu pai se virou e lá estava ele. Um homem alto, de cabelos pretos, vestindo um casaco preto de marinheiro. No instante seguinte, o homem tinha desaparecido. O meu pai tinha certeza do que tinha visto, mas nunca revelou nada a ninguém, a não ser à minha mãe e a mim. Ele não queria que as pessoas pensassem que o médico da cidade tinha enlouquecido. E, para ser sincero, nunca acreditei de verdade nessa história. Sempre achei que podia ter sido uma ilusão ou um reflexo na janela. Ou talvez ele só estivesse exausto depois de atender a tantas chamadas noturnas. Eu já tinha quase me esquecido dessa história. — Ben olha para mim. — Mas agora descubro que você também o viu.

— Não é ilusão, Ben. Eu vi o fantasma mais de uma vez. Eu *falei* com ele. — Diante do seu olhar perplexo, me arrependo de ter compartilhado esse detalhe. Certamente não vou contar a ele tudo o mais que aconteceu entre mim e Brodie. — Eu sei que é difícil para você acreditar. Para *mim* é difícil acreditar.

— Mas eu quero acreditar, Ava. Quem não gostaria de acreditar que existe vida após a morte, que existe algo além da morte? Mas onde estão as evidências? Ninguém pode provar que tem um fantasma naquela casa.

Pego o meu celular.

— Eu conheço uma pessoa que talvez possa.

25

Ben pode ser cético, mas fica curioso o suficiente para estar na minha casa no sábado à tarde, quando Maeve chega com sua equipe de caçadores de fantasmas.

— Esses são Todd e Evan, que vão cuidar dos aspectos técnicos essa noite — explica ela, apresentando os dois jovens corpulentos que descarregam equipamento fotográfico de uma van branca. São dois irmãos com uma barba ruiva idêntica e tão parecidos que só consigo distingui-los pela camiseta. A de Evan é de *Star Wars*, a de Todd, de *Alien*. Fico surpresa que nenhum dos dois esteja usando uma camiseta de *Os caça-fantasmas*.

Um Volkswagen se aproxima e estaciona atrás da van branca.

— E aquela é Kim, a sensitiva da nossa equipe — diz Maeve.

Do carro sai uma loira magra feito um palito, com bochechas tão encovadas que me pergunto se ela teve alguma doença recentemente. Ela dá alguns passos na nossa direção e de repente para, olhando para a casa. Fica imóvel por tanto tempo que Ben finalmente pergunta:

— O que está acontecendo com ela?

— Ela está bem — responde Maeve. — Provavelmente está só tentando sentir o lugar e detectar alguma vibração.

— Antes de descarregar tudo, a gente vai dar uma olhada na casa, fazer umas imagens para servir de referência — explica Todd. Ele já está filmando e move lentamente a câmera pela varanda, em seguida entra no vestíbulo. Ao olhar de relance para as sancas, ele diz: — Essa casa parece muito velha. Tem uma boa chance de ainda haver *alguma coisa* aqui.

— Tudo bem se eu der uma olhada no interior da casa? — pergunta Kim.

— Claro — respondo. — Fique à vontade.

Kim avança pelo corredor, seguida pelos dois irmãos, que continuam a filmar. Quando tem certeza de que eles não podem mais nos ouvir, Maeve se vira para Ben e para mim e confidencia:

— Não contei a Kim nenhum detalhe sobre a sua casa. Ela não sabe absolutamente nada a respeito do motivo de estarmos aqui, porque não quero influenciar as reações dela de nenhuma forma.

— Você disse que ela é a "sensitiva" da sua equipe — diz Ben. — O que isso significa exatamente? É algo como uma médium?

— Kim tem a capacidade de sentir as energias que permanecem em um cômodo e vai nos dizer quais áreas precisam de monitoramento especial. Ela tem sido incrivelmente precisa.

— E como exatamente alguém julga essa precisão?

Dessa vez, Ben não consegue disfarçar a dúvida na voz, mas Maeve sorri, imperturbável.

— A Ava me disse que você é médico, então tenho certeza de que isso soa como uma língua estrangeira. Mas sim, a gente consegue confirmar grande parte do que Kim diz. Mês passado, ela descreveu uma criança falecida em detalhes muito específicos. Só depois mostramos a ela a foto da criança, e ficamos admirados ao ver como cada detalhe correspondia à descrição que ela havia feito para nós. Tudo, até a gola de renda da camisa do menino. — Ela faz uma pausa, analisando o rosto de Ben. — Você tem dúvidas.

— Estou tentando manter a mente aberta.

— O que seria necessário para convencê-lo, Dr. Gordon?

— Talvez se eu mesmo visse um fantasma.

— Ah, mas algumas pessoas nunca veem. Elas simplesmente não conseguem. Então, o que podemos fazer para que mude de ideia que não seja o fantasma se materializar na sua frente?

— O que eu acredito realmente importa? Estou apenas curioso em relação ao processo e quis assistir.

Kim reaparece no vestíbulo.

— A gente gostaria de subir agora.

— Já sentiu alguma coisa? — pergunta Ben.

Kim não responde; em vez disso, simplesmente começa a subir as escadas com Todd e Evan atrás dela, as câmeras registrando tudo.

— Quantas dessas investigações você já fez? — pergunta Ben a Maeve.

— A gente já esteve em cerca de sessenta ou setenta locais, a maioria na Nova Inglaterra. Quando vivenciam fenômenos perturbadores, sejam apenas tábuas que rangem, sejam aparições de corpo inteiro, as pessoas não sabem a quem recorrer. Então, entram em contato com a gente.

— Com licença? — chama Evan do alto da escada. — Tem uma porta no fim do corredor. A gente pode olhar lá dentro?

— Vão em frente — respondo.

— A porta está trancada. Pode dar a chave?

— Não pode estar trancada.

Subo as escadas para o segundo andar, onde estão Kim e os colegas, diante da porta fechada da torre.

— O que tem por trás dessa porta? — pergunta Kim.

— É só uma escada. Ela nunca fica trancada. Eu nem sei onde está a chave.

Giro a maçaneta e a porta se abre.

— Ei, cara, eu *juro* que estava trancada — insiste Todd. Ele se vira para o irmão. — Você *viu*. Eu não consegui abrir essa coisa.

— É a umidade — sugere Ben, dando uma explicação lógica, como de costume. Ele se inclina para examinar o batente da porta. — No verão, a madeira tende a dilatar. As portas ficam emperradas.

— Nunca emperrou antes — digo.

— Bem, se isso *é* obra do seu fantasma, por que ele está tentando nos impedir de entrar na torre?

Todos olham para mim. Não respondo. Não quero responder.

Kim é a primeira a passar pela porta. Ela sobe apenas dois degraus e para abruptamente, a mão agarrada ao corrimão.

— O que houve? — pergunta Maeve.

Kim encara o alto da escada e diz baixinho:

— O que tem lá em cima?

— Só a torre — respondo.

Kim respira fundo. E dá mais um passo. Está claro que ela não quer subir, mas continua avançando escada acima. Enquanto sigo os outros, penso nas noites em que subi ansiosamente essas mesmas escadas com o capitão me levando pela mão. Eu me lembro das saias de seda farfalhando em torno das minhas pernas, da luz das velas bruxuleando acima e do meu coração batendo acelerado, na expectativa do que me aguardava por trás daquelas cortinas de veludo. Ben toca o meu braço e me encolho de surpresa.

— Eles estão fazendo um belo espetáculo — sussurra ele.

— Acho que ela realmente sente algo.

— Ou talvez eles apenas saibam como tornar tudo mais dramático. O que você sabe sobre essas pessoas, Ava? Realmente acredita nelas?

— A essa altura, estou pronta para recorrer a qualquer pessoa que possa me dar respostas.

— Mesmo que sejam impostores?

— A gente veio até aqui. Por favor, vamos só ouvi-los.

Subimos os últimos degraus da torre e observamos enquanto Kim anda até o centro da sala, onde para de repente. Ela ergue a cabeça como se estivesse ouvindo sussurros que vêm de trás da cortina que separa os vivos dos mortos. A câmera de Todd ainda está rodando e vejo a luz de gravação piscar.

Kim respira fundo e solta o ar. Lentamente, se vira para a janela e encara o miradouro.

— Algo terrível aconteceu aqui. Nessa sala — diz ela baixinho.

— O que você está vendo? — pergunta Maeve.

— Ainda não está claro para mim. É apenas um eco. Como as ondulações depois de uma pedra ser lançada na água. É um vestígio do que ela sentiu.

— Ela?

Maeve se vira para mim e sei que ambas estamos pensando em Aurora Sherbrooke, que morreu na torre. Quanto tempo ela terá ficado aqui, ainda viva? Será que gritou por ajuda, tentou se arrastar até as escadas? Quando uma pessoa mantém os amigos e a família distantes, quando se isola do mundo, esse é o castigo: morrer sozinha, sem que ninguém se dê conta, o corpo deixado para se decompor.

— Sinto o medo dela — sussurra Kim. — Ela sabe o que está prestes a acontecer, mas ninguém pode ajudá-la. Ninguém pode salvá-la. Ela está sozinha nessa sala. Com ele.

O capitão Brodie?

Kim se vira para nós, o rosto assustadoramente pálido.

— Há maldade aqui. Algo poderoso, algo perigoso. Não posso ficar nessa casa. Não *posso*. — Ela corre para a escada e ouvimos seus passos descendo em um rufar de pânico.

Lentamente, Todd abaixa a câmera do ombro.

— O que diabos aconteceu, Maeve?

Maeve balança a cabeça, perplexa.

— Não faço ideia.

* * *

Maeve está sentada à mesa da minha cozinha, a mão trêmula enquanto leva uma xícara de chá à boca e bebe um gole.

— Eu trabalho com Kim há anos e essa é a primeira vez que ela abandona um serviço. O que quer que tenha acontecido na torre, deve ter deixado vestígios poderosos. Mesmo que seja apenas uma assombração residual, as emoções ainda estão lá, presas naquele espaço.

— O que você quer dizer com assombração residual? — pergunta Ben. Ao contrário de todos os outros, ele parece indiferente ao que testemunhamos na torre e fica afastado de nós, encostado na bancada da cozinha. Como sempre, o observador destacado. — É a mesma coisa que um fantasma?

— Não exatamente — explica Maeve. — É mais como o eco de um acontecimento terrível. Emoções poderosas desencadeadas por esse evento ficam presas no lugar onde ele aconteceu. Medo, angústia, tristeza... tudo isso pode permanecer em uma casa por anos, até séculos, e às vezes os vivos podem sentir essas coisas, como Kim sentiu. O que quer que tenha acontecido lá em cima deixou sua marca naquela torre e o incidente continua a ser passado e repassado, como uma gravação de vídeo antiga. Além disso, notei que o telhado é de ardósia.

— Que importância isso tem? — pergunta Ben.

— Edifícios construídos com ardósia, ferro ou pedra têm mais probabilidade de reter esses ecos distantes. — Ela olha para o teto decorativo de estanho da cozinha. — Essa casa quase parece projetada para reter lembranças e emoções fortes. Elas ainda estão aqui, e pessoas como Kim podem senti-las.

— E quanto às pessoas que não são sensitivas, como eu? — pergunta Ben. — Devo dizer que nunca tive nenhuma experiência paranormal. Por que não sinto nada?

— Você é como a maioria das pessoas, que vivem a vida sem perceber as energias ocultas ao nosso redor. Pessoas daltônicas não enxergam o vermelho vibrante das penas de um cardeal. Elas não sabem o que estão perdendo, da mesma forma que você não sabe o que está perdendo.

— Talvez eu esteja melhor assim — admite Ben. — Depois de ver como Kim reagiu, prefiro *não* ver nenhum fantasma.

Maeve olha para a xícara de chá e diz baixinho:

— Um fantasma, pelo menos, seria inofensivo.

O som seco de uma caixa de alumínio batendo no chão me sobressalta e endireito a coluna na cadeira. Me viro e vejo Evan, que acabou de entrar em casa com o restante do equipamento.

— Você quer a câmera A instalada na torre, certo? — pergunta ele a Maeve.

— Com certeza. Já que foi lá que Kim teve a reação mais forte.

Ele respira fundo.

— Aquela sala também me dá arrepios.

— É por isso que precisamos nos concentrar lá.

Eu me levanto.

— A gente pode ajudar a carregar as coisas lá para cima.

— Não — diz Maeve. — Eu gostaria que você nos deixasse cuidar de tudo. Na verdade, prefiro que os meus clientes passem a noite em outro lugar, para que a gente possa se concentrar no nosso trabalho. — Ela olha de relance para Hannibal, que está se esgueirando pela cozinha. — E o seu gato definitivamente vai ter que ficar preso, ou os movimentos dele vão confundir os nossos instrumentos.

— Mas eu quero ficar e ver vocês trabalharem — diz Ben. Ele olha para mim. — Nós dois queremos.

— Tenho que avisar a vocês que pode ser muito entediante — explica Maeve. — Na maior parte do tempo ficamos apenas acordados a noite toda observando os mostradores.

— E se a gente não fizer barulho nenhum e ficar fora do caminho de vocês?

— Você nem acredita em fantasmas, Dr. Gordon. Por que quer assistir? — pergunta Maeve.

— Talvez isso mude a minha opinião sobre a coisa toda — diz Ben, mas sei que essa não é a resposta verdadeira. Ele quer assistir porque não confia nos dispositivos deles, nem nos métodos nem em absolutamente nada a seu respeito.

Maeve franze a testa, dando batidinhas com a caneta nos papéis.

— Não é como costumamos fazer as coisas. É menos provável que fantasmas apareçam quando há muitas pessoas emitindo campos bioelétricos.

— Essa *é* a casa da Ava — observa Ben. — Será que ela não deveria decidir o que acontece aqui?

— Apenas saibam que existe uma chance de a presença de vocês inibir qualquer aparição. E eu *insisto* que mantenham o gato preso.

Aceno com a cabeça.

— Vou colocá-lo na caixa de transporte.

Maeve olha para o relógio e se levanta.

— Vai escurecer em uma hora. É melhor eu começar a trabalhar.

Enquanto Maeve sobe as escadas para se juntar à equipe, Ben e eu permanecemos na cozinha, esperando até que ela não possa mais nos ouvir.

— Espero que não esteja pagando por isso — diz ele.

— Eles não me pediram um centavo. Tudo isso para eles é pesquisa.

— E essa é a única motivação deles?

— Que outra motivação poderiam ter?

Ele olha de relance para cima ao ouvir o ruído de passos ao longo do corredor do segundo andar.

— Só quero que você seja cautelosa com essas pessoas. Elas podem acreditar sinceramente no que estão fazendo, ou...

— Ou...?

— Você deu a elas acesso total à sua casa. Por que não queriam que a gente ficasse e assistisse?

— Acho que você está sendo um pouco paranoico.

— Sei que você quer acreditar, Ava, mas médiuns muitas vezes aparecem justamente quando as pessoas estão mais vulneráveis. Sim, você viu e ouviu coisas que não pode explicar, mas acabou de se recuperar de uma infecção bacteriana. A doença da arranhadura do gato *pode* explicar o que você vivenciou.

— Está me dizendo para cancelar tudo?

— Só estou aconselhando a ter cuidado. Você já concordou com isso, então vamos deixá-los fazer o trabalho deles. Mas não os deixe sozinhos na sua casa. Eu também vou ficar.

— Obrigada. — Olho brevemente lá para fora, onde o crepúsculo rapidamente se transforma em noite. — Agora vamos ver o que acontece.

26

Atraio Hannibal para a caixa de transporte com uma tigela de comida, e ele nem percebe quando tranco a portinhola; seu focinho está completamente enterrado em ração de gato. Enquanto Maeve, Todd e Evan instalam os equipamentos em vários cômodos da casa, eu me dedico ao que faço melhor: alimentar as pessoas. Sei que ficar acordada até tarde da noite deixa qualquer um faminto, então faço sanduíches de presunto, cozinho uma dúzia de ovos e preparo um grande bule de café para nos manter abastecidos durante a noite. Quando coloco a comida nas travessas, já é noite.

Ben enfia a cabeça na cozinha e anuncia:

— Eles vão apagar todas as luzes daqui a pouco. Disseram que é melhor você subir agora, se quiser dar uma olhada nos equipamentos.

Carregando a bandeja de sanduíches, eu o sigo escada acima.

— Por que todas as luzes têm que estar apagadas?

— Sei lá. Talvez assim seja mais fácil ver o ectoplasma?

— Ben, a sua atitude negativa não vai ajudar. Você pode sabotar os resultados.

— Não vejo como. Se o fantasma quiser aparecer, ele vai aparecer, quer eu acredite nele, quer não.

Quando chegamos à torre, fico surpresa ao ver quanto equipamento Maeve e os parceiros levaram lá para cima. Vejo câmeras e tripés, um gravador e alguns outros instrumentos cujo propósito é um mistério para mim.

— Só falta um contador Geiger — diz Ben friamente.

— Não, a gente tem um. — Evan aponta para um contador no chão. — Também instalamos uma câmera no corredor de baixo e outra no quarto principal.

— Por que no quarto principal? — pergunta Ben.

— Porque o fantasma apareceu lá algumas vezes. Foi o que nos disseram.

Ben olha para mim, e eu coro.

— Eu o vi lá uma ou duas vezes — admito.

— Mas a torre parece ser o centro da atividade paranormal — diz Maeve. — Foi onde Kim teve a reação mais intensa, então vamos concentrar a nossa atenção nesse cômodo. — Ela olha para o relógio. — Tudo bem, é hora de apagar todas as luzes. Acomodem-se, pessoal. Vai ser uma noite muito longa.

Por volta das duas da manhã, já devoramos todos os sanduíches de presunto e ovos cozidos e já reabasteci as garrafas térmicas com café quatro vezes. Caçar fantasmas, descobri, é uma atividade completamente enfadonha. Passamos horas sentados na semiescuridão, esperando que algo, qualquer coisa, aconteça. A equipe de Maeve, pelo menos, fica ocupada monitorando os instrumentos, fazendo anotações e trocando baterias diversas vezes.

O fantasma ainda não apareceu.

Maeve grita, mais uma vez, para a escuridão:

— Olá, queremos falar com você! Quem é você? Nos diga o seu nome.

A luz vermelha do gravador indica que ele está gravando continuamente, mas não ouço nada. Nenhuma voz fantasmagórica responde ao pedido de Maeve, nenhuma névoa ectoplasmática se materializa. Aqui estamos nós, com milhares de dólares em equipamentos eletrônicos, esperando que o capitão Brodie responda, e é claro que justamente essa noite ele resolve não cooperar.

Mais uma hora se passa e já estou com tanto sono que mal consigo manter os olhos abertos. Quando cochilo, apoiada no ombro de Ben, ele sussurra:

— Ei, por que você não vai para a cama?

— Não quero perder nada.

— A única coisa que vai perder é uma boa noite de sono. Vou ficar acordado e assistir.

Ele me ajuda a levantar, e estou tão dolorida por ter passado muito tempo sentada no chão que mal consigo ficar de pé. De olhos embaçados, vejo as silhuetas de Maeve, Todd e Evan reunidas na escuridão. Embora eles possam ser pacientes o suficiente para esperar a noite toda no escuro, eu já cheguei ao meu limite.

Tateando, desço as escadas da torre até o meu quarto. Nem me dou ao trabalho de me despir. Apenas tiro os sapatos, deito na cama e mergulho em um sono profundo e sem sonhos.

Acordo com o estalo das pernas do tripé sendo fechadas. A luz do sol entra pela janela e, de olhos semicerrados, vejo Todd agachado no canto, guardando as lentes de uma câmera em um estojo de alumínio. Ben está parado na porta, com uma xícara de café na mão.

— Que horas são? — pergunto a eles.

— Já passa das nove — responde Ben. — Eles estão arrumando as coisas para ir embora. — Ele coloca a caneca fumegante na minha mesa de cabeceira. — Pensei em trazer um café para você antes de ir também.

Eu me sento, bocejando, e vejo Todd colocar a câmera no estojo.

— Esqueci que havia uma câmera no meu quarto.

Todd ri.

— A gente provavelmente gravou seis horas fascinantes de você deitada na cama, dormindo.

— O que aconteceu na torre na noite passada?

— A gente ainda precisa analisar as gravações. Maeve vai entrar em contato com você para fazer um relatório completo. — Todd fecha o estojo e se levanta para sair. — Talvez alguma coisa apareça no vídeo. Nós a manteremos informada.

Ben e eu não dizemos uma palavra enquanto Todd desce as escadas. Logo depois ouvimos a porta da frente se fechar.

— Você ficou acordado com eles a noite toda? — pergunto.

— Fiquei. A noite toda.

— E o que aconteceu?

Ben balança a cabeça.

— Absolutamente nada.

Depois que Ben vai embora, eu me levanto da cama e jogo água fria no rosto. O que quero fazer mesmo é voltar para a cama e passar o resto do dia dormindo, mas consigo ouvir Hannibal miando lá embaixo, então vou até a cozinha, onde o encontro olhando feio para mim através das grades da caixa. O monte de ração que deixei para ele ontem à noite já acabou, é claro. É muito cedo para alimentá-lo de novo, então o levo até a porta da frente e o solto do lado de fora. E lá vai ele, uma bola de banha tigrada bamboleando pelo jardim.

— Faça um pouco de exercício — digo a ele e fecho a porta.

Agora que todos recolheram as suas coisas e foram embora, a casa parece desconcertantemente silenciosa. E eu me sinto constrangida por ter pedido que investigassem Brodie's Watch. Como Ben havia previsto, eles não encontraram nenhuma evidência de fantasma. Ele diria que esse tipo de evidência não existe, que pessoas que acreditam nesse tipo de coisa, como Maeve, com as suas câmeras e os seus equipamentos elaborados, enganam a si mesmas ao enxergar padrões em ruídos aleatórios, ao ver partículas de poeira flutuando pelas lentes de uma câmera e imaginar orbes sobrenaturais. Ele diria que Brodie's Watch é apenas uma casa velha com piso que range, uma reputação notória e uma inquilina que bebe demais. Eu me pergunto o que estará pensando de mim essa manhã.

Não, prefiro não saber.

Encarada à luz do dia, a minha obsessão por Jeremiah Brodie parece totalmente irracional. Ele está morto há um século e meio, e eu deveria deixá-lo descansar em paz. Está na hora de voltar ao mundo real. Voltar ao trabalho.

Preparo um bule de café, aqueço a frigideira de ferro fundido e frito bacon e batatas em cubos até que estejam crocantes, acrescento cebolas, pimentão-verde picado e dois ovos. É um café da manhã prático, o meu preferido nas manhãs em que preciso de energia para passar o dia escrevendo.

Sirvo-me de uma terceira xícara de café e me sento para comer os ovos mexidos. Estou totalmente acordada agora, me sentindo quase humana e completamente faminta. Devoro o meu café da manhã, feliz por estar comendo sozinha, de forma que ninguém me veja colocando ovos e batatas na boca com avidez. Vou dedicar o resto do dia a escrever *A mesa do capitão*. Sem distrações, sem essa bobagem de fantasma. O verdadeiro Jeremiah Brodie nada mais é que ossos espalhados no fundo do mar. Fui seduzida por uma lenda, movida pela minha própria solidão desesperada. Se há demônios nessa casa, eu mesma os trouxe, os mesmos demônios que me atormentam desde a noite de Ano-Novo. Bastam algumas taças de vinho para invocá-los.

Coloco a louça suja na pia e abro o laptop para continuar trabalhando no capítulo 9 de *A mesa do capitão*: "Joias do mar". Há algo novo a dizer sobre frutos do mar? Pego as anotações manuscritas sobre a minha excursão a bordo do *Lazy Girl*, o barco de lagostas, no sábado de manhã. Eu me lembro do cheiro de diesel e das gaivotas voando em bando acima de nós quando o barco se aproximou da primeira boia. O capitão Andy tirou a armadilha da água e, quando ela tombou no convés, lá estavam elas, verdes e brilhantes. Com as carapaças reluzentes e patas de inseto, as lagostas guardam uma semelhança desagradável com as baratas. São canibais, ele me disse, e no confinamento devoram umas às outras. É por causa dessa selvageria que pescadores prendem as garras delas. Não há nada de delicioso em uma lagosta viva, mas a água fervente transforma aquele bicho verde em uma carne tenra e saborosa. Penso em todas as maneiras de degustá-la que já experimentei: pingando manteiga, envolta em maionese e espalhada em cima de um pãozinho torrado, salteada à moda chinesa com alho e molho de feijão-preto, cozida com creme e xerez.

Começo a digitar uma ode à lagosta. Comida não dos capitães, que a consideravam apropriada apenas aos mais pobres, mas a comida das copeiras e dos jardineiros. Escrevo sobre como os pobres costumavam prepará-la, cozida com milho e batatas ou simplesmente fervida em água com sal e colocada em uma marmita. Apesar do meu farto café da manhã, começo a ficar com fome de novo, mas continuo escrevendo. Quando finalmente paro para olhar o relógio, fico surpresa ao ver que já são seis da tarde.

Hora de um drinque.

Salvo as novas páginas que acabei de escrever e me recompenso por um árduo dia de trabalho abrindo uma boa garrafa de *cabernet*. Apenas uma ou duas taças, prometo a mim mesma. A rolha produz um estampido musical e, como o cachorro de Pavlov, já estou salivando, ansiando pelo primeiro gole de álcool. Tomo um gole e suspiro de prazer. Sim, é um vinho muito bom, encorpado e carnoso. O que devo preparar para acompanhá-lo no jantar?

O laptop emite um som de notificação, anunciando um novo e-mail na caixa de entrada. Vejo o nome do remetente e, de súbito, não estou mais pensando no jantar nem no capítulo de *A mesa do capitão* que acabei de escrever. O meu apetite desaparece; no lugar resta apenas um vazio que corrói o estômago.

O e-mail é de Lucy.

É o quarto que ela me envia essa semana, e as minhas respostas — quando respondi — foram curtas: "Estou bem, só muito ocupada." Ou: "Escrevo mais tarde." O assunto da nova mensagem dela tem apenas três palavras: "Lembra desse dia?"

Não quero abri-lo, porque temo a onda de culpa que sempre me invade em seguida, mas algo me obriga a pegar o mouse. A minha mão está dormente quando clico na mensagem. Uma imagem preenche a tela.

É uma foto antiga na qual estamos Lucy e eu, tirada quando eu tinha 10 anos e ela, 12. Ambas estamos de maiô e os nossos braços longos e magros estão pendurados sobre os ombros nus uma da outra. Estamos bronzeadas e sorridentes e, atrás de nós, o lago cintila, reluzente como prata. Sim, eu me lembro muito bem daquele dia. Uma tarde quente e enevoada na cabana da vovó no lago. Um piquenique que consistia em frango frito e espigas de milho. Naquela manhã eu tinha preparado biscoitos de aveia sozinha, aos 10 anos já à vontade na cozinha. "Ava quer alimentar todo mundo, Lucy quer curar todo mundo", era como a nossa mãe resumia as filhas. Naquele dia no lago, cortei o pé em uma pedra e me lembro da delicadeza de Lucy ao limpar e enfaixar o ferimento. Enquanto as outras crianças mergulhavam na água, Lucy ficou ao meu lado, me fazendo companhia na margem. Sempre que precisei dela, porque estava doente, deprimida ou sem dinheiro, ela esteve ao meu lado.

E agora não está, porque não suporto a ideia de olhar nos olhos dela e deixar que veja quem eu realmente sou. Não suporto me lembrar do que fiz.

Bebo um gole de *cabernet* enquanto encaro a foto, assombrada pelos fantasmas de quem um dia fomos. Irmãs que se adoravam. Irmãs que nunca magoariam uma à outra. Os meus dedos pairam sobre o teclado, prontos para digitar uma resposta. Uma confissão. A verdade é como uma pedra me esmagando; que alívio seria me livrar desse fardo e contar a ela sobre Nick, sobre a noite de Ano-Novo.

Encho a taça de novo. Não consigo mais sentir o gosto do vinho, mas continuo bebendo mesmo assim.

Imagino Lucy lendo a minha confissão sentada à sua mesa, onde fotos de Nick sorriem para ela. Nick, que nunca vai envelhecer, que sempre vai ser o homem que ela amava, o homem que a amava. Ela vai ler a minha confissão e saber a verdade sobre ele e sobre mim.

E isso vai partir o coração dela.

Fecho o laptop. Não, não posso fazer isso, não com ela. É melhor viver com a culpa e morrer com o segredo. Às vezes, o silêncio é a única forma verdadeira de provar o seu amor.

Enquanto a noite cai, termino a garrafa.

Não sei que horas são quando finalmente cambaleio escada acima e desabo na cama. Por mais bêbada que esteja, não consigo dormir. Fico acordada na escuridão, pensando nas mulheres antes de mim que morreram sozinhas em Brodie's Watch. Que segredos elas guardavam, que pecados do passado as levaram a se refugiar nessa casa? Maeve disse que emoções fortes, como terror e tristeza, permanecem em uma casa por anos a fio. Vergonha também? Daqui a um século, será que alguém dormindo nesse quarto vai sentir a mesma culpa que me devora por dentro como um câncer? A minha angústia é quase física, eu me encolho em posição fetal, como se pudesse forçar a dor a sair.

O cheiro do mar é súbito e tão intenso, tão vívido, que sinto o gosto do sal nos lábios. O coração acelera. Os pelos dos braços se arrepiam, como se a escuridão estivesse carregada de eletricidade. Não, é apenas a minha imaginação. O capitão Brodie não existe. Maeve provou que não há fantasmas nessa casa.

— Rameira.

Enrijeço subitamente ao ouvir o som da sua voz. Ele está de pé junto à minha cama, o rosto oculto, apenas a silhueta visível na escuridão.

— Eu sei o que você fez.

— Você não é real — sussurro. — Você não existe.

— Eu sou o que você busca. Eu sou o que você merece.

Não consigo ver a sua expressão, mas ouço o julgamento na voz e sei o que está reservado para mim essa noite. "Aqui na minha casa, o que você busca é o que vai encontrar", ele me disse uma vez. O que busco é penitência, para limpar os pecados, para me tornar uma pessoa decente outra vez.

Suspiro quando ele me dá um puxão e me coloca de pé. Ao seu toque, o quarto gira em torno de mim em um caleidoscópio de luz do fogo e veludo. Em um instante, sou transportada do meu próprio tempo para o dele. Uma época em que essa é a casa *dele*, o reino *dele*, e estou sob o seu comando. Olho para baixo e vejo que essa noite não estou usando um vestido de seda ou veludo, mas apenas uma camisola de algodão tão transparente que consigo ver a minha silhueta, vergonhosamente exposta através do tecido diáfano. A rameira, os seus pecados revelados a todos.

Ele me leva do quarto para o corredor. O piso de madeira está quente sob os meus pés descalços. A porta da torre emite um rangido de alerta quando se abre e começamos a subir a escada. No vão da porta lá em cima, a luz do fogo projeta um brilho vermelho lúgubre, como se o inferno me aguardasse acima, não abaixo, e eu estivesse ascendendo para receber a justa punição. A camisola é fina como um sussurro, mas não sinto o frio da noite. Em vez disso, a minha pele está quente, febril, como se eu estivesse me aproximando do calor do enxofre. A dois passos do topo eu paro, repentinamente com medo de atravessar a porta. Conheci a dor e o prazer na torre dele. Que punição estará reservada para mim essa noite?

— Estou com medo — murmuro.

— Você já concordou. — O sorriso dele me deixa arrepiada. — Não foi por isso que me invocou mais uma vez?

— Eu? Eu invoquei você?

A mão dele esmaga a minha; não consigo resistir, não consigo lutar contra ele enquanto me arrasta pelos dois últimos degraus para dentro da torre. Lá, à luz do fogo infernal, vejo o que me espera.

O capitão Brodie trouxe uma plateia.

Ele me empurra para a frente, para dentro do círculo de homens. Não há para onde fugir, nenhum lugar onde me esconder. Doze homens me cercam, olhando de todas as direções enquanto fico pateticamente exposta aos seus olhares. A sala está aquecida, mas estou tremendo. Como o capitão, o rosto dos homens é queimado de sol e suas roupas estão impregnadas do cheiro do mar, mas esses homens são rudes e têm a barba por fazer, a camisa puída e suja.

A tripulação dele. Um júri de doze.

Brodie me agarra pelos ombros e me conduz lentamente ao redor do círculo, como se eu fosse um bezerro premiado à venda.

— Senhores, eis a acusada! — anuncia ele. — Cabe a vocês julgá-la.

— Não. — Aterrorizada, tento me afastar, mas ele me segura com firmeza. — *Não.*

— Confesse, Ava. Conte a eles o seu crime. — Ele me conduz ao redor do círculo novamente, me forçando a olhar nos olhos de cada um dos homens. — Deixe-os olhar bem no fundo na sua alma e ver do que você é culpada.

Ele me empurra para um dos marinheiros, que me encara com olhos pretos e insondáveis.

— Você disse que nenhum mal ia me acontecer!

— Não é isso que você busca? Punição? — Ele me empurra para a frente e caio de joelhos. Enquanto fico encolhida lá, naquele círculo de homens, ele anda ao meu redor. — Aqui vocês podem ver a acusada pelo que ela realmente é. Não precisam ter piedade. — Ele se vira e aponta para mim como um juiz condenando um prisioneiro. — Confesse, Ava.

— Confesse! — grita um dos homens. Os outros se juntam a ele, um coro que fica cada vez mais alto até que os gritos se tornam ensurdecedores.

— Confesse! Confesse!

Brodie me coloca de pé.

— Diga a eles o que você fez — ordena ele.

— Pare. Por favor.

— Diga a eles.

— Faça-os parar!

— *Diga a eles com quem você se deitou!*

Caio de joelhos outra vez.

— Com o marido da minha irmã — sussurro.

Em um instante, tudo volta. O tilintar de taças de champanhe. O tinido das conchas de ostra. Noite de Ano-Novo. O último convidado foi embora, Lucy tinha ido para o hospital ver um paciente.

Nick e eu, sozinhos no meu apartamento.

Eu me lembro de como nós dois oscilávamos enquanto recolhíamos os pratos sujos e os levávamos para a pia. Eu me lembro de nós dois parados na cozinha, dando risadinhas enquanto esvaziávamos o resto da garrafa de champanhe nas nossas taças. Lá fora, os flocos de neve caíam e se depositavam no parapeito da janela enquanto brindávamos. Eu me lembro de pensar em como os olhos dele eram azuis e em como sempre gostei do seu sorriso, e por que eu não podia ser tão feliz quanto a minha irmã, que é mais inteligente que eu, mais generosa que eu e tem muito, muito mais sorte no amor do que jamais terei? Por que eu não podia ter o que ela tinha?

Não planejamos. Não esperávamos o que aconteceu em seguida.

Eu estava com dificuldade de me equilibrar e, ao me virar para a pia, tropecei. Em um instante ele estava ao meu lado. Nick era assim, sempre lá para ajudar, sempre rápido em me fazer rir. Ele me colocou de pé e, naquele estado vacilante e cheio de álcool, cambaleei na direção dele. O nosso corpo pressionado um contra o outro, e o inevitável aconteceu. Senti a excitação dele, e de repente ela estava entre nós, tão explosiva quanto uma chama mergulhada em gasolina. Eu estava tão descontrolada, tão culpada quanto ele, agarrando a sua camisa enquanto ele levantava o meu vestido. Em seguida, eu estava deitada nos ladrilhos frios embaixo dele, ofegando a cada penetração. Adorando aquilo, precisando daquilo. Eu só queria ser fodida e ele estava lá, e aquele champanhe tóxico tinha tirado de nós todo o autocontrole. Éramos dois animais irracionais no cio, gemendo, sem pensar nas consequências.

Depois que terminamos e nos deitamos seminus no chão da cozinha, porém, a realidade do que tínhamos acabado de fazer me deixou tão enjoada que cambaleei até o banheiro e vomitei várias vezes, tossindo e engasgando com vinho azedo e arrependimento. Lá, abraçada ao vaso sanitário, comecei a soluçar. "O que está feito não pode ser desfeito." As palavras de Lady Macbeth vieram até mim como um canto, uma verdade horrível que eu queria apagar, mas a frase continuava ecoando na minha cabeça.

Ouvi Nick gemer na cozinha.

— Ai, meu deus. Ai, meu *deus.*

Quando finalmente saí do banheiro, dei de cara com ele encolhido no chão, balançando para a frente e para trás, com a cabeça entre as mãos. Aquele Nick destroçado era um estranho que eu nunca tinha visto antes, e fiquei assustada.

— Meu deus, onde a gente estava com a cabeça? — soluçou ele.

— A gente não pode deixar que ela descubra.

— Eu não consigo acreditar que isso aconteceu. O que diabos eu vou fazer?

— Vou dizer o que vamos fazer. Vamos esquecer isso, Nick. — Eu me ajoelhei ao lado dele, agarrei-o pelos ombros e o sacudi violentamente. — Me prometa que você nunca vai contar nada para ela. *Me prometa.*

— Eu preciso ir para casa.

Ele me empurrou e se levantou com dificuldade. Estava tão bêbado que mal conseguiu abotoar a camisa e afivelar o cinto.

— Você bebeu demais. Não pode dirigir assim.

— Eu não posso ficar *aqui.*

Ele cambaleou para fora da cozinha e eu o segui, tentando chamá-lo à razão enquanto ele vestia o casaco e descia as escadas. Ele estava agitado demais para ouvir.

— Nick, não vá embora! — implorei.

Mas não consegui detê-lo. Ele estava bêbado, as ruas estavam perigosamente escorregadias por causa da neve e não havia nada que pudesse fazer para que ele mudasse de ideia. Da porta, o vi cambalear noite adentro. Caíam flocos de neve pesados, obscurecendo o meu último vislumbre dele. Ouvi a porta do carro de Nick se fechar, e em seguida o brilho das lanternas traseiras desapareceu na escuridão.

Da próxima vez que vi Nick, ele estava em coma em uma cama de hospital, e a minha irmã estava afundada em uma cadeira ao lado dele. Os olhos dela estavam fundos de exaustão e Lucy balançou a cabeça, murmurando repetidas vezes:

— Eu não entendo. Ele sempre foi tão cuidadoso. Por que não estava usando cinto de segurança? Por que estava dirigindo bêbado?

Eu era a única que sabia a resposta, mas não contei a ela. Nunca vou contar a ela. Em vez disso, enterrei a verdade, guardando-a como um barril de pólvora que pode explodir e destruir nós duas. Durante semanas, consegui me segurar, para o bem de Lucy. Fiquei sentada ao lado dela no hospital. Levei *donuts* e café, sopa e sanduíches para ela. Interpretei o papel da irmã mais nova amorosa, mas a culpa me devorava por dentro como um roedor feroz. Morria de medo de Nick se recuperar e contar a ela o que aconteceu entre nós. Enquanto Lucy rezava pela recuperação de Nick, eu torcia para que ele nunca mais acordasse.

Cinco semanas após o acidente, o meu desejo foi atendido. Eu me lembro da sensação de alívio que me invadiu quando ouvi o monitor cardíaco indicando que o coração dele tinha parado de bater. Eu me lembro de segurar Lucy enquanto a enfermeira desligava o respirador e o peito de Nick enfim ficava imóvel. Enquanto Lucy tremia e chorava nos meus braços, eu pensava: *Graças a Deus acabou. Graças a Deus ele nunca vai contar a verdade a ela.*

O que me tornava uma pessoa ainda mais monstruosa do que já era. Eu *queria* ele morto e silenciado. Desejei exatamente aquilo que partiu o coração da minha irmã.

* * *

— O marido da sua própria irmã — diz Brodie. — Por sua causa, ele está morto.

Abaixo a cabeça, em silêncio. A verdade é dolorosa demais para admitir.

— Diga, Ava. Diga a verdade. *Você queria que ele morresse.*

— Sim — respondo, chorando. — Eu queria que ele morresse. — A minha voz se reduz a um sussurro. — E ele morreu.

O capitão Brodie se volta para os seus homens.

— Digam-me, cavalheiros. Por trair aqueles que ama, qual é o seu veredito?

— Sem misericórdia! — grita um dos homens.

Outro se junta a ele, e mais, em um coro que não cessa.

— Sem misericórdia.

— *Sem misericórdia.*

Tapo os ouvidos com as mãos, tentando abafar os gritos, mas dois homens agarram os meus pulsos e afastam as minhas mãos da cabeça, me forçando a ouvir. As suas mãos são geladas, não a carne quente dos vivos, mas a carne de homens frios, mortos. Olho, desesperada, para o círculo que se fecha e de repente não vejo mais homens. Vejo cadáveres, testemunhas sinistras e de olhos vazios da execução da prisioneira.

Acima deles, assoma Brodie, os olhos de um preto reptiliano frio. Por que não enxerguei isso antes? Essa criatura que espreitou os meus sonhos, que me excitou, que me puniu — por que não o reconheci pelo que realmente é?

Um demônio. O meu demônio.

Acordo com um grito. Olho ao redor atordoada e descubro que estou de volta ao meu quarto, na minha cama, os lençóis embolados e encharcados de suor. A luz do sol entra pelas janelas, clara e cruel como punhais nos meus olhos.

Em meio ao latejar do meu coração ouço, vagamente, o som do meu celular tocando. Na noite passada eu estava tão bêbada que o deixei na cozinha, e estou esgotada demais para sair da cama e atender.

Por fim, para de tocar.

Fecho os olhos com força e mais uma vez o vejo, me encarando com aqueles olhos pretos de víbora. Olhos que ele nunca me revelou antes. Vejo o círculo de homens, todos com os mesmos olhos, me cercando, assistindo enquanto o capitão se aproximava para aplicar a punição.

Agarro a minha cabeça, tentando desesperadamente me livrar da visão, mas não consigo. Ela está gravada na minha memória. *Será que realmente aconteceu?*

Eu me examino, procurando hematomas nos meus pulsos. Não vejo nenhum, mas a lembrança daquelas mãos ossudas segurando os meus braços é tão vívida que não consigo acreditar que não haja uma única marca em mim.

Cambaleio para fora da cama e examino as minhas costas no espelho. Sem arranhões. Encaro o meu próprio rosto e vejo uma mulher que mal reconheço me encarando, uma mulher de olhos fundos e cabelos desgrenhados. O que eu me tornei? Quando me transformei nesse espectro?

Lá embaixo, o meu celular toca novamente, e dessa vez sinto urgência no som. Quando chego à cozinha, o toque parou outra vez, mas há duas mensagens de voz. Ambas de Maeve.

"Me ligue assim que puder."

Então outra: "Ava, cadê você? É importante. Me ligue!"

Não quero falar com ela nem com ninguém essa manhã. Não até conseguir clarear as ideias e parecer sã outra vez. Mas as mensagens dela me inquietam e, depois de ontem à noite, preciso mais que nunca de respostas.

Ela atende ao segundo toque.

— Ava, estou a caminho da sua casa agora. Estarei aí em mais ou menos meia hora.

— Por quê? O que houve?

— Eu preciso mostrar uma coisa para você. Está no vídeo que a gente gravou na sua casa.

— Mas eu achei que não tivesse acontecido nada naquela noite. Foi o que Ben me disse. Ele disse que os seus instrumentos não registraram nada incomum.

— Não na torre. Mas hoje de manhã, finalmente terminei de revisar o restante das filmagens. Ava, *aparece* uma coisa. Foi gravada por uma câmera diferente.

Subitamente, o meu coração se acelera.

— Qual câmera? — pergunto, e o latejar do sangue nos meus ouvidos é tão alto que mal ouço a resposta.

— A do seu quarto.

27

Estou de pé na varanda quando Maeve estaciona em frente à minha casa. Ela sai do carro carregando um laptop e tem uma expressão séria no rosto enquanto sobe os degraus.

— Você está bem? — pergunta ela baixinho.

— Por que a pergunta?

— Porque você parece exausta.

— Para ser sincera, estou me sentindo péssima.

— Por quê?

— Bebi além da conta ontem à noite. E tive um sonho horrível. Com o capitão Brodie.

— Tem certeza de que foi só isso? Um sonho?

Afasto os cabelos desgrenhados do rosto. Ainda não os penteei. Nem ao menos escovei os dentes. A única coisa que consegui fazer foi vestir roupas limpas e beber uma xícara de café.

— Não tenho mais certeza de nada.

— Temo que o vídeo não dê as respostas que você precisa — diz ela, indicando o laptop. — Mas talvez a convença a deixar esse lugar.

Maeve entra e faz uma pausa, olhando ao redor, como se sentisse que há outra pessoa na casa. Alguém que não a quer lá.

— Vamos para a cozinha — sugiro.

É o único cômodo onde nunca senti a presença do fantasma, nunca senti o seu cheiro premonitório. Quando Jeremiah Brodie era vivo, a cozinha provavelmente era um lugar apenas para criados, não para o dono da casa, e ele raramente devia colocar os pés lá.

Sentamos à mesa e ela abre o laptop.

— A gente assistiu às filmagens de todas as câmeras — diz ela. — A maioria dos nossos equipamentos foi colocada na torre, porque foi onde você o viu e o cômodo onde Kim teve a reação mais intensa. Também sabemos que foi lá que Aurora Sherbrooke faleceu, então presumimos que era mais provável que a atividade paranormal ocorresse lá. Na torre.

— Mas vocês não gravaram nada incomum na torre?

— Não. Passei o dia todo revisando as gravações de lá. Fiquei desapontada, para dizer o mínimo. E surpresa, porque Kim costuma ser certeira. Ela *sente* quando algo trágico aconteceu em um cômodo, e nunca a vi reagir da maneira que reagiu lá em cima. Era medo genuíno. Até Todd e Evan ficaram assustados com a reação dela.

— Eu também fiquei — admito.

— Foi uma grande decepção quando os nossos instrumentos não registraram nenhuma atividade lá. Eu também assisti à filmagem da câmera do corredor e, mais uma vez, não havia nada. Quando finalmente assisti ao vídeo do seu quarto, não esperava nada incomum. Então fiquei chocada quando vi *isso*.

Ela pressiona algumas teclas e vira a tela do laptop para mim.

É uma imagem do meu quarto. O luar brilha através da janela, e me vejo na semiescuridão, deitada na cama. O vídeo tem uma marcação de hora que avança lentamente: 3:18. Vinte minutos depois de eu ter desistido da vigília na torre e ido para a cama. O relógio avança para

3:19, 3:20. Exceto pela progressão do tempo e o leve movimento das cortinas na janela aberta, nada se move na tela.

O que vejo em seguida me faz dar um pulo na cadeira. É algo preto, sinuoso, que desliza pelo quarto, se movendo em direção à cama, na minha direção.

— O que diabos é *isso*? — pergunto.

— Foi exatamente o que eu disse quando vi. Não é brilhante, como uma orbe. Não tem o aspecto nebuloso de ectoplasma. Não, isso é algo diferente. Algo que nunca capturamos em vídeo antes.

— Poderia ser só uma sombra? Talvez de uma nuvem. Um pássaro voando.

— Não é uma sombra.

— Todd ou Evan entraram no meu quarto para reajustar a câmera?

— Ninguém entrou no seu quarto, Ava. Nesse momento específico, Evan e Todd estavam lá em cima comigo na torre. O Dr. Gordon também. Dê outra olhada na filmagem. Vou diminuir a velocidade para você ver o que essa... *coisa* faz.

Ela volta o vídeo para 3:19 e aperta *play*. Agora, o relógio se move muito mais devagar, os segundos se arrastando. Na filmagem, durmo profundamente, sem ter consciência de que há alguma coisa no quarto, algo que vem da direção da porta e se aproxima de mim. A coisa flutua em direção à cama, uma sombra com tentáculos que se aproxima e me cobre como uma mortalha. De repente, sinto a mortalha me sufocando, enrolada com tanta força em torno do meu pescoço que não consigo respirar.

— Ava. — Maeve me sacode. — *Ava!*

Ofego. Na tela do laptop, a coisa desapareceu. O luar brilha sobre os lençóis e não há sombra, nenhuma escuridão sufocante. Apenas eu, dormindo pacificamente na cama.

— Isso não pode ser real — murmuro.

— Nós duas vimos. Está no vídeo. A coisa é atraída para você, Ava. Ela vai direto para *você*.

— Mas o que é aquilo? — Ouço o tom de desespero na minha voz.

— Eu sei o que não é. Não é uma assombração residual. Não é um *poltergeist*. Não, é algo inteligente, algo que *quer* interagir com você.

— Não é um fantasma?

— Não. Essa... Essa *coisa*, seja lá o que for, foi direto para a sua cama. É claramente atraída por você, Ava, e por ninguém mais.

— Por que eu?

— Não sei. Algo em você a atrai. Talvez ela queira controlar você. Ou possuir. Seja o que for, não é benigno. — Ela se inclina para a frente e segura a minha mão. — Não digo isso para muitos clientes, mas preciso dizer a você agora, para a sua própria segurança. *Saia dessa casa.*

— Pode ser só um efeito do vídeo — diz Ben enquanto tiro suéteres e camisetas da gaveta da cômoda e os coloco na mala. — Talvez seja apenas uma nuvem passando diante da lua, projetando uma sombra estranha.

— Como sempre, você tem uma explicação lógica.

— Porque *sempre* há uma explicação lógica.

— E se você estiver errado dessa vez?

— E for um fantasma naquele vídeo? — Ben não consegue se conter e ri. — Mesmo que existam, fantasmas não podem fazer mal a uma pessoa, certo?

— Por que estamos discutindo esse assunto? Você nunca vai acreditar em nada disso.

Coloco mais uma pilha de roupas na mala e volto para a cômoda para pegar sutiãs e calcinhas. Estou com pressa demais para me importar com o fato de Ben estar espiando as minhas roupas íntimas; só quero fazer as malas e sair dessa casa antes do anoitecer. Já é fim de tarde e ainda não comecei a empacotar os utensílios de cozinha. Vou até o guarda-roupa e, enquanto tiro as roupas dos cabides, de repente penso em Charlotte Nielson, cujo lenço encontrei nesse mesmo lugar. Como eu, ela deve ter feito as malas às pressas. Será que também fugiu em pânico? Será que sentiu os tentáculos da mesma sombra se fechando ao seu redor?

Pego um vestido e o cabide cai no chão com um estrondo tão alto que estremeço, o coração disparado.

— Ei. — Gentilmente, Ben pega o meu braço e me acalma. — Ava, não há nada a temer.

— Diz o homem que não acredita no sobrenatural.

— Diz o homem que não vai deixar nada acontecer a você.

Eu me viro para encará-lo.

— Você nem sabe com o que estou lidando, Ben.

— Eu sei o que Maeve e os amigos dela *afirmam* que é. Mas tudo o que vi naquele vídeo foi uma sombra. Nada sólido, nada que pudesse ser identificado. Podiam ser...

— Nuvens passando diante da lua. Sim, você já disse isso.

— Tudo bem então, vamos supor que *seja* um fantasma então. Digamos que fantasmas sejam reais. Mas eles não são seres físicos. Como poderiam machucar você?

— Não tenho medo de fantasmas.

— Então do que você tem medo?

— Isso é algo diferente. Algo *maligno*.

— Isso é o que Maeve diz. E você acredita nela?

— Depois da noite passada, depois do que ele fez comigo... — Paro, as bochechas de repente ardendo com a lembrança.

Ben franze a testa.

— Ele?

Com vergonha de encará-lo, olho para o chão. Gentilmente, ele levanta o meu rosto e não consigo evitar o seu olhar.

— Ava, me conte o que vem acontecendo com você nessa casa.

— Não posso.

— Por que não?

Pisco para conter as lágrimas e sussurro:

— Porque tenho vergonha.

— Do que você poderia se envergonhar?

O olhar dele é penetrante demais, invasivo demais. Eu me afasto e vou até a janela. Lá fora, a névoa paira pesada como uma cortina, bloqueando a visão do mar.

— O capitão Brodie é real, Ben. Eu o vi, eu o ouvi. Eu toquei nele.

— Você tocou num fantasma?

— Quando aparece para mim, ele é tão real quanto você. Até deixou hematomas nos meus braços...

Fecho os olhos e imagino o capitão Brodie em pé diante de mim. A lembrança é tão vívida que vejo os cabelos despenteados pelo vento, o rosto com a barba por fazer. Respiro fundo e sinto cheiro de água salgada. Ele está aqui? *Ele voltou?* Os meus olhos se abrem e examino freneticamente o quarto, mas a única coisa que vejo é Ben. *Onde você está?*

Ben segura os meus ombros.

— Ava.

— Ele está aqui! Eu sei que está.

— Você disse que ele é tão real quanto eu. O que isso quer dizer?

— Que eu posso tocá-lo, e ele pode me tocar. Ah, eu sei o que você está pensando, o que está imaginando. E é verdade, é tudo verdade! De alguma forma, ele sabe o que eu desejo, o que preciso. É assim que ele nos aprisiona aqui. Não apenas eu, mas as mulheres antes de mim. As mulheres que passaram a vida nessa casa, que morreram nessa casa. Ele nos dá o que nenhum outro homem é capaz de dar.

Ben se aproxima até estarmos cara a cara.

— Eu sou real. E estou aqui. *Me* dê uma chance, Ava.

Ele toma o meu rosto entre as mãos e fecho os olhos, mas é o capitão Brodie que vejo, o capitão Brodie que quero. O meu mestre e o meu monstro. Tento imaginar Ben na minha cama e que tipo de amante ele deve ser. Seria uma transa convencional e sem graça, como tantas outras que experimentei com homens antes dele. Mas, ao contrário de Brodie, Ben é real. Um homem, não uma sombra, não um demônio.

Ele se aproxima e pressiona os lábios nos meus em um beijo afetuoso e demorado. Não sinto nem mesmo o mais leve tremor de excitação. Ele me beija de novo. Dessa vez, segura o meu rosto e o mantém preso, pressionando a minha boca na dele, os seus dentes esmagando os meus lábios. Perco o equilíbrio e, de repente, caio para trás, os meus ombros se chocando com a parede. Não resisto quando ele pressiona o corpo no meu. Quero sentir alguma coisa, *qualquer coisa*. Quero que ele acenda o fósforo e me incendeie, para provar que os vivos são capazes de me satisfazer da mesma forma que os mortos, mas não sinto nem vestígio de calor, nenhuma pontada de desejo.

Me faça querer transar com você, Ben!

Ele agarra os meus pulsos e os prende à parede. Através da calça jeans, sinto a forte evidência do seu desejo me pressionando. Fecho os olhos, pronta para deixar aquilo acontecer, pronta para fazer o que ele quiser, o que ele exigir.

Um estrondo ensurdecedor faz com que nos afastemos, assustados.

Nós dois encaramos a porta do quarto, que acabou de se fechar com uma batida. Não tem nenhuma janela aberta. Não tem nenhuma brisa soprando pelo quarto. Não há nenhuma razão para que a porta tenha se fechado com tanta violência.

— É ele — digo. — *Ele* fez isso.

Agora estou desesperada para sair daquela casa e não perco mais tempo. Corro para o armário e pego o restante das minhas roupas. Foi por isso que Charlotte deixou essa casa tão abruptamente. Ela também devia estar desesperada, com medo de permanecer aqui mais um segundo que fosse. Fecho a mala.

— Ava, vá devagar.

— Como uma porta se fecha violentamente sozinha? Explique *isso*, Ben. — Pego a mala da cama. — É fácil para *você* ficar calmo. *Você* não tem que dormir aqui.

— Nem você. Pode ficar na minha casa. Fique o tempo que quiser. O tempo que precisar.

Não respondo, simplesmente saio do quarto. Em silêncio, ele pega a minha mala e a carrega escada abaixo. Na cozinha, ele permanece em silêncio enquanto arrumo as minhas preciosas facas e pinças de chef, os meus batedores e a minha panela de cobre, todos os equipamentos sem os quais um cozinheiro dedicado não pode viver. Ele ainda está esperando que eu responda a sua oferta, mas me recuso. Embalo duas garrafas de vinho fechadas (nunca permita que uma boa garrafa de *cabernet* seja desperdiçada), mas deixo os ovos, o leite e o queijo na geladeira. A pessoa que limpar a casa depois que eu for embora pode ficar com eles; só quero dar o fora daqui.

— Por favor, não vá embora — pede ele.

— Eu vou voltar para Boston.

— Tem que ser hoje à noite?

— Eu devia ter ido semanas atrás.

— Eu não quero que você vá embora, Ava.

Toco o braço dele, e a sua pele é quente, viva e real. Sei que ele gosta de mim, mas isso não é motivo suficiente para ficar.

— Sinto muito, Ben. Tenho que voltar para casa.

Pego a caixa de transporte vazia e a levo para o caminho que dá para a garagem. Lá fora, passo os olhos pelo quintal, procurando Hannibal, mas não o vejo.

Dou a volta na casa, chamando seu nome. Da beirada do penhasco, dou uma olhada no caminho que leva à praia. Nada de Hannibal. Volto para a casa e mais uma vez grito o seu nome.

— Não faz isso comigo, porra! — grito de frustração. — Não hoje! Não agora!

O meu gato desapareceu.

28

Ben carrega a minha mala escada acima até o quarto de hóspedes, onde há um tapete verde trançado e uma cama com dossel. Como o próprio Ben, tudo parece saído do catálogo da L.L.Bean e, como era de esperar, o *golden retriever* dele entra no quarto, abanando o rabo.

— Qual é o nome do seu cachorro? — pergunto.

— Henry.

— Que bom garoto.

Eu me agacho para acariciar a cabeça do cachorro, e ele olha para mim com olhos castanhos de derreter a alma. Hannibal ia acabar com ele.

— Eu sei que você não planejou isso — diz Ben. — Mas quero que saiba que é bem-vinda para ficar aqui o tempo que precisar. Como pode ver, tenho essa casa enorme só para mim e vai ser bom ter companhia. — Ele faz uma pausa. — Não me interprete mal. Você significa muito mais para mim do que apenas alguém para me fazer companhia.

— Obrigada — é tudo que consigo pensar em dizer.

Ficamos em um silêncio constrangedor por um instante. Sei que ele vai me beijar e não tenho certeza de como me sinto em relação a isso. Fico completamente imóvel quando Ben se aproxima e os nossos lábios se tocam. Quando ele me toma nos braços, não ofereço resistência. Espero sentir a mesma excitação que sentia com o capitão, a mesma expectativa deliciosa que sempre me atraía para os degraus da torre, mas com Ben não sinto isso. O capitão Brodie arruinou o toque de um homem de verdade para mim, e, mesmo quando reajo passando mecanicamente os braços em torno do pescoço dele, quando me entrego ao seu abraço, estou pensando naquela escada e na luz do fogo brilhando através da porta lá no alto. Eu me lembro do farfalhar das saias de seda em torno das minhas pernas e das batidas aceleradas do meu coração conforme a luz da lareira se intensificava, conforme a minha punição se aproximava. O meu corpo reage à lembrança. Embora não sejam os braços do capitão em torno de mim, tento imaginar que são. Anseio que Ben me possua como *ele* fez, que segure os meus pulsos e me empurre contra a parede, mas ele não faz esse movimento. Sou eu quem o puxa para a cama e o instiga a ser violento. Não quero um cavalheiro; quero o meu amante demônio.

Enquanto puxo Ben para cima de mim, enquanto arranco a sua camisa e tiro a minha blusa, é o rosto de Jeremiah Brodie que vejo. Ben pode não ser o homem que quero, mas vai ter que servir, porque o amante que realmente desejo é aquele para quem não ouso voltar, aquele que ao mesmo tempo me excita e me apavora. Fecho os olhos, e é o capitão Brodie que geme no meu ouvido enquanto me penetra.

Quando tudo termina e eu abro os olhos, no entanto, é Ben que vejo sorrindo para mim. Ben, tão previsível. Tão seguro.

— Eu sabia que você era a mulher certa — murmura ele. — A mulher que esperei a vida inteira.

Suspiro.

— Você mal me conhece.

— Eu conheço o suficiente.

— Não, não conhece. Você não faz ideia.

— Que segredos chocantes você poderia esconder?

— Todo mundo tem segredos.

— Então me deixe adivinhar o seu. — Ele dá um beijo brincalhão nos meus lábios. — Você canta ópera desafinada no chuveiro.

— Segredos são o que você *não* conta às pessoas.

— Tem alguma coisa pior? Você mentiu a sua idade? Avançou um sinal vermelho?

Viro o rosto para evitar olhar para ele.

— Por favor. Eu não quero falar sobre isso.

Sinto o olhar dele em mim, tentando atravessar o muro que ergui entre nós. Eu me afasto e me sento na lateral da cama. Olho para as minhas coxas nuas, abertas como as de uma prostituta. *Ah, não, Ben, você não quer saber os meus segredos. Não quer saber todos os pecados que cometi.*

— Ava?

Recuo quando ele coloca a mão no meu ombro.

— Desculpe, mas isso não vai dar certo. Você e eu.

— Por que está dizendo isso depois que acabamos de fazer amor?

— Nós somos muito diferentes.

— Esse não é o verdadeiro problema, é? — diz ele. A voz de Ben mudou, e não gosto de como ela soa. — Você só está tentando encontrar uma maneira de me dizer que não sou bom o suficiente para você.

— Não é nada disso que estou dizendo.

— Mas é o que parece para mim. Você é como as outras. Como todas as... — Ele se interrompe, distraído pelo toque do celular. Em seguida se levanta para pegar o telefone do bolso da calça. — Dr. Gordon — atende secamente.

Embora tenha se virado para o outro lado, vejo os músculos tensos nas suas costas nuas. Ele está ferido, é claro. Ben se apaixonou por mim, e eu o rejeitei. E, justamente nesse momento doloroso, é forçado a lidar com uma crise no hospital.

— Começaram a perfusão? E como está o eletrocardiograma dela agora?

Enquanto ele fala com o hospital, pego as minhas roupas e me visto em silêncio. Qualquer desejo que eu tivesse sentido antes desapareceu por completo, e agora estou com vergonha de ser vista nua. Quando ele desliga, já estou vestida e sentada recatadamente na cama, torcendo para que ambos possamos esquecer que um dia aconteceu alguma coisa entre nós.

— Desculpe, mas uma das minhas pacientes acabou de ter um ataque cardíaco — explica ele. — Tenho que ir para o hospital.

— Claro.

Ele veste as roupas e abotoa a camisa rapidamente.

— Não sei quanto tempo vou demorar. Pode ser que leve algumas horas, então, se ficar com fome, fique à vontade para assaltar a geladeira. Tem meio frango assado lá dentro.

— Eu vou ficar bem, Ben. Obrigada.

Ele para na porta e se vira para me olhar.

— Me desculpe se presumi demais, Ava. Achei que você estivesse sentindo o mesmo que eu.

— Eu não sei *o que* estou sentindo. Estou confusa.

— Então, a gente tem que conversar quando eu voltar. Precisamos resolver isso.

Mas não há nada a resolver, penso enquanto ele desce as escadas e sai de casa, a porta da frente batendo depois que ele passa. Não há paixão entre nós e, mais que tudo, preciso sentir paixão. Olho pela janela e fico aliviada ao vê-lo sair de carro. Preciso desse tempo sozinha para pensar no que vou dizer quando ele voltar.

Estou prestes a me afastar da janela quando outro veículo passa diante da casa. A picape cinza é surpreendentemente familiar, porque costumava ficar estacionada diante da minha casa todos os dias, exceto nos fins de semana. Será que Ned Haskell está trabalhando em algum lugar na vizinhança? A caminhonete de Ned desaparece depois de virar a esquina, e eu me afasto da janela, perturbada por esse vislumbre dele.

Quando desço as escadas, fico feliz por Henry estar bem atrás de mim, as suas patas batendo na madeira. Por que tenho um gato, quando poderia ter um cachorro como Henry, cuja única razão de existir é proteger e agradar o dono? Enquanto isso, o inútil do Hannibal está perambulando por aí como o gato macho e não castrado que é, mais uma vez complicando a minha vida.

Na cozinha, dou uma olhada na geladeira e confirmo que há meio frango assado, mas não tenho apetite para comida. O que realmente quero é uma taça de vinho e encontro uma garrafa já aberta com *chardonnay* suficiente para começar. Eu a esvazio em uma taça e bebo um gole enquanto entro na sala de estar, com Henry ainda nos meus calcanhares. Lá, admiro as quatro pinturas a óleo penduradas nas paredes. Todas são obras de Ben, e mais uma vez fico impressionada com a técnica. A mesma praia é o tema de todas as quatro pinturas, mas cada uma tem um clima diferente. A primeira retrata um dia de verão, a água refletindo fragmentos brilhantes de luz solar. Na areia há uma toalha xadrez vermelha e branca, ainda com as marcas amarrotadas das duas pessoas que estavam deitadas sobre ela. Quem sabe amantes que foram dar um mergulho? Quase consigo sentir o calor do sol, o gosto do sal na brisa do mar.

Eu me viro para olhar a segunda pintura. É a mesma praia, com a mesma rocha irregular se projetando à direita, mas o outono pintou a vegetação com tons de vermelho e dourado reluzentes. Na areia, a mesma toalha xadrez, amarrotada como antes, com folhas caídas espalhadas sobre ela. Onde estarão os amantes? Por que deixaram a toalha para trás?

Na terceira pintura, o inverno chegou, deixando a água preta e ameaçadora. A neve cobre a praia, mas um pequeno canto da toalha irrompe da camada de flocos de gelo, uma vistosa mancha vermelha sobre o branco. Os amantes se foram, o encontro de verão há muito esquecido.

Eu me volto para a quarta pintura. A primavera chegou. As árvores são de um verde vívido e um dente-de-leão solitário floresce em um pequeno trecho de grama. Sei que essa é a última pintura da série porque, mais uma vez, há uma toalha xadrez vermelha e branca sobre a areia. Mas as estações a transformaram em um símbolo esfarrapado do abandono. O tecido está manchado de terra e coberto de galhos e folhas. Todos os prazeres que um dia foram desfrutados sobre aquele pano xadrez estão há muito esquecidos.

Imagino Ben armando o cavalete naquela praia, pintando aquela mesma cena diversas vezes conforme as estações se sucediam. O que o atraía de volta àquele lugar? O canto de uma etiqueta desponta por trás da moldura. Eu a retiro e leio.

CINNAMON BEACH, PRIMAVERA, Nº 4 DE UMA SÉRIE.

Por que esse nome me soa tão familiar? Sei que o ouvi antes e que foi a voz de uma mulher quem pronunciou as palavras. Então me lembro. Foi Donna Branca, quando me explicou por que as suspeitas tinham recaído sobre Ned Haskell. "Ela era só uma turista. E aconteceu há seis ou sete anos. A corretora responsável por alugar a casa para Laurel viu as chaves no painel da caminhonete de Ned. Ned disse que as encontrou em Cinnamon Beach."

A praia que sempre reaparece nas pinturas de Ben. Sem dúvida não passa de coincidência. Outras pessoas devem ter visitado essa enseada, se bronzeado na mesma areia.

O cachorro geme e olho para baixo, sobressaltada pelo som. As minhas mãos estão geladas.

Pela porta da sala de estar, vejo um cavalete e uma tela. Ao passar para o cômodo seguinte, sinto cheiro de terebintina e óleo de linhaça. No cavalete diante da janela está o trabalho em andamento de Ben. Até o momento é apenas um esboço, o contorno de uma cena no porto esperando que o artista lhe dê vida e cor. Encostadas nas paredes há dezenas de pinturas que ele concluiu, esperando para serem emolduradas. Dou uma olhada e vejo navios atravessando vagas altas, um farol açoitado por ondas tempestuosas. Passo para a próxima pilha de telas e também as examino lentamente, uma a uma. Cinnamon Beach e a mulher desaparecida ainda estão na minha mente, ainda me incomodam. Donna disse que a mulher era uma turista que havia alugado um chalé perto da praia. Quando ela desapareceu, todos presumiram que simplesmente tinha ido nadar e se afogado, mas, quando as chaves da sua casa apareceram no painel do carro de Ned, as suspeitas recaíram sobre ele. Assim como está acontecendo agora, no caso do assassinato de Charlotte Nielson.

Chego à última tela da pilha e congelo, os pelos dos meus braços se arrepiando subitamente quando um calafrio percorre a minha pele. Estou diante de uma pintura da minha própria casa.

A pintura ainda não está terminada; o fundo é azul-escuro, monótono, com pedaços da tela não pintada ainda visíveis, mas não há dúvida de que a casa é Brodie's Watch. A noite envolve o prédio em sombras e a torre é apenas uma silhueta preta contra o céu. Uma única janela está iluminada: a janela do meu quarto. Uma janela onde é possível ver a silhueta de uma mulher contra a luz.

Encaro os meus dedos, que estão pegajosos por causa da tinta azul-escura. Tinta fresca. De repente, me lembro dos lampejos de luz que vi da janela do quarto à noite. Não eram vaga-lumes, no fim das contas, mas alguém lá fora, parado na trilha do penhasco, observando a minha janela. Enquanto eu morava em Brodie's Watch, enquanto dormia naquele quarto, me despia naquele quarto, Ben estava pintando em segredo aquele retrato da minha casa. E de mim.

Não posso passar a noite aqui.

Corro escada acima e lanço um olhar nervoso pela janela, com medo de ver o carro de Ben estacionando na garagem. Não há sinal dele. Arrasto a minha mala escada abaixo, bum-bum-bum, e a levo para o carro. O cachorro me segue, mas eu o arrasto de volta pela coleira e o tranco dentro de casa. Posso estar com pressa para ir embora, mas não vou ser responsável por um cachorro inocente ser atropelado por um carro.

Enquanto me afasto, fico olhando pelo espelho retrovisor, mas a rua atrás de mim está vazia. Não tenho nenhuma prova contra Ben, nada além de um vislumbre daquela pintura no estúdio, o que não é o suficiente, não está nem perto de ser o suficiente, para ir à polícia. Sou só uma turista de verão, e Ben é um pilar da comunidade cuja família vive aqui há gerações.

Não, uma pintura não é o suficiente para avisar a polícia, mas é o suficiente para me deixar inquieta. Para me fazer repensar tudo o que sei sobre Ben Gordon.

Estou decidida a deixar a cidade, mas, quando estou prestes a pegar a estrada rumo ao sul, saindo de Tucker Cove, me lembro de Hannibal. Bato no volante, frustrada. *Seu gato idiota; é claro que você seria o responsável por complicar tudo.*

Dou meia-volta e dirijo para Brodie's Watch.

Acaba de anoitecer e, na escuridão cada vez mais profunda, a névoa parece mais densa, quase sólida o suficiente para ser tocada. Saio do carro e passo o olho pelo jardim da frente. Névoa cinza, gato cinza. Eu não o veria mesmo que ele estivesse sentado a alguns metros de distância.

— Hannibal? — Dou a volta na casa pelo lado de fora, chamando--o, mais alto. — Cadê você?

Só então ouço, em meio ao som das ondas quebrando: um miado fraco.

— Venha aqui, seu menino mau! Vamos!

Mais uma vez o miado. A névoa faz parecer que o som está por todo lado.

— Eu trouxe jantar! — grito.

Ele responde com um miado exigente, e percebo que o som vem do alto. Olho para o telhado e, através da névoa, vejo algo se mexendo lá em cima. É uma cauda se sacudindo impacientemente. Empoleirado no miradouro, Hannibal olha para mim através das ripas do parapeito.

— Como diabos você ficou preso aí? — grito com ele, mas já sei como aconteceu. Na minha pressa de fazer as malas e sair, não verifiquei o miradouro antes de fechar a porta. Hannibal deve ter escapulido lá para fora, onde ficou preso.

Hesito na varanda da frente, relutando em entrar na casa outra vez. Apenas algumas horas atrás, eu havia fugido com medo de Brodie's Watch, acreditando que nunca mais ia voltar. Agora não tenho escolha a não ser entrar.

Destranco a porta e aperto o interruptor. Tudo parece exatamente como sempre foi. O mesmo porta-guarda-chuvas, o mesmo piso de carvalho, o mesmo lustre. Respiro fundo e não detecto o cheiro do mar.

Começo a subir as escadas, fazendo os degraus rangerem como sempre. O patamar está imerso na escuridão, e me pergunto se ele espera nas sombras acima, me observando. No segundo andar, aperto outro interruptor e vejo as paredes creme e as sancas familiares. Tudo está em silêncio. *Você está aqui?*

Paro para dar uma olhada no meu quarto, do qual saí com tanta pressa que deixei as gavetas da cômoda escancaradas e a porta do guarda-roupa entreaberta. Sigo para a escada da torre. A porta range quando a abro. Penso nas noites que fiquei na base daquelas escadas, tremendo de ansiedade, me perguntando que prazeres e tormentos estariam à minha espera. Subo os degraus, lembrando-me do farfalhar da seda junto aos meus tornozelos e do aperto inflexível da mão dele na minha. Uma mão cujo toque podia ser ao mesmo tempo terno e cruel. O meu coração está acelerado quando entro na sala da torre.

Está vazia.

Sozinha naquele cômodo, de repente sou dominada por uma saudade tão grande que é como se o meu peito tivesse sido esvaziado, o meu coração arrancado de mim. *Eu sinto a sua falta. O que quer que você seja, fantasma ou demônio, bom ou mau. Se ao menos eu pudesse te ver uma última vez.*

Mas não há espiral de ectoplasma nem corrente de ar salgado. O capitão Jeremiah Brodie não está mais nessa casa. Ele me abandonou.

Um miado insistente me faz lembrar por que estou aqui. Hannibal.

Abro a porta do miradouro e o meu gato entra calmamente, como se fosse da realeza. Ele se planta aos meus pés e me encara com uma expressão de "Então, cadê o meu jantar?".

— Um dia desses, vou transformar você em uma gola de pele — murmuro enquanto o pego nos braços. Não o alimento desde hoje de manhã, mas ele parece mais pesado que nunca. Me esforçando para segurar aquela bola de pele, me viro para a escada da torre e fico paralisada.

Ben está parado na porta.

O gato escorrega dos meus braços e cai no chão.

— Você não me disse que estava indo embora — diz ele.

— Eu precisava... — olho para o gato, que foge — encontrar o Hannibal.

— Mas você pegou a mala. Não deixou nem mesmo um bilhete para mim.

Recuo um passo.

— Estava ficando tarde. Eu não queria que ele ficasse do lado de fora, sozinho a noite toda. E...

— E o quê?

Suspiro.

— Desculpe, Ben. Nós dois... Isso não vai dar certo.

— Quando você pretendia me dizer?

— Eu tentei. A minha vida tem andado uma bagunça. Eu não deveria me envolver com ninguém, não até conseguir me resolver. Não é você, Ben. Sou eu.

A risada dele é amarga.

— É o que vocês sempre dizem.

Ele vai até a janela e fica de ombros caídos, encarando a névoa. Parece tão derrotado que quase sinto pena. Mas então penso na pintura inacabada de Brodie's Watch e na silhueta feminina na janela do quarto. A janela do *meu* quarto. Dou um passo em direção à porta da escada, depois outro. Se for silenciosa, posso descer esses degraus antes que ele se dê conta. Antes que possa me impedir.

— Sempre gostei da vista dessa torre — diz ele. — Mesmo com nevoeiro. Especialmente com nevoeiro.

Dou outro passo, tentando desesperadamente não causar um rangido e alertá-lo.

— Essa casa não costumava ser nada além de madeira podre e vidros quebrados. Um lugar que só esperava alguém aparecer com um fósforo. Ela teria sido consumida num piscar de olhos.

Recuo mais um passo.

— E aquele miradouro estava prestes a desabar. Mas o parapeito era mais firme do que parecia.

Estou quase na porta. Coloco um pé no primeiro degrau, e o meu peso causa um rangido tão alto que parece que a casa inteira gemeu.

Ben se volta da janela e me encara. Naquele instante, ele vê o meu medo, o meu desespero para escapar.

— Então você vai me abandonar.

— Preciso voltar para Boston.

— Vocês são todas iguais, todas vocês. Se exibem na nossa frente. Nos fazem acreditar. Nos dão esperança.

— Não foi a minha intenção.

— Depois partem o nosso coração. Vocês. Partem. O. Nosso. *Coração!*

O grito dele é como um tapa na cara, e estremeço diante do som. Mas não me movo, assim como ele não se move. Enquanto nos encaramos, subitamente registro as suas palavras. Penso em Charlotte Nielson, o corpo em decomposição boiando no mar. E penso em Jessie Inman, a adolescente que despencou para a morte em uma noite de Halloween, duas décadas atrás, quando Ben era adolescente, como ela. Olho pela janela, para o miradouro.

O parapeito era mais firme do que parecia.

— Você não quer me abandonar de verdade, Ava — diz ele calmamente.

Engulo em seco.

— Não. Não, Ben, eu não quero.

— Mas vai me abandonar mesmo assim, não é?

— Isso não é verdade.

— Foi alguma coisa que eu disse? Alguma coisa que eu fiz?

Procuro freneticamente palavras para acalmá-lo.

— Não foi nada que você fez. Você sempre foi bom para mim.

— Foi a pintura, não foi? A pintura que fiz dessa casa. — Enrijeço, uma reação que não consigo controlar, e ele percebe. — Eu sei que você esteve no meu estúdio. Sei que viu a pintura, porque borrou a tela. — Ele aponta para a minha mão. — Os seus dedos ainda estão sujos de tinta.

— Você não consegue entender por que aquela pintura me assustou? Saber que você estava observando a minha casa. *Me* observando.

— Eu sou um artista. É o que artistas fazem.

— Espionar mulheres? Ficar à espreita à noite para observar a janela do quarto delas? Foi você que invadiu a minha cozinha, não foi? Que tentou entrar na casa enquanto Charlotte ainda morava aqui? — Estou reunindo coragem outra vez, me preparando para contra-atacar. Se eu demonstrar medo, ele já terá vencido. — Isso não é ser artista. Isso é ser um assediador.

Ele parece ficar surpreso com a minha réplica, e é exatamente como quero que fique. Quero que ele saiba que não serei uma vítima como Charlotte ou Jessie ou qualquer outra mulher que ele tenha ameaçado.

— Eu já chamei a polícia, Ben. Contei a eles que você vinha observando a minha casa. Disse que deviam dar uma boa investigada em você, porque não sou a primeira mulher que você assedia.

Será que ele percebe que estou blefando? Não sei. Só sei que agora é hora de ir embora, enquanto ele está desestabilizado. Eu me viro e desço as escadas, sem pressa, porque não quero agir como uma presa. Desço no ritmo tranquilo e determinado de uma mulher no comando, uma mulher que não tem medo. Chego ao corredor do segundo andar.

Ainda segura. Ainda sem perseguição.

O meu coração está batendo tão forte que parece prestes a sair do peito. Ando pelo corredor em direção à próxima escada. Preciso apenas descer os degraus, sair pela porta da frente e entrar no carro.

Esqueça Hannibal; ele vai ter que se defender sozinho essa noite. Vou dar o fora daqui e dirigir direto até a polícia.

Passos. Atrás de mim.

Eu me viro e lá está ele. O rosto retorcido de raiva. Esse não é mais o Ben que conheço; é outra pessoa, outra *coisa*.

Corro para o último lance de escada. Assim que chego ao topo da escada, ele me agarra e o impacto me arremessa para a frente. Estou caindo, caindo, um aterrorizante mergulho escada abaixo que parece acontecer em câmera agonizantemente lenta.

Não me lembro de chegar ao chão.

29

Respiração pesada. Ar quente soprando nos meus cabelos. E dor, grandes ondas de dor quebrando na minha cabeça. Estou sendo arrastada escada acima, os meus pés batendo nos degraus conforme sou puxada cada vez mais alto. Só consigo distinguir sombras e o brilho fraco de uma arandela na parede. É a escada para a torre. Ele está me levando para a torre.

Ele me puxa por cima do último degrau e me arrasta para dentro do cômodo. Me deixa jogada no chão enquanto faz uma pausa para recuperar o fôlego. Carregar um corpo por dois lances de escada é exaustivo; por que ele se deu ao trabalho? Por que me trazer para esse cômodo?

Então o ouço abrir a porta do miradouro. Sinto a lufada de ar fresco e o cheiro do mar que invade a sala. Tento me levantar, mas a dor, aguda como o corte de uma faca, dispara do meu pescoço e desce pelo meu braço esquerdo. Não consigo me sentar. O simples gesto de mover o braço é insuportável. Passos se aproximam e ele olha para mim.

— Vão saber que foi você — digo. — Vão descobrir.

— Não descobriram da outra vez. E foi há vinte e dois anos.

Vinte e dois anos? Ele está falando de Jessie. A garota que caiu do miradouro.

— Ela também tentou me abandonar. Do mesmo jeito que você está fazendo agora. — Ele olha de relance para o miradouro, e imagino aquela noite fria e chuvosa de Halloween. Dois adolescentes discutindo enquanto os amigos estão lá embaixo se embebedando e dando uns amassos. Ele a prendeu aqui, de onde ela não poderia escapar. Onde, para matá-la, bastava um empurrão do miradouro. Mesmo vinte e dois anos depois, o terror que aquela garota sentiu permanece nesse cômodo, forte o suficiente para ser sentido por pessoas sensitivas aos ecos do passado.

Não foi a morte de Aurora Sherbrooke que abalou Kim daquela forma no dia em que esteve aqui com a equipe de caçadores de fantasmas. Foi a morte de Jessie Inman.

— A vida em uma cidade pequena é assim — diz Ben. — Quando decidem que você é uma pessoa respeitável, um pilar da comunidade, você consegue se safar de tudo. Mas você, Ava? — Ele balança a cabeça. — Eles vão ver todas as garrafas de bebida vazias na sua lixeira. Vão ouvir sobre as suas alucinações. O seu suposto fantasma. E o pior de tudo, eles sabem que você não é *daqui*. Você não é uma de *nós*.

Assim como Charlotte, cujo desaparecimento não levantou suspeitas. Um dia ela estava aqui, e no dia seguinte tinha partido, e ninguém se importou o suficiente para investigar porque ela era forasteira. Não era um deles. Não como o respeitado Dr. Ben Gordon, que tem raízes profundas em Tucker Cove há gerações. Cujo pai, também médico, tinha poder suficiente para manter o nome do filho fora do jornal após a tragédia da noite de Halloween. O destino de Jessie foi esquecido, e logo o de Charlotte também seria.

Assim como o meu vai ser.

Ele se abaixa, agarra os meus tornozelos e começa a me arrastar para a porta aberta.

Eu me debato, tento me libertar, mas a dor que irradia pelo meu braço é tão agonizante que a única coisa que consigo fazer é chutar. Apesar disso, ele me segura, me puxando para o miradouro. Foi assim que Jessie morreu. Agora sei o terror que ela sentiu enquanto lutava para se libertar dele, quando ele a ergueu sobre o parapeito. Será que ela se segurou por um instante, as pernas balançando sobre o abismo? Será que implorou pela vida?

Continuo chutando, gritando.

Ele arrasta as minhas pernas pela porta, e eu estendo o braço bom para agarrar o batente. Ele puxa com força os meus tornozelos, mas eu me agarro com todas as forças. Não vou me render. Vou lutar até o fim.

Furioso, ele solta os meus tornozelos e pisa violentamente com o calcanhar no meu pulso. Sinto ossos quebrando e grito. A minha mão quebrada é inútil e não consigo me segurar.

Ele me arrasta para o miradouro.

Já é noite. Tudo o que vejo de Ben é o contorno sombrio, envolto em névoa. Eis o meu fim: atirada do telhado. Uma queda fatal até o chão.

Ele me agarra por baixo dos braços e me puxa até o parapeito. A névoa está úmida como as lágrimas no meu rosto. Sinto o gosto do sal, inspiro uma última vez e sinto o cheiro...

Do mar.

Através do nevoeiro, vejo a figura assomando na escuridão. Não apenas névoa, mas algo real e sólido, avançando na nossa direção.

Ben também vê e fica paralisado, olhando.

— Que porra é essa?

Ele me solta abruptamente, e caio no deque. Uma onda de dor dispara do meu pescoço, tão insuportável que por um instante tudo fica escuro. Não vejo o soco, mas ouço punho golpeando carne e o grunhido de dor de Ben. Então diviso as duas sombras lutando na névoa, se contorcendo e girando em uma dança da morte macabra. De repente, os dois dão uma guinada para o lado, e ouço o estalo de madeira se partindo.

E um grito. O grito de Ben. Para o resto da vida, esse som vai ecoar nos meus pesadelos.

Uma figura assoma sobre mim, ombros largos e envolta em névoa.

— Obrigada — sussurro.

Pouco antes de tudo escurecer.

Não consigo mover a cabeça. Um colete cervical envolve o meu pescoço e os meus ombros enquanto estou deitada de costas na ambulância, e só consigo olhar para cima, onde vejo o reflexo de luzes azuis piscando na minha bolsa de soro. Policiais se comunicam pelo rádio do lado de fora e ouço outro veículo chegar, os pneus crepitando no cascalho.

Uma luz brilha no meu olho esquerdo, depois no direito.

— As pupilas ainda estão iguais e reativas — diz o paramédico. — Senhora, sabe em que mês estamos?

— Setembro — murmuro.

— Que dia?

— Segunda-feira. Eu acho.

— Muito bem. Ótimo. — Ele estende a mão para ajustar a bolsa de soro que está pendurada sobre a minha cabeça. — A senhora está indo muito bem. Me deixe apenas fixar esse soro um pouco melhor.

— Você o viu? — pergunto.

— Vi quem?

— O capitão Brodie.

— Não sei de quem a senhora está falando.

— Quando vocês foram me socorrer, ele estava lá, no miradouro. Ele salvou a minha vida.

— Sinto muito, senhora. A única pessoa que vi lá em cima com a senhora foi o Sr. Haskell. Foi ele que chamou a ambulância.

— Ned estava lá?

— Ele ainda está aqui. — O paramédico põe a cabeça para fora da ambulância e grita: — Ei, Ned, ela está perguntando por você!

Pouco depois, vejo o rosto de Ned olhando para mim.

— Como está se sentindo, Ava?

— Você o viu, não viu? — pergunto.

— Ela está perguntando sobre alguém chamado Brodie — explica o paramédico. — Disse que ele estava lá em cima, no miradouro.

Ned balança a cabeça.

— As duas únicas pessoas que vi lá em cima foram você e Ben.

— Ele tentou me matar — digo baixinho.

— Eu não tinha certeza de que tinha sido ele, Ava. Todos esses anos, me perguntei como Jessie realmente tinha morrido. E, quando Charlotte...

— A polícia achava que você era o assassino.

— Assim como todo mundo. Quando você se envolveu com Ben, fiquei com medo de que estivesse acontecendo tudo de novo.

— Foi por isso que você o seguiu até aqui?

— Ouvi você gritando no telhado, então soube. Acho que sempre soube que tinha sido ele. Mas ninguém me dava ouvidos, e por que dariam? Ele era o médico e eu sou só...

— O homem que diz a verdade. — Se o meu pulso não estivesse envolto em bandagens, se o menor movimento não doesse, eu teria agarrado a mão dele. Há tantas coisas que quero dizer a ele, mas os paramédicos já ligaram o motor e é hora de partir.

Ned sai e fecha a porta.

Estou presa, rígida como uma múmia no meu colar cervical, então não consigo olhar pela janela traseira para ver a van do necrotério que está esperando para transportar o corpo de Ben Gordon. Tampouco consigo ter um último vislumbre da casa onde eu teria morrido, não fosse por Ned Haskell.

Ou será que foi o fantasma que me salvou?

Enquanto a ambulância sacoleja pelo caminho, fecho os olhos e mais uma vez vejo Jeremiah Brodie de pé no miradouro, vigiando como sempre fez.

Como sempre vai fazer.

30

Há uma cortina branca ao lado da minha cama, bloqueando a visão da porta. O meu quarto de hospital é compartilhado, e a paciente no outro leito é uma mulher popular, com um fluxo constante de visitantes trazendo flores. Sinto o cheiro de rosas, e através da cortina ouço saudações: "Oi, vovó!", "Como está se sentindo, querida?" e "Mal podemos esperar para você voltar para casa!". Vozes de pessoas que a amam.

Do meu lado da cortina impera o silêncio. Os meus únicos visitantes foram Ned Haskell, que passou por aqui ontem para me assegurar que está cuidando do meu gato, e os dois detetives da Polícia do Estado do Maine que vieram me ver hoje de manhã para fazer muitas das mesmas perguntas que me fizeram ontem. Eles revistaram a casa de Ben e encontraram a pintura que descrevi. Encontraram o laptop dele, que continha fotos minhas e de Charlotte, tiradas com uma teleobjetiva através da janela do nosso quarto. Talvez o que aconteceu comigo tenha sido a mesma coisa que aconteceu com Charlotte: um flerte entre o médico da cidade e a bela nova inquilina de Brodie's Watch. Será que ela percebeu algo perturbador na aproximação dele e tentou terminar tudo? Diante da rejeição, ele reagiu com violência, assim como fez com Jessie Inman duas décadas atrás?

Quando se tem um barco, é fácil se livrar de um corpo; difícil é esconder o fato de que sua vítima desapareceu. Ele arrumou as coisas de Charlotte e fez parecer a todos que ela havia deixado a cidade por conta própria, mas os detalhes acabaram por traí-lo: a caixa-postal transbordando com a correspondência dela. O corpo em decomposição que apareceu inesperadamente na baía. E o carro dela, um Toyota com cinco anos de uso, repleto dos seus pertences, que só ontem foi encontrado abandonado a noventa quilômetros de Tucker Cove. Se não fosse por esses detalhes — e por todas as perguntas que eu insistia em fazer —, ninguém saberia que Charlotte Nielson nunca saiu do estado do Maine com vida.

O meu assassinato também poderia ter sido facilmente ignorado. Eu era a inquilina louca que via fantasmas em casa e tinha uma lixeira cheia de garrafas de vinho vazias na cozinha. Uma mulher perfeitamente capaz de cambalear até o miradouro uma noite e cair por cima do parapeito. Os moradores da cidade balançariam a cabeça coletivamente diante da morte desafortunada de uma forasteira bêbada. A maldição do capitão Brodie ataca novamente, pensariam.

Ouço mais visitantes entrando no quarto e há uma nova rodada de "Oi, querida!" e "Você está muito melhor hoje!". Eu fico sozinha do meu lado da cortina, olhando pela janela, onde as gotas de chuva batem no vidro. Os médicos disseram que posso ter alta amanhã, mas para onde vou?

A única coisa que sei é que não vou voltar para Brodie's Watch, porque há algo naquela casa, algo que ao mesmo tempo me apavora e me atrai. Algo que foi capturado pela câmera na noite em que os caçadores de fantasmas estavam lá, algo que se aproximou para me engolfar enquanto eu dormia. Mas agora me pergunto sobre a sombra que deslizou na minha direção através do quarto. Talvez estivesse lá não para me atacar, mas para me proteger do verdadeiro monstro na minha casa: não um fantasma, não um demônio, mas um homem vivo que já havia matado uma garota na torre.

A porta se abre e se fecha novamente, permitindo a entrada de ainda mais visitantes para a minha popular colega de quarto. Observo a chuva bater na janela e penso no que vou fazer depois. Voltar para Boston. Concluir o manuscrito. Parar de beber.

E Lucy. O que vou fazer com Lucy?

— Ava?

A voz é tão suave que quase não a ouço em meio ao falatório dos visitantes da outra paciente. Ao mesmo tempo que identifico a voz, não consigo acreditar que seja real. Ela é apenas outro fantasma, alguém que invoquei, como uma vez invoquei o fantasma do capitão Brodie.

Quando me viro para olhar, no entanto, lá está a minha irmã passando pela cortina da cama. À luz cinzenta que entra pela janela, o rosto dela está pálido, os olhos fundos de fadiga. A blusa está amarrotada e os cabelos compridos, que costumam ficar presos em um rabo de cavalo bem arrumado, caem despenteados e embolados sobre os ombros. Ainda assim, ela é linda. A minha irmã sempre será linda.

— Você está aqui — murmuro, sem conseguir acreditar. — Você realmente está aqui.

— Claro que estou.

— Mas por que... Como ficou sabendo?

— Recebi uma ligação hoje de manhã de um homem chamado Ned Haskell. Ele disse que é seu amigo. Quando me contou o que aconteceu com você, entrei no carro e vim direto para cá.

Claro que foi Ned quem ligou para ela. Durante a visita ontem, ele me perguntou sobre a minha família, e eu contei a ele sobre Lucy. A minha irmã mais velha, mais inteligente e mais generosa. "Você não acha que ela deveria estar aqui?", perguntou ele.

— Por que diabos você não me disse que estava no hospital? — pergunta Lucy. — Por que tive que ficar sabendo por um completo estranho?

Não tenho uma boa resposta. Ela se senta na cama, pega a minha mão que não foi ferida, e eu aperto com tanta força que os nós dos meus dedos ficam brancos. Tenho medo de soltar a mão dela, medo de que ela se dissolva como Brodie, mas a mão continua sólida como sempre. É a mesma mão que segurou a minha no meu primeiro dia de escola, a mão que trançava os meus cabelos, que enxugava as minhas lágrimas e que me cumprimentou quando consegui o meu primeiro emprego. A mão da pessoa que mais amo no mundo.

— Você tem que me deixar te ajudar, Ava. Por favor, me deixe te ajudar. Seja qual for o problema, o que quer que esteja atormentando você, pode me contar.

Pisco para afastar as lágrimas.

— Eu sei.

— Seja sincera comigo. Me diga o que houve. O que eu fiz para afastar você de mim.

— O que *você* fez?

Olho para o rosto cansado e perplexo da minha irmã e penso: *Aí está mais um mal que fiz à minha irmã. Como se não bastasse ter perdido Nick, ela acha que me perdeu também.*

— Diga a verdade — implora ela. — O que eu fiz de errado? O que foi que eu disse?

Penso em como a verdade a destruiria. A confissão poderia ajudar a *me* curar, poderia *me* livrar desse fardo opressivo de culpa, mas esse fardo tenho que carregar sozinha. Quando se ama alguém tanto quanto eu a amo, o maior presente que se pode dar nesse caso é a ignorância. O capitão Brodie me forçou a enfrentar a minha culpa, a expiar os meus pecados. Agora é hora de me perdoar.

— A verdade, Lucy, é que...

— Sim?

— A culpa é minha, não sua. Venho tentando esconder de você, porque tenho vergonha. — Limpo o rosto, mas não consigo acompanhar as lágrimas que continuam escorrendo e encharcando a minha camisola de hospital. — Eu tenho bebido demais. E estraguei *tudo*

— digo, chorando de soluçar. A resposta é ao mesmo tempo sincera e incompleta, mas há verdade suficiente nela para fazê-la acenar com a cabeça em reconhecimento.

— Ah, Ava. Faz muito, muito tempo que eu sei disso. — Ela me envolve com os braços, e sinto o cheiro familiar de sabonete Dove e generosidade, tão característico de Lucy. — Mas a gente pode fazer algo a respeito, agora que você está pronta para me deixar ajudar. A gente vai enfrentar isso junta, como sempre fez. E vamos superar esse problema. — Lucy recua para olhar para mim e, pela primeira vez desde que Nick morreu, consigo olhar nos olhos dela, consigo encará-la e ao mesmo tempo esconder a verdade, porque às vezes é isso que é preciso fazer quando se ama alguém.

Ela afasta uma mecha de cabelo do meu rosto e sorri.

— Amanhã vou tirar você daqui. E a gente vai para casa.

— Amanhã?

— A menos que tenha um bom motivo para ficar em Tucker Cove.

Balanço a cabeça.

— Não tenho nenhum motivo para ficar — digo. — E nunca, nunca mais vou voltar.

31

Um ano depois

Uma viúva e os seus dois filhos agora moram em Brodie's Watch. Rebecca Ellis comprou a casa em março e desde então já plantou uma horta e construiu um pátio de pedra de frente para o mar. Tudo isso fiquei sabendo por intermédio de Donna Branca quando liguei para ela três semanas atrás, para saber se a casa está disponível para ser fotografada. A publicação do meu novo livro, *A mesa do capitão*, está programada para julho próximo, e, como o livro é tanto sobre o lugar quanto sobre comida, Simon quer incluir fotos minhas em Brodie's Watch. Eu disse que não queria voltar, mas ele insistiu que essas fotos eram necessárias.

E é por isso que agora me vejo dentro de uma van branca com um fotógrafo e uma estilista, voltando para a casa da qual fugi um ano atrás.

Donna me disse que a família está feliz na nova casa, e Rebecca Ellis não tem nenhuma queixa. Talvez o fantasma do capitão tenha finalmente partido. Ou talvez nunca tenha estado lá em primeiro lugar, exceto como fruto da minha imaginação, invocado pela vergonha, pela culpa e por uma quantidade excessiva de garrafas de bebida. Não bebo desde que saí de Tucker Cove, e os pesadelos são cada vez menos frequentes, mas ainda estou nervosa por voltar a Brodie's Watch.

A nossa van sobe pelo caminho de acesso e, de repente, lá está ela assomando sobre nós, a casa que ainda projeta uma longa sombra sobre os meus sonhos.

— Uau, que lugar lindo — comenta Mark, o fotógrafo. — Vamos tirar ótimas fotos aqui.

— E olhem só aqueles girassóis enormes no jardim! — diz a estilista, Nicole, do banco de trás. — O que acham de perguntarmos à nova proprietária se posso cortar alguns para as fotos? O que você acha, Ava?

— Eu não conheço a nova proprietária — respondo. — Ela comprou a casa meses depois que fui embora. Mas não custa perguntar.

Nós três saímos da van, nos alongando para desfazer a tensão muscular que se instalou durante a longa viagem de Boston até Tucker Cove. Ao contrário da tarde enevoada em que vi Brodie's Watch pela primeira vez, o dia hoje está claro e ameno, e no jardim abelhas zumbem e um beija-flor passa voando seguindo para um canteiro de floxes rosa-claro. Rebecca transformou o que antes era um monte de arbustos cheios de ervas daninhas em montículos de flores amarelas, rosa e lavanda. Essa não é a Brodie's Watch proibitiva de que me lembro; essa casa nos convida a entrar.

Uma mulher de cabelos pretos sorridente sai da casa para nos cumprimentar. Vestindo jeans e uma camiseta com a estampa AGRICULTORES ORGÂNICOS DO MAINE, ela parece o tipo de mulher ligada à terra que plantaria jardins exuberantes e reviraria alegremente turfa e esterco sozinha.

— Oi, que bom que chegaram! — grita ela, descendo os degraus da varanda da frente para nos cumprimentar. — Eu sou a Rebecca. Você é a Ava? — pergunta, olhando para mim.

— Sou. — Troco um aperto de mão com ela e apresento Nicole e Mark. — Muito obrigada por nos deixar invadir a sua casa.

— Estou muito animada com isso, na verdade! Donna Branca me disse que as fotos vão ser publicadas no seu novo livro. Acho muito legal a minha casa aparecer nele. — Ela nos indica a porta da frente. — Os meus filhos estão passando o dia com um amigo, então não vão atrapalhar. A casa é toda de vocês.

— Eu gostaria de dar uma olhada no local antes de pegar o equipamento — diz Mark. — Ver como é a luz.

— Ah, claro. A luz é tudo para vocês, fotógrafos, não é?

Mark e Nicole seguem a proprietária pela porta da frente, mas eu paro por um instante na varanda; ainda não estou pronta para entrar. Enquanto as vozes deles desaparecem lá dentro, ouço os galhos das árvores se sacudindo ao vento e o barulho distante das ondas batendo nas rochas, sons que trazem de volta imediatamente o verão passado, quando eu morava aqui. Só agora percebo o quanto senti falta desses sons. Tenho saudades de acordar com as ondas quebrando. Tenho saudades dos meus piqueniques na praia e do perfume das rosas na trilha do penhasco. Quando acordo no meu apartamento em Boston, ouço o tráfego e sinto cheiro de escapamento, e, quando saio, em vez de musgo, vejo concreto. Olho para a porta da frente aberta e penso: *Talvez eu jamais devesse ter abandonado você.*

Por fim, entro e respiro fundo. Rebecca estava na cozinha, e o ar cheira a pão fresco e canela. Guiada pelas vozes, sigo pelo corredor até a sala que dá para o mar, onde estão Mark e Nicole, diante das janelas, hipnotizados pela vista.

— Por que diabos você deixou esse lugar, Ava? — pergunta Nicole. — Se essa fosse a minha casa, acho que ia passar o dia inteiro aqui, olhando o mar.

— É lindo, não é? — pergunta Rebecca. — Mas espere até conhecer a torre. *Aquilo*, sim, é vista. — Ela se vira para mim. — Ouvi dizer que estava em péssimo estado quando você se mudou para cá.

Meneio a cabeça.

— Nas primeiras semanas, convivi com dois carpinteiros martelando no andar de cima.

Sorrio, pensando em Ned Haskell, cuja escultura de madeira de um pardal usando óculos e um chapéu de chef agora enfeita a minha mesa em Boston. De todas as pessoas que conheci em Tucker Cove, ele é o único que me escreve regularmente e que agora considero um amigo. "As pessoas são complicadas, Ava. O que se vê nem sempre corresponde à realidade", ele me disse certa vez. Palavras que jamais se aplicaram tão bem a alguém quanto ao próprio Ned.

— Teriam que me arrastar para fora dessa casa, aos gritos e pontapés — diz Nicole, ainda fascinada pela vista. — Você nunca pensou em comprar, Ava?

— Estava acima do que eu podia pagar. E havia coisas sobre a casa que... — A minha voz falha. Calmamente, continuo: — Era hora de seguir em frente.

— Pode nos mostrar o resto da casa? — pergunta Mark a Rebecca.

Enquanto eles sobem as escadas, fico onde estou, diante da janela, olhando para o mar. Penso nas noites solitárias em que subia aos tropeços as mesmas escadas até o meu quarto, embriagada de vinho e arrependimento. As noites em que o cheiro do mar anunciava a chegada do capitão Brodie. Quando eu mais precisava, lá estava ele. Mesmo agora, quando fecho os olhos, sinto a sua respiração nos meus cabelos e o peso do seu corpo no meu.

— Fiquei sabendo o que aconteceu com você, Ava.

Sobressaltada, me viro e vejo que Rebecca voltou e está parada atrás de mim. Mark e Nicole saíram para descarregar os equipamentos, e nós duas estamos sozinhas na sala. Não sei o que dizer. Não sei ao certo o que ela quer dizer com "Fiquei sabendo o que aconteceu com você". Ela não pode saber do fantasma.

A menos que também o tenha visto.

— Donna me contou — diz Rebecca calmamente. Ela se aproxima, como se quisesse compartilhar um segredo. — Quando demonstrei interesse em comprar a casa, ela teve que revelar a sua história. Ela me contou sobre o Dr. Gordon. E sobre como ele atacou você lá em cima, no miradouro.

Não digo nada. Quero saber o que mais ela ouviu, o que mais ela sabe.

— Ela me disse que houve outras vítimas. A inquilina que morava aqui pouco antes de você se mudar para cá. E uma garota de 15 anos.

— Você sabia de tudo isso e ainda assim comprou a casa?

— O Dr. Gordon está morto. Ele não pode mais fazer mal a ninguém.

— Mas depois de todas as coisas que aconteceram aqui...

— Coisas ruins acontecem em toda parte, e a vida segue em frente. A única razão pela qual pude comprar uma casa tão bonita foi *porque* ela vem com uma história imperfeita. Outros compradores foram afugentados, mas, quando entrei pela porta da frente, tive a sensação imediata de que esse lugar estava me dando boas-vindas. Como se me *quisesse* aqui.

Da mesma forma que um dia me quis.

— Então entrei nessa sala e senti o cheiro do mar e tive certeza de que aqui é o meu lugar.

Ela se vira para a janela e encara a água. Mark e Nicole conversam animadamente na cozinha enquanto instalam luzes, tripés e câmeras, mas Rebecca e eu ficamos em silêncio, ambas hipnotizadas pela vista. Nós duas sabemos como é ser seduzida por Brodie's Watch. Penso nas mulheres que envelheceram e morreram aqui, igualmente seduzidas por essa casa. Todas tinham cabelos pretos e eram esguias, como eu.

Como Rebecca.

Nicole entra na sala.

— Mark está quase pronto para começar a tirar as fotos. Está na hora de fazer cabelo e maquiagem, Ava.

Depois disso, não tenho mais oportunidade de falar em particular com Rebecca. Primeiro, preciso me sentar na cadeira de maquiagem para ser penteada e arrumada, em seguida é hora de sorrir para a câmera na cozinha, onde poso com tomates e as panelas e as frigideiras de cobre que trouxemos da minha cozinha em Boston. Passamos para o jardim, onde poso entre os girassóis, depois seguimos para o pátio de pedra, para fotos com vista para o mar.

Mark faz sinal de positivo.

— Já terminamos aqui fora. Agora só precisamos de mais um cenário.

— Para onde a gente vai agora? — pergunto.

— Para a torre. A luz é incrível lá em cima, e quero tirar pelo menos uma foto sua naquela sala. — Ele pega a câmera e o tripé. — Já que o seu livro se chama *A mesa do capitão*, quero tirar uma foto sua olhando para o mar. Igual ao capitão do seu título.

Eles se dirigem lá para cima, mas eu paro na base da escada, relutante em segui-los. Não quero ver a torre de novo. Não quero revisitar o lugar que ainda abriga tantos fantasmas. Então, Mark chama:

— Ava, você não vem?

E não tenho escolha.

Quando chego ao segundo andar, dou uma olhada rápida nos quartos dos filhos de Rebecca e vejo tênis espalhados e pôsteres de *Star Wars*, cortinas lavanda e um zoológico de bichos de pelúcia. Um menino e uma menina. Adiante fica o meu antigo quarto, a porta fechada.

Eu me volto para a escada da torre. Uma última vez, subo os degraus.

Os outros nem reparam quando entro. Estão ocupados demais preparando luzes, refletores e tripés. Em silêncio, observo cuidadosamente todas as mudanças que Rebecca fez no cômodo. Há um par de cadeiras de vime na alcova, convidando os visitantes para uma conversa íntima. Um sofá branco se aquece ao sol, e na mesa de canto há uma pilha de revistas de jardinagem e uma caneca quase vazia com alguns últimos goles de café frio. Um cristal pende da janela, projetando arco-íris de luz nas paredes. Essa é uma sala diferente, uma casa diferente da que me lembro, e fico ao mesmo tempo aliviada e triste com as mudanças. Brodie's Watch seguiu em frente sem mim, reivindicada por uma mulher que tornou a casa sua.

— Estamos prontos, Ava — avisa Mark.

Enquanto ele tira as últimas fotos, assumo o papel que todos esperam de mim: a alegre escritora de livros de culinária na casa do capitão. Na introdução do livro, escrevi que Brodie's Watch foi onde encontrei inspiração, e é verdade. Foi aqui que testei e aperfeiçoei as minhas receitas e aprendi que não existe condimento melhor que o cheiro do mar. Foi aqui que aprendi que vinho não cura a dor e que, quando se come com culpa, mesmo a refeição preparada com mais afeto fica sem gosto.

Essa é a casa onde eu deveria ter morrido, mas em vez disso aprendi a viver novamente.

Depois que a última foto é tirada e o equipamento é guardado e carregado escada abaixo, fico sozinha na torre, esperando por um último sussurro fantasmagórico, um último sopro vindo do mar. Não ouço nenhuma voz espectral. Não vejo nenhum capitão de cabelos escuros. O que quer que um dia tenha me ligado a essa casa já desapareceu.

Na estrada de acesso, nos despedimos de Rebecca, e prometo mandar para ela um exemplar autografado de *A mesa do capitão.*

— Obrigada por abrir a sua casa para a gente — digo. — Fico feliz que Brodie's Watch tenha finalmente encontrado alguém para amá-la.

— E nós realmente a amamos. — Ela aperta a minha mão. — E ela também nos ama.

Ficamos paradas um instante, olhando uma para a outra, e me lembro das palavras de Jeremiah Brodie, ditas suavemente para mim na escuridão.

"Aqui na minha casa, o que você busca é o que vai encontrar."

Enquanto nos afastamos, Rebecca acena para nós da varanda. Eu me inclino para fora da janela para acenar também e de repente vejo algo lá em cima, no miradouro, algo que, apenas por um instante, parece uma figura com um longo casaco preto.

Mas, quando pisco, ele se foi. Talvez nunca tenha estado lá. Tudo o que vejo agora é a luz do sol brilhando nas telhas de ardósia e uma gaivota solitária, voando pelo céu de verão sem nuvens.

Agradecimentos

Escrever um livro é uma jornada solitária, mas o caminho para a publicação não é, e sou grata pela excelente equipe que me guia em cada etapa do processo. Minha agente literária, Meg Ruley, da Jane Rotrosen Agency, tem sido minha defensora mais aguerrida, o tipo de agente que todo escritor sonha encontrar. Obrigada, Meg, por mais de duas décadas sendo minha conselheira, minha aliada e minha amiga. Muito obrigada à minha equipe na Ballantine (Estados Unidos): Kara Cesare, Kim Hovey e Sharon Propson; e à minha equipe na Transworld (Reino Unido): Sarah Adams, Larry Finlay e Alison Barrow.

Acima de tudo, obrigada à pessoa que me acompanha nesta aventura desde o início: meu marido, Jacob.

Este livro foi composto na tipologia Palatino LT Std,
em corpo 11/16,1, e impresso em papel off-white,
no Sistema Cameron da Divisão Gráfica
da Distribuidora Record.